家族喰い
尼崎連続変死
事件の真相

被寄生的家庭

[日] 小野一光 著

董纾含 译

湖南文艺出版社
HUNAN LITERATURE AND ART PUBLISHING HOUSE

目　录

开端　003

第一章
角田美代子和她背地里的工作　019

第二章
与格力高森永事件之间的奇妙联系　041

第三章
渴求父母之爱的少女　065

第四章
非公开卖淫区的皮条客　087

第五章
入侵第一个家庭　107

第六章
警方玩忽职守　127

第七章
美代子的暴力工具人　151

第八章
被害者与加害者的父亲　163

第九章
谷本家的悲剧　189

第十章
逃向自由与被追捕后的悲剧　205

第十一章
崩溃的大人们 225

第十二章
彷徨的家族 249

尾声 273

文库版增补
后来的"被寄生的家庭" 283

年表 353

主要关联者一览 363

尼崎连续离奇死亡事件，是以兵库县尼崎市为中心发生的，数个家庭遭长期虐待、监禁乃至杀害的杀人事件。在这起事件中，出现了超过10名的死者及下落不明的人。

主犯角田美代子涉嫌对其监禁的大江香爱施暴，于2011年11月因伤害罪被警方逮捕。同月，尼崎市某出租仓库内，发现了香爱母亲大江和子的尸体。尸体被发现时是塞在汽油桶内的，其中还灌注了水泥。由此，整个事件方才原形毕露。

2012年10月，尼崎市某户民宅的地板下，发现了谷本裕二（"裕二"为化名）、安藤三津枝、仲岛茉莉子3人的尸体。同月，冈山县日生渔港的汽油桶内，发现了桥本次郎被水泥灌注的尸体。警方因此判明这是一起连续杀人事件。

与美代子同住的角田家族遭逮捕，迄今为止的种种罪行逐一浮上水面。而正在此时——2012年12月12日，美代子在兵库县警察本部的拘留所内自杀身亡。

ポロローグ

开　端

没有窗子的房间里，贴着一张没见过也没听说过的演歌歌手的海报。平时一直播着音乐的收音机已经没了声音。悄然的空气之中，老妇人坐在一旁，身子在不停颤抖。

在白炽灯的照射下，那片黑红色的瘀青映入眼帘。瘀青出现在左眼的眼周，还有左手的手背上。催促之下，老妇人翻开衬衫的领子，露出锁骨附近十分醒目的抓痕，一共是3道手指印。这些都十分明确地告诉我们，她遭受过暴力袭击。

2012年11月，我在兵库县尼崎市的阪神电铁杭濑站下车，走进了一家离车站没多远的饭馆。上个月，在尼崎市梶岛某民宅地板下发现了3具尸体，"尼崎连续离奇死亡事件"由此浮上水面。而眼下，我正在采访此案件的路上。

"告诉你啊，这个人刚刚才被修子收拾了。"

一旁的店老板十分愤慨地告诉我。他提到的"修子"是一个身形健壮、60来岁的女性，我在这家店内也同她聊过几次。每次见到她，她都会来问我："小哥，有什么新发现没？"似乎是在打探我的采访进度。我每次都会随便敷衍她一两句，而她则总是反复强调："别搞了别搞了，你做这种无聊的采访能有什么好处嘛。早点打道回府算了。我这么说可都是为你好呢。"

自事件被发现以来，我一连好些天都会造访这家饭馆，和店老板也逐渐混熟。关于这个熟客修子，老板特别提醒我说："这个人和 X 走得非常近。所以她会跟你打听调查进度，你得提防着点哦。"

X 指的是某个集团。当时的媒体还没有注意到这个集团，而我是从店老板和其他信息渠道那里，发现 X 和我所追踪的事件之间在水面下有着关联。

我再度望向那位老妇人。她看上去娇小且安静，怎么看都属于社会中的弱势群体。她是因为什么而遭受如此可怕的暴力呢？

"这可真的是……又挨骂又挨打，真是苦了你了……"

店老板哑然道。听到他的那番话，老妇人似乎又一次回忆起了当时的恐惧，把头深深埋起。

"小野先生，麻烦您帮帮忙吧。"

店主认为万一之后遇到麻烦，这些伤痕可以留作证据。于是他说服了那位老妇人，请我当场给那些伤痕一一拍照留证。

每一次按下快门，对方的双唇就抿得更紧些。一开始挨打的时候，还不会感到太过疼痛。可是随着时间的推移，受伤的部位逐渐灼热、肿胀，疼痛方才真切地显现出来。估计再过一会儿，她会感觉更痛。

"你小心点回去吧，回家之后记得冰敷伤口啊。"

拍照留证后，店老板目送老妇人走出店门，看着她一瘸一拐地离开了。

"怎么回事啊，真让人受不了。"

老板从冰箱里拿出一瓶啤酒，摆到我面前。

"那个老太太啊，和修子才认识了不到一年而已。可是不知道从什么时候起，修子就跑到她家里赖着不走了。然后啊，还说什么空调坏了之类的话，擅自把工人喊来换了台新的。又说自己先垫了钱，要老太太付她10来万呢。真的是……太荒唐了。"

我问店老板，老妇人是因为空调的事挨打的吗？老板摇了摇头。

"不是的。她今天挨打，是因为修子说她太任性，口气不好，反正就是些鸡毛蒜皮的事啦。啊，说到这个……你稍等一下哦……"

店老板掏出了自己的手机。

"其实啊，我瞒着修子偷偷用视频模式录到了一部分声音。"

他说着按下了播放键。画面是全黑的，但是伴随着杂音，突然响起一个女人的恫吓声。

"……喂！你那是什么态度？蠢货。欠揍吗？告诉你，我说什么你都得闭嘴听好。你再敢说那种话试试？（传来砰、砰的激烈敲击声。）给我差不多得了，还蹬鼻子上脸？啊？

我问你，你是不是看不起我？（传来咔嚓一声，是碗碟摔碎的声音。）啊？你说话啊！嗯？我问你话，你听到没？"

随后，我听到了店老板跑来制止的声音。可店老板的这番举动却成了火上浇油，修子的怒火更盛，她不断地打骂，不时能听到其中混杂着老妇人的惨叫声。光是听录音就已经令人难以忍受了。就这样，这段令人极度不适的录音，在仅有我们二人的店内回荡着。

熬到这段被手机暗中记录下来的恐怖时间结束后，店老板静静地开口说道：

"角田美代子也好，和X有关的人也好，他们一直都在干同样的事。专挑一些老人和弱者下手，只要对方稍有反抗，就会像录音里那样使用暴力去威胁他们。今天这件事呢，其实是修子有意显露这种权力关系，所以才选择在店里施暴的。她其实是在威胁我，如果敢多嘴，我也会像她一样挨揍……"

听了店老板的话，我感觉胸口像坠了一块铅一般，非常沉重。

像我这个外人都是这种感觉，倘若这是我生活的家乡，那么身处如此一个无处可逃的环境里，我内心会有多压抑，更是不难想象吧。

我点了一支烟，深深地吸了一大口，又慢慢吐出。那摇摇晃晃的烟雾缠绕着我的身体，久久不散。突然，这种难缠的感觉猛烈地向我袭来。

※

我从事杀人事件的采访工作，至今已有 15 年了。

回头看看，在过去的这些日子里，我几乎每一天都在追逐死亡和暴力。准确说来，从 1989 年到 2004 年的这段时间里，我屡屡造访柬埔寨、阿富汗、伊拉克等地的战场进行采访。可以说，我在长达 24 年的时间里，一直身处满是血腥气的现场之中。

荒唐的死亡和暴力周围，往往被黑暗和阴郁笼罩。

在战地做采访时，我看到人对着人开枪，当晚难受得浑身流汗。被迫观看处刑录像后，我会一连好几个月不停地回忆起死者临刑前的绝望表情，忍不住想大声喊出来。还有在极度寒冷的冬季流离失所、倒在路上静静等待死亡的母子……15 年后的今天，那些场景仍未从我的眼前消失过。

从这一层面来看，战场是一个极度荒唐的地方。那么杀人事件的现场和战场的状况相同吗？我觉得很相似，但又略有出入。

以日本国内的杀人事件为例，我会在事发当时就开始采访。事后，我还会和确定为死刑犯的凶手在拘留所见面，如果对方有需求，还可以互通信件。

"小野先生，事到如今我总算可以说出来了，其实我第一次杀某某的时候，有一种这辈子从来没体会过的快感。可是，我本以为这是我第一次杀人，所以才有快感。没想到，接下来杀 xx 的时候，感觉是一样的……"

在拘留所的见面室里，一个年轻男性隔着亚克力板对我这样诉说道。他亲手杀死了 4 个人。我们从最开始见面至今已经过去 1 年多了，这一次，他向我坦白得十分突然。

他说的这段话很可能给人留下一个有快乐杀人意识的精神病患者的印象。但在此后，我们之间建立起了长年的交流关系，我注意到了他对家庭的关切，也听到了他对被害者的歉意，于是对他的印象也逐渐产生了变化。最终，最高法院判处他死刑。在我们以后再也见不到的那一天，分别时，他对我深深地弯腰鞠躬，流下了眼泪。

"一直以来，真的多谢您照顾了。"

当然，我深知在被害者的家人眼中，他是一个不可饶恕的罪人，是理应被憎恶的对象。而且，我认为他犯下的罪孽深重，判处死刑也是理所应当的。我在此记录下我们之间的交流，但并非要借此主张减免他的刑罚。

只不过，他表现出的一系列态度上的变化，深深地沉淀在我这个采访者的心底。这些沉淀物毋庸置疑地变质成一摊被死亡和暴力纠缠的、晦暗沉重的东西。最后一次见面结束后，我的心中涌起一股"悲切"之情。那是一种对他的过去产生的恨意：恨他为什么要做那样的傻事，恨他犯下了无可挽回的罪行。

此外，还有些事件是在晦暗与沉重之上，又平添一份战栗。

那是2002年发生在福冈县的北九州连环监禁杀人案。主犯松永太用电击控制了同他存在事实婚姻关系的妻子及其家人，命令他们一家人互相残杀并处理尸体。在这起案件中，总计7人死亡。犯罪内容极为残忍，加之被害者众多，所以常同尼崎连续离奇死亡事件相比较。

2011年年末，松永太被判处死刑，在他向最高法院上诉的2008年至2009年的1年间，我和他有书信来往，并见面数次。

"啊呀呀，老师，您今天特意大老远跑来见我，真是太感谢了。"

我们初次见面时，松永抱着一大摞判决资料走进了见面室，一脸微笑地问候我。

"您听我说啊，老师，法院的判决绝对是错的欸。他们完全就是按照检方写好的脚本来走，根本不听我解释。真是太过分了……"

他开口就是这样的说辞，随后，在10分钟的见面时间里，他说的每一个字都在反反复复地强调自己和事件如何无关。后来的见面也如出一辙，有时候他会提起共犯女性，但是会先说一句"那家伙啊，真是个不可救药的女人……"，随后开始强调，共犯女性在他不知情的情况下主导了整个事件。

除了这种转嫁责任的姿态，最让我感到战栗的是他的活泼开朗。他永远用一副无忧无虑的样子望着我，不停地讲着，讲着……

如果将恶魔具象化，它大概不会长着一张一目了然的邪恶面孔，而是像松永这样，一脸的无忧无虑吧。望着眼前这个背后仿佛有无尽深渊般黑暗的男人，我忍不住这样想。

而我和松永之间的交流，又在毫无征兆的情况下猛地断掉了。从某一时刻起，他拒绝同我见面，也不再回复我的信件。毋庸置疑，我对于他来说已经是个"用不上的男人"了。

但因此，我或多或少地松了口气，与此同时也意识到，我可能在他面前显露过内心的厌恶吧——如此一想，我还是很不成熟啊。

有时候我会问自己，究竟为什么要如此心甘情愿地跑去战场或杀人地点等阴暗且令人窒息的现场做采访呢？

我也得不出一个结论，但我明确地感受到了某种欲望。我不知道那欲望的真身是黑是白，但正因为寻不到答案，所以时至今日，我仍旧坚持着走进那令人意气消沉的现场。

一定是这样。

※

这起尼崎连续离奇死亡事件发生后，报纸、电视、杂志都投入了大量记者跟进，我也是进入采访现场的其中一人。在 2012 年 10 月 13 日，对尼崎市梶岛某民宅进行搜索的 1 周后，我才加入采访的队伍中。

也因如此，我每次准备去采访报纸上有记录的相关人员时，总会吃闭门羹。因为之前已经有大批记者涌去了，对方不愿再接受采访。除此之外，在其他地方进行采访时，也常听到之前已经有某某记者来过的消息。加之本地人对当地发生的这种事总有种避讳心理，不想触及，很少有人愿意开口。

这起事件明显呈扩散之势，已经有一些媒体涌向香川县高松市、滋贺县彦根市等相关人员的家中做采访了。

事已至此，单兵作战的我在现实面前，反而感到一阵柳暗花明。

和别人做一样的事没什么意义了。

这就是我的结论。

首先，我决定暂驻尼崎，按兵不动。我没有什么机动力，再怎么东奔西走也没法得到一个满意的结果。既然如此，最好的办法就是留在和事件关系最紧密的地方。

接着我又下定决心，要在这个关联性最紧密的地方，构建起属于我自己的深度人际网。想要做到这一点，唯有依靠我一直以来的个人经验。我得找到一个了解事件且"侠肝义胆"的人，再取得这个人的信任。方法说来简单，其实难度很大。不过，我还是把它设定成了这次工作的理想目标。

就这样，我开始了在尼崎市，尤其是以距离主犯角田美代子居住的区域最近的繁华街——阪神电铁杭濑站周边——为中心的采访工作。

杭濑是一片昭和风情浓郁的区域。在战后至20世纪70年代的高度经济成长期，这里的制造业十分兴盛，可以说是一片歌舞升平，热闹非凡，人多得连下脚的地方都没有。不过后来就是肉眼可见地一路衰退，商店街上的很多店都倒闭了。不论是餐饮店的老板，还是来店的客人，平均年龄都很大。其中零星分布了几家从白天开始营业的小酒馆和卡拉OK咖啡馆，也有不少从大白天就开始喝酒的老年人。

我为采访东奔西走时，一个基本原则就是到了卖酒水的店铺就点酒喝，到了饭馆就点餐吃。这种做法从效率上来讲是很差的，停留在一家店的时间会变长，无法短时间走访大量店铺。但是正如前文所讲，现在我和别人做一样的事没什么意义。所以我才会坚持这种做法，每天都去感受到"有戏"的店。

为了避免暴露具体名称，书中会省略比较详细的店铺信息。第一周，我经由一家店的店主介绍，认识了两位比较可信的餐饮店店主，还有一个人。接下来又过了一阵子，有用的店增加了，相关人物也增加了。而本书开篇写到的那家饭馆就在其中。

和这些人逐渐熟悉后，我听到了一些有用的信息，其中包括一些绝不会被报纸、电视报道的内容。这些信息连警察都还未公布，甚至可以说尚未掌握。

某一天，店主见四下没有别的客人，拿出一张照片来给我看。

照片里是一个目测有60来岁的男人，他正十分开心地唱着卡拉OK。

"小野先生，你看看，这个人啊，之前被美代子胁迫过呢。但是现在失踪了。"

这个男人姓安田（化名），他曾在印刷公司工作，退休后靠养老金生活。

"安田不是什么坏人，但是一喝高了就爱吹嘘，特别喜欢摆阔，所以就被美代子盯上了。"

这件事发生在两年前，大概是2010年。

"有一天，安田一脸无精打采地来店里，对我说：'求你了，借我3000日元买东西，好不好？'他还说：'外面有监视我的男人等着呢。'我就把钱借给他了。那是我最后一次见到他。"

我再度将目光投向那张照片。安田身材瘦小，穿一件黑色的高尔夫球衣，头上戴着一顶白色棒球帽，手抓着麦克风。那张脸看上去神采奕奕，难以联想他垂头丧气的模样。

"有认识安田的人说，在xx（杭濑某家超市的名字）看到他被人逼着买吃的。好像在离他几步远的位置，有两个看上去态度凶恶的男人紧随其后监视他。"

我忍不住问：

"安田先生没有去找警察吗？"

"他说找过警察了，但是对方根本没当回事，这么一来，我们这些外人也都没辙了。"

店主露出一个无奈的表情，继续道：

"其实啊，安田先生曾经跑来找过我，他说：'快帮帮我，我看到了非常可怕的东西啊。'他整个人看上去害怕极了。他好像被领回美代子家里，在那儿看到了被监禁的人是如何遭受暴力的。那两个男人威胁他说：'你就是个小蝼蚁，蝼蚁只要负责准备好钱就行了。如果拿不来钱，你也是一样的下场。'安田这么跟我说，还从我这儿借走了3万日元。"

后来，安田又从店老板那里借走了3000日元，随后突然人间蒸发，再也没有出现过。自那以后，没有人听说过他的消息。店主静静地开口道：

"他要是真的逃脱了，平安无事，那就好了。但自那之后，一通电话都没来过。"

此后我接触到的报道人员中，没有一个人知晓安田先生的存在，直接从搜查员手中获得信息的、专门跟随兵库县县警行动的记者也不知情。也就是说，这位安田先生在尼崎连续离奇死亡事件中，甚至连个失踪人员都不算。

像安田先生这样的人究竟还有多少？我认为，这是角田美代子相关事件中，真正处于阴暗面的部分。他们连浮出水面的机会都没有，就这样在冰山下被激流冲散了。好似在一眼望去一派风平浪静的海面下，正产生着极为汹涌的漩涡。

倘若像采访以往那些普通的杀人事件那样踏进这片深不见底的暗涌之中，说不定会遇到什么危险……

在我的心中，警报的红灯开始闪个不停。

第一章

角田美代子と裏稼業

角田美代子和
她背地里的工作

一切，都从一句偶然听到的话开始。而这同时也是我一脚踏入无限黑暗前路的一瞬——

2012年10月22日，我抵达尼崎市的第三天。

报纸和电视新闻上连日都在报道"尼崎连续离奇死亡事件"的新信息。相关人员的住所附近停满了各种包租车、出租车，到处都是身穿西装的记者在做采访。去年11月，也就是一系列事件曝光的出发点——因对大江香爱施以暴力而被逮捕之前，角田美代子一直住在尼崎市长洲东路的某个集体公寓里。如今，这座公寓前满是摄影师安放的三脚架，每个人都在这里死盯着。

重大案件发生时，这种光景相当常见。不过，对于我这个从东京跑来的外地人来说，这儿的记者几乎一个都不认识。他们大多是本地报纸或电视台的记者。我比较熟悉的是一旦发生重大事件，就会立即追着案情跑遍全日本的新闻周刊事件负责记者，或者社会娱乐新闻节目的工作人员。

和具有即时性的报纸以及电视新闻不同，周刊类的杂志从截稿日到正式贩卖之间还有好几天的空档期。也正因如此，他们比较追求自己专有的信息渠道，更倾向于进行一些深挖后的深度报道。也就是说，他们要的是"不会马上过时的内容"。这种信息靠一些常规采访是很难弄到手的,所以他们才会选择不走同行会走的路,转而向暗巷深处、更深处探寻。

这一次,我单独收到邀约,应某周刊需求撰写相关文章。我的同行们此时在什么地方做着什么样的采访,又弄到了什么独家新闻呢?说不定其中就有让其他同行羡慕不已的内容呢。一想到这儿,我脑中就满是焦虑和不安。

只属于我一个人的,那深埋在暗巷深处、更深处的东西,究竟埋藏在这座城市的哪个角落呢?

我猛地抬头望天,用力叹了一口气。但是,我还不能急着放弃。目前能够明确的是,此次事件出现了大量的被害者,我们对这些个别事件之间的因果关系都还没有厘清。

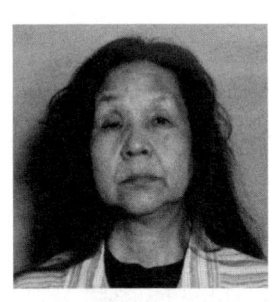

角田美代子

安藤三津枝

到今天早上为止,在尼崎市梶岛某民宅地板下发现的3具尸体中,有两具已经判明了身份。一名被害人是来自香川县高松市的谷本裕二先生,另一名被害人是居住于尼崎市的安藤三津枝女士。

据报道,谷本裕二是一个

名叫瑠衣的女性的伯父。瑠衣同角田美代子的儿子结婚，现在因盗窃罪遭起诉。同时，她还是居住于香川县高松市的谷本家的次女。这户人家在2003年遭角田美代子拆散。

为什么被害者家庭的女儿会和加害者的儿子结婚呢？她的伯父谷本裕二又为何惨遭杀害呢？

另外一边，安藤三津枝曾是美代子同母异父的兄长的女友。或许是这一层因缘，她和角田美代子相识已逾40年，和自己的老家也彻底断绝了关系。只有偶尔需要钱的时候才会联系家人。她似乎一直在为美代子家做家务，类似于家政妇。她又为何会惨死？其中因由也尚不明了。

最后剩下的那具尸体身份尚在确认中，但似乎就是瑠衣的姐姐茉莉子。倘若真的是茉莉子，那么事态可以说是相当异常了——姐妹二人中，一方已经被害，而另一方则和加害者站在了一起。

死者还不止这3人。

前一年，也就是2011年的11月，尼崎市某出租仓库里发现了居住于本市的大江和子的尸体。她被人塞进了汽油桶，桶内灌注了水泥。因这起事件，同月，角田美代子、李正

角田优太郎和瑠衣

则、大江和子的长女大江香爱、次女大江裕美、裕美的前夫川村博之，因遗弃尸体罪遭逮捕。

此外，在2005年7月，与角田美代子并无血缘关系的妹妹角田三枝子的前夫桥本久芳，从位于冲绳县恩纳村的著名景点——万座毛的悬崖上坠崖死亡，时年51岁。其母桥本芳子早在1987年就已失踪。失踪当时，桥本芳子59岁。后由角田三枝子出示失踪宣告书，于1994年在户籍上认定其死亡。还有桥本久芳的弟弟桥本次郎，据报道，他也有可能和大江和子一样，被塞进汽油桶、灌注水泥，遗弃于冈山县日生渔港。

也就是说，单是目前已经知道的死者人数，就达到了7人。

而且登场人数众多，此后很有可能还会发现更多死者。

在采访前，光是记住相关人员的名字就费了不少力气，还要掌握这些人之间的关系，更是令人头痛。

最重要的是，被认定为主犯的角田美代子——这个女人

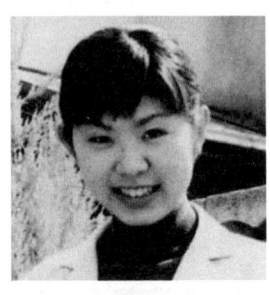

茉莉子

阿正，即李正则

的真正身份尚不明晰。明明在去年的11月就曾被逮捕及起诉,可是警察那边却几乎没有给出任何信息。一直到数日前,一部分电视新闻和报纸才开始曝出美代子的面部照片。照片中的她身穿灰色和服,皮肤较白,身形丰腴。

在前一晚,这张照片就由我的一名旧识记者复印传送给我了。这张照片是从角田美代子的儿子——角田优太郎在1993年4月入学当地小学时拍的一张大合照里截的特写。据旧识记者介绍,大合照中,美代子身旁站着的那个身穿灰色西装的男人,就是美代子未登记结婚的丈夫——阿东,即郑赖太郎。对方还告诉我,美代子旧姓"月冈",她当年就读的小学和中学的校名,对方也一并告诉了我。

大江裕美

虽然拿到照片算是调查有了点进展,但那毕竟不是我独家掌握的材料。其他相关报道者已经早我两三步就拿到了。我是单枪匹马,所以心里很清楚再急也没用,但还是发自内心地懊恼自己的无能。

遇到这种情况,我决定转变

川村博之

一下情绪,换个环境。

我离开了杭濑,准备前往当地人所谓的"中央地区"——阪神电铁尼崎站周边走访。

乘上阪神电车,我发现杭濑站和尼崎站之间只隔着一站,名叫"大物"。顺带一提,这个车站的名字虽然写成"大物",但读作"だいもつ(daimotsu)"[1],是一个生僻站名。这个地方其实和《平家物语》或者人形净琉璃、歌舞伎的演出曲目《义经千本樱》中出现的一处名叫"大物浦"的海岸之间有着很深的因缘。

抵达"中央地区"后,我发现这里要比杭濑那边热闹许多。带拱门的商店街洋溢着怀旧的气氛,到处都挤满了买东西的客人。在被道路隔开的对面,有一片如今已不常见到的风俗店,猥杂却也带着浓重的市井气息。

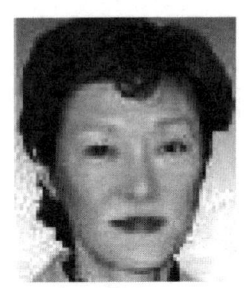

角田三枝子

阿东,即郑赖太郎

如此逃避现实,我的精神反

---

[1] 日文中"大物"的常见读音应该是"おおもの(o-mono)",daimotsu 是十分生僻的读法,故有此言。(译者注)

而逐渐恢复了活力。我有种感觉：必须掌握的细节虽然非常多，但只要能步步为营，总会有进展的。

"然后啊，那个角田大妈就被逮捕了嘛。那个事情啊，xx绝对知道的……"

有人擦肩而过，我的耳朵捕捉到了"角田"这个词。我停下脚步转过身，发现那个人正拿着手机在和谁通话，越走越远了，我慌忙跟了上去。

"……结果呢，警察是知道这件事的，但不知道调查到什么程度。嗯，嗯，然后呢……那个角田大妈就说没关系，可是哦，那时候她都已经下手了。"

听到这番话，我确信自己刚刚没听错。

打电话的这个人认识角田美代子。

我保持着不被对方看到的距离，走在他的斜后方，等他打完电话。

出乎意料的是，这通电话结束得很快。对方将手机从耳边拿开翻下翻盖，我则趁这个机会走到了他的身旁。

"您好，冒昧打扰了。"

我出声搭话。对方吓了一跳，扭过身子问："什么事啊？"

"啊，其实是这样的。非常不好意思，我刚从您身边路过的时候，碰巧听到您在电话里说到'角田'，请问，这个'角田'指的是最近闹得满城风雨的那个'角田美代子'吗？"

"没错啊，怎么了？"

对方还未放下戒备，这也很正常，毕竟是一个素未谋面的中年男人突然冒出来搭话。我慌忙掏出名片，解释说我在为角田美代子的相关事件做采访。紧接着，我又急忙问他能否给我些时间接受我的采访。

"我倒是无所谓，行啊。"

"太感谢了。"

趁他还没有改变主意，我急忙带他走进附近的一家咖啡馆。

这个人自称"Q"。问到本名时，他拒绝我说："拜托，真名还是别让我说了吧。"

"问吧，你想知道什么啊？"

这个人说话虽然粗鲁，但并没有显露出拒绝的模样。我单刀直入地问了他和美代子的关系。

"我们算是旧识吧。我和那个大妈会去五色（横街）啊、swing plaza 啊各种地方喝酒，不过她不喝酒的。"

五色横街是一条从杭濑站起沿着大路一直伸向对侧、开满酒铺的街道。这条横街的两旁挤满了各种小酒馆、小饭店，虽然现在来往的行人不多，但是在 20 世纪 50 年代到 60 年代的那段时间，一到周末，五色横街就热闹得仿佛下饺子，身在其中连挪动一步都很困难。swing plaza 是距杭濑站直线距离 200 米、对着国道 2 号线的酒馆大楼，这个地方比五色横街出现得晚一些。

"您和她是从什么时候起认识的呢？"

听到我的问题后，Q稍作沉默，回答说："我们认识有10年了。"

角田美代子出生于1948年10月12日，她现在刚满64岁。要是这个人10年前就认识美代子，那么他知道50来岁的美代子是什么样子。我告诉他自己手头实在是没有任何美代子的信息，希望他能给我提供一些帮助。

"我对那个大妈最深的印象啊就是钱。总之呢，她不管走到哪儿都在找能给她'宰'的冤大头。在柏青哥和小酒馆里不是会有那种老年人或者欠债的家伙吗？她主动跟这些人搭话，借给他们高利贷，就是搞地下钱庄喽。她一般都说会事先取得担保，不会催债。所谓的担保，就是让那些接受政府生活救助的人，把自己领救助金的银行存折或信用卡押给她。那些拿退休金的也一样。然后呢，如果有人嫌利息太高了多嘴几句，角田大妈就把周围那些年轻人喊过来，把发牢骚的人揍一顿。角田大妈总说：'钱没了缘分就没了，没有钱缘分就断了。这就是个看钱的世界。'"

或许是同情我这个可怜的中年男人吧，Q就这么滔滔不绝地说了起来。不过，他提到的"那

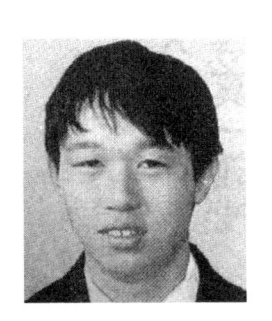

角田健太郎

些年轻人"指的又是谁呢?

"她周围有几个嘛。阿正呀、阿彻呀,还有阿滨啥的……"

这个阿正就是李正则,被媒体冠名为美代子的"暴力工具人",所以我也知道他。他出生于1974年5月,(当时)38岁,是美代子伯父的养子。在去年,也就是2012年9月,警方以对大江和子的尸体遗弃罪,判处其2年6个月的有期徒刑。

但除他之外的另两个人我就不认识了。Q告诉我,阿彻指的是美代子的长子,角田健太郎。他曾经用过"彻也"这个名字,十几年前起变成美代子的养子。再说阿滨,本名仲岛康司,他是梶岛3具尸体中的茉莉子的丈夫。因为长得像down town的滨田雅功,所以外号叫阿滨。

"他们虽然把钱借给需要靠救助金生活的人,但话说回来,那个阿正也被角田大妈命令去拿救助金。绝对没错。而且我还曾经听她说过,要让其他人也这么做。是不是真的就不晓得了。不过啊,那个大妈找到冤大头呢,就软磨硬泡地让人家去领救助金,再把救助金搞到手。她就是那种人。只要自己人里有能搞到钱的,一定会让他们去做。那几个年轻人啊,没一个敢违抗她,都对她言听计从。"

洗钱、救助金……这几个词在目前的报道中一次都没出现过。在对获得新信息而感到雀跃的同时,我的内心也产生了疑问：我究竟该相信他到什么程度？

"那个……如果想软磨硬泡要救助金，就必须掌握一定程度的专业知识，美代子有那方面的知识储备吗？"

听到我这么问，Q哼笑一声回道：

"所以啊，她有同伙嘛。"

"有……同伙？"

"是啊，一个叫X的，他们做的事情也如出一辙。角田大妈被捕之前和他们关系很好。那个X的周围也围着一大圈黑道上的人，里面当然有对政府救助金比较了解的人喽。洗钱也一样，不论是X还是他们的同伙，大家都互相介绍冤大头，互惠互利。"

美代子和阿正虽都被逮捕，但牵扯到很多人的集团——X的罪行还未被揭发出来。关于这一点，也是因为知情人士都三缄其口。

"X的事我也只能说这么多了。关于角田大妈，你还有啥想知道的？"

想问的问题简直多如牛毛。但Q似乎没什么闲工夫了，他一直在看表。

"说起来，一部分电视新闻和报纸都登了美代子以前的照片，她如今的模样和那时候差不多吗？"

昨晚收到照片后，我就跑去便利店打印了出来。此时，我取出了那张照片。

Q伸手接过照片，认真看了一番，回答：

"这搞错了。这绝对不是角田大妈，这是别人。"

"什么？！"

"眼睛和鼻子的形状都不对啊。那个大妈一脸的褶子，眼角要更耷拉，法令纹也不是这种角度的。她那张脸长得比较像斗牛犬。"

虽然偶尔也会出现搞错照片的情况，但大多是负责人一开始不小心弄错了，一般不会出现第二次失误。据我所知，上了电视新闻和报纸的主犯面部照片，都会找很多相关人员来反复确认真伪。仅就这一张照片来说，它已经被很多家媒体播出或刊登，正常情况下是不可能出现这种失误的。

"哎呀，是不是因为这张照片比较老了，所以才会有这种感觉？上了岁数，面部会下垂……"

可是Q听了我的话却一脸坚定地摇了摇头。

"不对，鼻子那里完全不一样。她的鼻子没有这个人这么挺，是个蒜头鼻。鼻翼很宽的。绝对没错。"

我接过他还回来的照片看了一下，的确，照片里的女性长了一个窄鼻子。

Q否定的表情中不带丝毫的迟疑。

这么看来……说不定照片真的弄错了……

这张照片就暂且存疑吧。我将照片塞进了文件夹中，随后又问道：

"如果说刚才那张照片是错的,那真正的美代子大概是什么样的外貌呢?比如,习惯穿什么样的衣服?"

"她衣服的颜色都比较朴素啦。一般都穿条紧身裤,套一件直筒上衣,下摆差不多到膝盖的位置。基本上都是这种组合。啊,我还记得她手上戴了个很气派的戒指。戒面是四方形的,很平,正中间嵌着一颗钻石。"

"发型大概是什么样的呢?"

"稍微染了个颜色,有点像烫坏了的卷发。长度差不多过肩吧。她那张脸很像冲绳石狮子和鱼类的混合体。"

和刚才那个"斗牛犬"的说法相比,这个形容也不知道是更好些还是更差些。

"说起来,我记得您刚才好像提到过,美代子不喝酒?"

"没错,她在小酒馆也只点乌龙茶啥的,喝的净是那些玩意儿。那个大妈啊,最喜欢吃甜食和面糊类的东西了。她总在杭濑那边一个卖甜点的店里吃宇治小豆刨冰,不过那家店现在已经关门了。还有大阪烧啊、章鱼烧啊,有几家店她也常去。"

美代子不喝酒这件事,目前还无法确定是不是体质的原因。聊到这儿,我们的话题又转向了她在小酒馆时的样子。

"她挺爱吹牛的。刚才我说到的那个戒指的事她也吹过。稍微有点什么不合她的意就立马变脸,一脚踹上收银台。她总给我一种'这大妈怎么回事儿啊'的感觉。"

"她会去卡拉OK唱歌吗？"

"唱的是美空云雀的那些歌，都是些老歌。歌名？我想不起来了。我说，你问得差不多了吧？我还有事呢。"

在目前这个阶段，我不能执拗地拦着不让人家走。我又提了一下刚才那张照片的事情，强调了确定这张照片真伪的重要性，表示我弄清后会再联系他，恳请他将电话号码告诉我。我当着他的面输入了他的电话号码，拨打确认后，又请他将我的手机号也保存进了通讯录。

和Q分开后，我走出咖啡馆，给昨天发我照片的那位旧识记者打了电话并告诉他，我刚刚见了一个认识美代子的人，他说那张照片绝对不是美代子，而是别人。

"可是，我们这边的记者非常仔细地做了面部确认啊。"

听到对方的回答，我也不知道该再说什么了，只补了一句："不怕一万就怕万一嘛，还是要多多小心为上。"然后挂断了电话。在我确认过照片是否属实之前，我决定暂时不把它发给编辑部了。

当晚，我得知在梶岛发现的那第三具尸体，的确是仲岛茉莉子。

※

我提醒自己，不能一直缠着Q不放。

倘若每天都打电话打扰他，对方一定会认定我是个麻烦的家伙。结合过去采访的失败经验，我准备暂压住自己的行动。我和Q之间的关联尚浅，仅靠一串电话号码维系。为了避免Q单方面切断这种联系，我得做好十足的打算了。

与此同时，我暗地里推进着Q谈到的，关于X集团的采访。在这一方面，我靠的是自己一双脚走出来的，从可信任的餐饮店店主们那里获得的信息。

最终，我大致掌握了以下几点：X由多名男女成员组成，不过他们基本上是分头行动的。还有他们活动的真实情况、组成人员、谁和某地的暴力团员有关联、有着怎样的关联……我掌握的这些信息和Q所说的完全一致，也证实了他之前所说不假。

为了避免不慎踩到"老虎尾巴"，我将和X关系较近的餐饮店单独列了出来，提醒自己不要贸然靠近。

随着采访的推进，美代子和X的核心人物Z，再加上另一个人，这3个人的三角关系也逐渐浮出水面。

周围的人称呼这另一个人为"律子"（化名）。她是李正则的亲生母亲，目前行踪不明，没有人知道她究竟去了哪儿。

时隔4日后，我咬咬牙联系了Q。

"见面没问题，但不可以引人注意。谁知道哪儿会有人盯着呢，是吧？"

Q虽然接了我的电话，但显得更加谨慎了。听说有记者突然跑到他的熟人那儿去堵他。他要求我的这次采访避开他人耳目。

我提议在尼崎市某家卡拉 OK 包间里见面。Q 同意了。

"你问律子啊？律子在前一阵跑去园田那附近了欸。"

显示屏关闭的卡拉 OK 包间内，传来隔壁某间屋子里年轻男人高唱摇滚的声音。我刚开口问律子，Q 立即就回答了。他口中的园田是位于尼崎市东北部的一个地方。

"好像被 X 藏起来了吧。"

对方的回答让事情进展得太快，我不由得吃了一惊。此前我只是听说律子行踪不明，以及和美代子、X 的核心人物 Z 相识已久。上次见到 Q 的时候，还是对方主动掐断话头，表示不能再多说了。难道因为那是我们第一次见面，对方比较警惕才……接着，Q 继续兀自讲起来：

"他们 3 个本来是个借钱三人组，彼此认识 30 多年了。这几个人都曾分头绞尽脑汁地和金融机构借钱，还故意申报破产去骗钱。其中借钱最多的是律子，律子还和角田大妈、Z 借过钱呢。她有毒瘾，之前也因为吸毒被抓过，不过这玩意儿才没那么简单就能戒掉。再加上阿正去文身和吸毒的钱也是从她那儿拿的，她就是个无底洞，多少钱都填不满啊。"

据 Q 说，让儿子阿正染上毒瘾、沉迷文身的也正是母亲律子。

"阿正是律子和大阪某个黑道上的家伙生的孩子。他一出生,那个男的马上就和律子分手了。后来又发生了很多事,律子在杭濑的一家叫'H'(化名)的小酒馆工作时遇到了皆吉胜一('胜一'为化名),跟他再婚了。这个律子和胜一吧……该怎么说呢,说他们喜欢黑道可能有点怪,反正就是和道上的人交往频繁,还总让阿正也去交些道上的朋友。于是呢,阿正也对黑道产生了向往,主动跑去文身,还开始吸毒……"

遇见律子时,胜一貌似是尼崎市某公立小学的校务(当时是杂务工)。他酒品很差,动不动就在酒馆里打架。他非常沉迷赛马和赛艇,因为公务员的身份很方便借钱,所以欠了一屁股债。

"然后啊,还有后续呢。这个胜一的妹妹,就是阿花的妈妈。"

"阿花?"

我不知道这个阿花是谁,又问了一遍。

"就是瑠衣啦。大家不会喊她瑠衣的,都叫她阿花。"

也就是说,阿正母亲再婚对象的妹妹,嫁去香川县高松市谷本家做了媳妇,生了瑠衣和茉莉子两姐妹。

2003年,美代子带着阿正等人冲进了高松市谷本家,搅得谷本家家破人亡。

聊到这儿,我提出一个疑问:

"阿正和谷本家的关系我已经明白了,但美代子又是怎么冒出来的呢？"

听到我这样问，Q的脸上浮现出一个笑容。

"因为当时是角田大妈在照顾阿正啊。不过再之前的时候，反倒是阿正和X的关系更深些，经常出入他那边，因为Z和律子关系好。Z因为一些原因没法留在尼崎，就暂时离开了。差不多走了有10年吧。律子就拜托角田大妈，把阿正托给她照顾了。"

"但是，这件事又是如何跟高松市的谷本家联系起来的呢？"

"在那之前胜一欠了钱，实在周转不开。当时是角田大妈包揽下来的。然后就说，让胜一妹妹的婆家或者其他妹妹帮他还债嘛。她也喊阿正帮忙了呢。"

隔壁房间里依然是激烈的摇滚乐和男人的歌声。唱歌的人没变，曲子也反反复复是同一首。看来这个人是独自跑来练歌的。他唱歌的音量实在太大了，听得人心烦。

Q好像也对男人的歌声感到不耐烦，他漫不经心地说：

"阿正被托给角田大妈的时候，最初的3个月一直都被监禁着。角田大妈和她弟弟不断威胁阿正，举了一堆暴力团伙和右翼的名字，还说：'你应该知道逃跑会是什么下场吧？'阿正被吓得半死，再也不敢忤逆角田大妈了。"

阿正竟然被监禁过，真是出乎我的意料。还有，美代子竟然有个弟弟，这件事我也是头一次听说。

话又说回来，Q话中的信息量实在大得出乎寻常。他和美代子之间的关系绝对比他透露的时间更长，也更深厚。上次他说自己和美代子"认识有10年了"，但这个说辞可能只是为了不让我摸清具体时间而打的马虎眼吧。如果是这样，那他当时有几秒的停顿也说得通了。不过，事到如今再把这件事拿出来重提也不是什么好点子。目前最应该优先去做的，还是将我和Q之间纤细孱弱的联系逐渐加粗、加重。

于是我对Q说：

"再点些喝的吧？"

万万没想到的是，几个小时后，我竟然从完全不同的一条线上，偶然得知了和美代子弟弟有关的、令人万分惊愕的信息……

第二章
グリコ森永事件との奇妙なつながり

与格力高森永事件之间的奇妙联系

"最近怎么样啊？"

我接到了一通负责司法新闻的记者朋友打来的电话。对方没有过多寒暄，而是嗓音高亢，开门见山地问起了我的近况。

我刚刚结束了对Q的采访，正朝着杭濑某家给我提供过消息的饭馆走去。那家饭馆的老板和阿正的母亲律子很熟。我准备这几天都去那家店坐坐，尽量拉近和老板之间的距离。

我在电话里回答朋友，此刻正在尼崎做事件采访。对方一听，不由得抬高嗓音道："你果然在尼崎！"

随后他继续说：

"其实，我有件事想告诉你。你知道月冈靖宪吗？"

"月冈？"

我记得角田美代子的旧姓就是"月冈"。不过，我对"靖宪"这个名字没什么印象，我也如实回答了对方。

"之前不是发生过那件事吗？有个男人要挟大阪市某个律师，拿走了3亿多日元。后来大阪地检特搜部出动把那个男人逮捕了。付给那个男人的钱也是被害律师贪污得来的，所以那个律师也被逮捕了。"

没错，这件事我的确有印象。

"那个男人就叫月冈靖宪，2007年因恐吓罪被逮捕了。他貌似是尼崎事件里被逮捕的角田美代子的弟弟。"

"欸？真的吗？"

说到美代子的弟弟，我也是在几个小时前才刚刚从Q那儿得知他的存在。这个时间点未免太过巧合了。

"但也只能说'有可能'是她弟弟。这个信息还不能算百分之百准确无误，要想确认还得你自己想办法。"

说罢，朋友又继续道：

"对了，还有件事要告诉你。那个叫月冈的男人之前还是格力高森永事件的重要参考人，接受过审讯呢。"

"什么？！"

我发出中气十足的一声惊呼。

这个人竟然被怀疑和20世纪80年代震惊世人的那起重大事件有关？这个消息给我带来的冲击实在太大了。

"不过，最终并没能证实他和那起事件有什么具体关系，他只是接受了审讯而已。"

即便如此，这个消息也相当震撼了。

"不过啊，那个叫月冈的男人可是个相当难搞的角色呢。（被他威胁的律师）A虽然被逮捕了，但据说他知道月冈被抓后顿时露出彻底松了一口气的表情呢。你想，一个律师都会变成那样，足可见月冈的要挟令人感到多危险、多可怕了吧。"

月冈被判处14年有期徒刑,立即执行。他眼下正在服刑。谢过朋友提供的消息后,我挂断了电话。

那么,接下来该怎么办呢?

我决定先不去杭濑,转而回到了入住的酒店里,上网搜索信息。的确,那个因恐吓律师于2007年被捕的人,就叫月冈靖宪。

同样是这个月冈,早在1991年就和补习班的讲师发生过争执,因伤害罪遭起诉。后来在面对记者的采访时,月冈还透露,警方在审讯自己时曾说:"这件事根本不重要,重点是在'格力高森永'上。"据说他被审讯过不止一次,之后还被警方追着审讯过好几次。

当时西宫市一家便利店的防盗摄像头拍下一段"戴棒球帽和眼镜的男人"的视频,月冈由此成为嫌疑人。不过,单纯只是因为这一点吗?恐怕没这么简单。我猜警方应该在调查交友关系时对他产生了怀疑。但实际结果和朋友在电话里说的一样,除了审讯之外并没有别的动作。

查到这一步,主要问题在于这个月冈究竟是不是美代子的弟弟。我通过自己的人脉,要来了2007年恐吓事件的相关审判记录。

第二天,我将到手的资料翻看了一遍,注意到一个相当有意思的事实。

据检方开篇的陈述所示,月冈于1953年出生在尼崎市,高中辍学，之后换了很多职业。后来他独自经营代理销售教材的公司。1982年又接触了家庭教师的派遣业务。但在1989年左右，他的生意出现问题，从1991年起便没了工作。

此外，根据资料记录，从做派遣业务的1982年起，他就靠诈骗和要挟他人得来的金钱生活。

1991年月冈丢了工作后，他的一个朋友因为和某金融从业者的债务处理问题委托了A律师。A律师协助他的朋友同对方达成了和解，但月冈责骂A律师的处理方法不够好，还去A的事务所和家里堵过A很多次。A律师为此非常困扰，只好自己掏钱负担了和解金。自那以后，月冈便持续恐吓、要挟A律师。

这种恐吓手段令我想起了美代子的手法，执拗且狡猾。

1998年，月冈欺骗A说当时委托他处理债务的朋友在北海道被恶劣的金融从业者杀害了，并且斥责A说，自己的朋友是因为A才被迫从恶劣的金融从业者那儿借钱的。他还告诉A，那帮金融从业者接下来就要去伤害A的家人，如果想和解就必须掏钱。在月冈长时间的编排和逐渐渗透下，A律师相信了他的话，深信自己陷入了人身危机，不断地付钱给月冈。

每当A律师筹不到钱，月冈就会不分场合地怒骂。A律师曾哭着对月冈说："我活不下去了。"月冈威胁他道："啊，是吗？那你去死吧，你死可以，但别以为你死了一切就结束了。你死以后，那帮人会去找你老婆、你儿子还有你女儿。还有我呢！我也因为这件事掏了很多钱，我才不会善罢甘休，我也会去缠着他们的！"

月冈不仅言语上威胁A，还对其施加暴行，拳打脚踢。有时还会半夜把A带去深山里或河川边，逼他跪下来道歉。

月冈会不断地给A的事务所发威胁传真、打恐吓电话，常年深夜在他家附近按汽车喇叭，还给他家的座机打骚扰电话，在他家门口贴一些威胁的标语等。在月冈的骚扰下，A的妻子从2002年起患上抑郁症，曾两度自杀未遂。

实在没钱供给月冈的A律师，开始盗取客户预留在自己这儿的钱。大阪地检特搜部得知后展开秘密调查，于是揪出了月冈。2007年，月冈和A律师双双遭逮捕。

据审判资料所示，月冈总计威胁A律师414次，勒索3亿1200万日元。而A律师从7名客户那儿盗用了遗产及保险金共计3亿7200万日元。

以上就是这一案件的大致经纬。

但事实上，审判中的主要争论点并不在月冈恐吓A律师这件事上。它是和另一起欺诈案以及一起恐吓案，三案合并审理的。

那另一起恐吓案令人印象尤为深刻。被害者B在2000年是一名女大学生。2000年至2005年的5年间，B一直遭受月冈的威胁，月冈反复要求B为自己提供肉体及金钱服务。

从这起案件的卑劣程度足以看出月冈人品的卑劣。

2000年11月，读大学四年级的B在大阪市某家酒馆做陪酒服务。月冈认识她后，邀请她一起吃饭。他得知B欠了信贷公司一大笔钱，为了还钱不得不去陪酒。月冈跑去找A律师来帮她处理债务，卖了个人情。

翌年1月，月冈想让B做自己的情妇。一起吃过饭后，他在车内要求B和自己去旅馆开房。遭到B的拒绝后，月冈突然翻脸恫吓她：

"信贷公司那边我就不管了。A律师全听我的，接下来信贷公司会去找你讨债的。你要是还不上，就只能去卖身了。你爸不是公务员吗？到时候他会丢了饭碗哦。"

在这之前，月冈经常自夸认识某某政治家，很有势力。B担心月冈报复自己，开始了和他的肉体关系。

自那以后，月冈经常把B喊出来，强行与她发生性行为。虽然在2001年B就回到位于九州的老家上班了，但月冈仍会每月把她喊去大阪、神户等地，强行与她发生性行为。B在九州的时候，月冈也会每天给她打好几通电话，要求她把每天做过的事全部报告给自己。一旦有疏忽没接电话，B就会被月冈臭骂一顿。

某日，B告诉月冈，自己已经和家里人坦白了一切，希望能和月冈结束这段关系。月冈回答她说："我知道了，我们见面聊聊吧。"随后把她喊去了关西。可是两人一见面，月冈就威胁她说："你以为自己是靠谁才活到现在的啊？你敢离开我的手掌心，你全家都会遭殃。你的债务可还没搞定呢！"再度强迫她和自己发生肉体关系。性行为结束后，月冈还对B说："你做什么都没用的。"

2003年，月冈开始向B要钱。他让B在多家银行和财务公司办卡，要求她分期贷款，并把贷到的钱统统打进自己的账户里。

这一行为和角田美代子对她控制的那些家庭所做的事非常相似。至2005年为止的两年间，B用这种方法总计打给月冈431万日元。

终于，在2005年6月，长达5年的荒唐恐吓行为被打上了终止符。B就职公司的上司注意到了异常，劝她好好整顿一下债务。B一开始无法开口把自己和月冈之间的关系告诉上司，但在接受精神科心理诊疗后逐渐将事实说出了口。她的上司给她介绍了一名律师，律师给月冈寄去一封表示"从今以后请不要再来纠缠的"内容证明书，在那之后，月冈便不再联系B了。

法院开庭审理此案时，B出庭针对月冈的判决作出如下陈述：

"虽然月冈已经被捕，但我这么多年来一直身处恐惧中，当时的记忆太过强烈，那种害怕月冈的情绪丝毫没有消失。当时的生活好似地狱一般。虽然已经过去了这么久，但这一切我到死都不会忘记。我没法同任何人倾诉,也不敢和任何人联系,甚至因此失去了最要好的朋友。因为被月冈喊出去见面,我没能参加朋友的结婚典礼。对于月冈来说,或许这全是被骗的人活该,或许这都只是微不足道的小事。但对于我来说,他的所作所为改变了我的人生。我失去的一切都不会再回来了,我希望月冈至少可以在和我所受的苦难一样长的时间里,去好好地赎罪吧。"

月冈出生于尼崎市,比角田美代子小 5 岁。他们的行为相当残忍,造成了被害者一生难以治愈的创伤。我认为,他们的犯罪手法颇有相似之处。但也不能仅靠这一点,就认定他们二人是姐弟。

从网上还能找到月冈被逮捕时的新闻影像。他梳着大背头,戴着一副金丝边框眼镜,面相十分冷酷。他脸上的某个特征吸引了我的视线:那个大而滚圆的蒜头鼻,和 Q 口中美代子的面部特征完全一致。

当然,仅靠鼻子无法证明他们之间是姐弟关系,但这无疑为可信度更添了一笔。

我是不是应该去找找月冈的同学呢?还是说,拿着月冈的照片去问问 Q?不,Q 说他没见过月冈。既然如此,那去找找月冈的同学比较合理。

这番纠结在第二天就被轻松地解决了。我问了认识的相关搜查人员,对方立即回答我:"啊,没错。他们确实是姐弟。"

搜查人员制作了角田美代子的亲属及交友关系图，月冈就在这幅图上，出生年月日也完全相符。上面还保留了20世纪80年代初期，月冈在阪神尼崎站附近经营补习班"S"时的记录。当时，与美代子并无血缘关系的妹妹三枝子（旧姓谷轮）曾在那儿工作。

就这样，角田美代子和月冈靖宪实为姐弟的信息得到了证实。

就在这个时候，又有惊人的消息出现。

10月30日，在相关人员的做证下，警方在冈山县日生渔港，将被塞进汽油桶内、用水泥灌注的桥本次郎（三枝子丈夫的弟弟）的遗体打捞了上来（其身份于11月1日得到确认）。傍晚的电视新闻都在播放相关影像，大举报道此事。

晚上9点来钟，一个记者朋友打来电话，说之前使用的那张角田美代子的照片有人认领，该女性准备在大阪市某家律师事务所召开记者会，澄清照片中的人并非角田美代子。

当时我正在杭濑swing plaza内的某家酒馆里，听到这个消息，我的心情十分复杂，内心叹着"果然是搞错了"，但同时又松了一口气，心想幸好没有把那张错的照片发出去。几秒钟后，那个给我照片的旧识记者的脸浮现在脑海中，但眼下实在没法做好心理准备，直接给他打电话。

我是在店外接的电话，碰巧我旁边站着另一位打过照面的周刊记者，对方接到的电话貌似和我的内容相同，他也站在大楼外，一脸凝重地对着电话那头低吟："哎呀，糟了啊，这可怎么办。"

虽然未发出那张弄错的照片，但我丝毫没有感到得意。这次只是偶然，真的只是偶然遇见持否定态度那么强烈的人，才没走错路。在其他报纸杂志和电视台都选用同一张照片的情况下，如果只是有人含糊地质疑了一下，我也仍会毫不犹豫地交出那张错误的照片。所以绝不能事不关己，我发自内心地感到后怕。

后来才知道，当时大家找了好几个认识美代子的人去确认照片是否属实，而其中就有与 X 有关联的人。他们故意积极地指认那张并非美代子的照片，声称"绝对没错，这就是美代子"。虽然也有搜查人员告诉记者"她现在的脸和那张照片一点也不像啊"，但记者们还是优先听从了美代子周围那些熟人的证言，导致用错了照片。

两天后，11 月 1 日，我翻开某周刊最新一期的黑白卷头，被其中刊登的内容惊得睁大了眼。

出现在眼前的是一张带着浓郁昭和色彩的集体照。

左侧一角是一个身穿水手服，身形瘦削，梳短发的少女。而最后一排和正数第二排，有两个身穿立领校服，梳着寸头的少年。

3 个人都没笑。左侧的少女虽然很漂亮，但看表情好像在发呆。最后一排的少年看不出在想什么，一副难以捉摸的

中学毕业照。圆圈圈住的人左起为：
角田三枝子、月冈靖宪、猪俣四郎（"四郎"为化名）

神色。第二排的少年的眼睛被打上了马赛克，看不出那条细细的线下是什么表情。

这张照片收录在40多年前某中学的毕业册中。据这篇报道所说，照片左侧的少女就是当时姓谷轮的角田三枝子。最后一排的少年是美代子的弟弟月冈靖宪，第二排的少年是被美代子入侵家庭的滋贺县I家的四儿子。这个I家四儿子的孩子，在美代子入侵后成了她的养子。Q也曾提过这个孩子，他就是阿彻，即角田健太郎。

原来这3个人竟然是中学同学啊。

角田三枝子

月冈靖宪

这张照片里既有加害者也有被害者，此后他们虽然踏上了大不相同的人生，却在青春期有着交集——这一点令我大受冲击。

这起事件涉及香川县、滋贺县等地，乍一看给人一种作案范围相当广的感觉，但我觉得这一切的开端，说不定就是从尼崎市一个相对狭小的地方开始的。

至此，我将已经公开的信息和我拿到的独家信息综合到一起，列出了被害家庭和美代子之间的连接点，并确认了死者身份。

【桥本家】

40年前桥本家母子二人就经常出入美代子家，受其照顾。母亲桥本芳子似乎没有固定工作，常因为一些小事被美代子斥责。1987年芳子失踪后，被宣告户籍上的死亡。2005年，和角田三枝子结婚的芳子的长子——桥本久芳在冲绳县摔下悬崖而亡。2011年，次子桥本次郎死亡，尸体在冈山县日生渔港被发现。

【安藤家】

安藤三津枝曾和美代子同母异父的兄长——角田利一（"利一"为化名）交往。早在40多年前，三津枝就住在美代子家，做着类似于家政妇的工作。她于2008年消失，尸体在梶岛某民宅内被发现。

【猪俣家】

即前文提到的"滋贺县I家"。本家位于尼崎市，后来猪俣光江的长子换工作，搬至滋贺县彦根市。猪俣家四儿子和月冈靖宪是中学同学。1998年，猪俣光江在尼崎市为姐姐办葬礼时，美代子作为亲戚出席，故意找碴儿，借机入侵猪俣家。

此后，美代子又将光江次子的女儿、四子的儿子过继到自己的名下（四子的儿子即角田健太郎）。1999年，光江和其长子的儿子——猪俣康弘（光江的孙子）死亡。

【皆吉家】

阿正生母——李律子嫁给皆吉胜一（"胜一""律子"为化名）。2002年，身背欠款的皆吉家长子胜一住进了美代子的公寓。2003年，胜一的母亲皆吉典死亡。同年，胜一的妹妹桐山信子（化名）失踪。2004年，阿正被过继为美代子伯父角田寅雄（"寅雄"为化名）的养子。2012年，在地板下发现谷本裕二、安藤三津枝、仲岛茉莉子3人尸体的房子，正是皆吉典曾居住的梶岛某独栋。

【谷本家】

阿正母亲律子的丈夫皆吉胜一的妹妹初代，嫁去谷本家做了媳妇。2003年，为了让阿正重返社会，美代子要求谷本家代为照顾，而谷本家拒绝了她的要求并准备将阿正送回，结果反被美代子赖上，入侵家中。2004年，谷本裕二死亡，他是初代的丈夫谷本丰（"丰"为化名）的兄长。2007年，谷本丰的次女瑠衣同美代子的次子优太郎登记结婚。同年，谷本丰的长女茉莉子同仲岛康司登记结婚。仲岛是桥本次郎的朋友，和桥本次郎一同住在角田家。2008年，初代受重伤，被送进大阪市某医院。同年，茉莉子死亡，警方于梶岛某民宅内发现其尸体。2009年，初代于尼崎市某医院死亡。

【川村、大江家】

2009年，就职于尼崎市某大型铁道公司的川村博之同前来投诉的美代子相识。2010年，川村从该公司离职，并服从美代子的指示，同妻子裕美离婚。2011年，其母大江和子死亡。大江和子曾被迫和裕美、香爱一同住在川村的独栋公寓内。大江和子的尸体随后在尼崎市某出租仓库被发现。同年，香爱从美代子的监禁下逃脱，前往派出所报案，这才牵出了一系列事件。

以上就是我梳理好的资料。

在警方看来，猪俣光江和康弘二人以及谷本初代的死亡都不具事件性，但他们死亡的原因多少有些蹊跷。把这3人的死亡包含在内，整个案子里已经死亡的人共计11人。

考虑到仅在10天前我们掌握的死亡人数还是7人，我认为必须将调查的视野放到更宽的角度上才行。

除此之外,通过整理角田美代子和被害者家庭的连接点,我发现她的目标首先都是可以自由出入的一家,再抓准婚姻亲属关系这条线,趁机入侵。随后再将偶然出现的第三者牵扯其中。

个别案子的详细情况我尚未完全掌握,但美代子犯下一切罪案的起点,全部在尼崎市。我只能从这里出发,一点点寻找更多的细节。

值得注意的一点在于她居住的地方。

2011年美代子被捕后,角田家族被摸查到的住所有5处。之所以用"家族"一词,是因为这些住所的户主大多不是美代子,而是与她有关的人。

例如,位于尼崎市长洲东大街三丁目的分售公寓801号房,美代子曾将这间房子的阳台变成一个监禁小屋,此事被新闻媒体争相报道。这间房子的户主是角田三枝子。2000年,美代子以桥本久芳的名义贷款购买了这间房,除久芳外,安藤三津枝也是连带保证人。2005年,久芳死后,因其生前购买了团体信用生命险,该房产的剩余贷款被保险金付清,房子转移到了三枝子的名下。

该处分售公寓于2012年6月由神户市地方法院尼崎分部收押并进入竞拍流程。预定于同年11月进行法拍。然而为保证证据完整,法拍于10月23日被取消。(后来,大阪市某金融从业者于2013年2月将其拍下,价格为1330万

尼崎周边地图

东海道本线

尼崎

● 角田美代子父亲居住的地方。美代子在这里度过了她的中学时代

● 川村、大江家两代人的住宅所在地

角田美代子租借了三间屋子的公寓所在地

● 角田美代子母亲的娘家

角田美代子所有的分售公寓

川村博之居住、大江和子死亡的公寓

●●●

杭濑

发现谷本裕二、安藤三津枝、伸岛茉莉子三人尸体的皆吉家

■

猪俣家三男和其母光江居住的公寓

装有大江和子尸体的汽油桶在此处被发现

●

大物

■

尼崎

■

角田美代子出生成长的地方

●

国道2号线

阪神电铁本线

出屋敷

■

角田美代子家的客厅

日元。)

在最开始的出价期间,神户市地方法院公布的"现况调查报告书"中包含了该房产内部的照片。该图片作为展示角田家室内样貌的资料被各新闻报道使用。

有意思的是,在2012年7月进行的房屋所有者(债务者)居住状况调查中,三枝子(于同年8月被捕)是这么回答警方的:

"这个房子是我和我的两个外甥,以及他们的3个妻子儿女,共计6个人一起住的。我们是一家人,我从来没有拿过两个外甥的房租。不过,我吃饭的钱一直都是外甥负责的。"

她提到的两个外甥就是角田健太郎和优太郎。而"3个妻子儿女"指的是优太郎的妻子瑠衣和他们的一双儿女。美代子是在三枝子接受审讯的前一年被逮捕的，所以她不在三枝子列的同居人名单里，这一点尚且合理。但美代子的事实婚姻对象郑赖太郎竟然也不在其中。作为优太郎的亲生父亲，赖太郎似乎并没和他们同居一处。

其他住所中，有3处是同一栋公寓内的不同房间。那是位于长洲东大街二丁目的一栋分售公寓（以下统称为"长洲东大街分售公寓"），距长洲东大街分售公寓直线距离只有200米。赖太郎、阿正和仲岛康司就住在这间公寓里。此外，在美代子、三枝子和优太郎没搞到那间分售公寓前，他们也曾住在这里。

美代子最早租借这栋公寓的502号房是在1981年。租房人的名字是郑赖太郎。1983年，她又以并非角田家族的其他男性的名义，租借了202号房。到了1995年，又以桥本久芳的名义租借了501号房。

前文提到的长洲东大街分售公寓的周边被他们用障碍物团团围住，从外面完全看不到里头的情况。这间分售公寓也同样被动了些手脚进行遮挡。该公寓的住户表示：

"就算在冬天，他们家的阳台上也挂着遮阳的苇帘，根本看不清里面的情况。经常有些坏人进进出出，有时候还能听到屋子里传出怒吼声。周围的住户都尽量避免和他们有接触。"

还有一处住所位于神户市三宫的某家分售公寓内。这一处实际上是谁在居住尚不明确，不过它原本是猪俣光江二儿子夫妻的房产。1998年，此房屋的所有权转到了角田美代子的名下。

除以上5户外，他们还租借仓库，其中一间仓库位于尼崎市长洲中大街，装有大江和子尸体的汽油桶就是在这个仓库内找到的。此外，他们在其他地方也租有仓库。

如上所示，角田家族持有多处房产，分摊使用。而非同寻常的还不只是他们的住所情况。美代子被捕后，角田家族其他人的朋友去长洲东大街分售公寓拜访时，在客厅看到了某个奇妙的东西。

"从玄关进门，经过左右都贴了镜子的走廊，走到最深处是他们家的客厅。客厅里摆着那张在电视新闻里出现过好几次的桌子，就是几个人撑着桌板的那种恶趣味家具。再往前看是一个摆了酒和酒杯的架子，架子上还放着一个白色骨灰罐。摆得很随意，凌乱。真是把我吓坏了，没敢问那是谁的骨灰。"

听到这种描述，我突然感受到了角田美代子的虚无。既可以说她是漠视生死的，也可以说她对未来是活着还是死去都不放在心上吧。

角田美代子为什么会走到这步田地？

想知道其中缘由，就有必要尽力去追寻她的过往，回顾她的成长经历。

我再度踏上了尼崎的土地。

一定有一些地方,还残留着美代子的足迹。

第三章
親の愛に飢えた少女

渴求父母之爱的少女

好荒凉的景色。

这是我对这里的第一印象。

我走进一片被铁丝网围起来的宽阔停车场。抬头望去，国道43号线和阪神高速3号线的高架桥映入眼帘，不断有大型装甲车发出轰鸣声穿行而过。

周围没有任何人类发出的声音，只能听到车辆的通行声，以及正在作业的机械发出的钢铁碰撞声。

据说，这里就是美代子出生和成长的地方。

此处位于阪神电铁尼崎站东南部的南城内。我所在的这个停车场一端，就是如今已经废弃的国铁——尼崎港线的线路。在这条线路附近曾建有一片本地工厂的配套宿舍，在这片双层木造房屋中，有一户属于美代子的父母。

在来这儿的路上，我从一位老妇人的口中得知，1995年阪神大地震后，这一片被夷为平地，建起了临时住宅。

这位老妇人并不认识美代子的父亲月冈。不过，当我问到这附近过去的模样时，她抱着双臂开口道：

"要说这儿过去是什么样子啊……尼崎这个地方呀，是一个住满劳动者的城市。因为有很多工厂嘛，当年这附近有很多凶巴巴的小哥出没。过去有一些冲绳啊、奄美那边的人

美代子曾经的老家，
如今已改为停车场

跑到这儿来找工作，随后就住下来了。朝鲜人也很多。总之就是什么人都有，很乱，不像现在这么冷清。现在嘛……如你所见。"

说完，老妇人露出一个自嘲的笑。

想到老妇人说的话，我又环顾一番眼前的停车场。如今，这里已经彻底丧失了昭和时期的风貌。

很乱……我从其他人口中也曾听到类似的评价。对方也是一位老者，在娱乐场所工作。

"别的地方我不清楚，但在尼崎这个地儿呢，大家都是'我不问你，你也别打听我'的态度。这儿的人不只有来自冲绳、奄美的，也有朝鲜人、部落民……大家都是从外地来到这儿的，人人都有自己的苦衷，各不相同。所以啊，很少有人打听别人的身世，大家也不会主动说。"

我伸手拉紧大衣的衣襟，仿佛在给自己鼓劲儿一样抬起头。

60多年前，他们在这儿过着怎样的生活呢？

美代子的父亲月冈誉（"誉"为化名），他的工作是给泥瓦匠拉活儿。他让这些工匠住在家里，然后派他们去施工现场。月冈家中总有一些年轻好胜的工匠频繁出入。而能够驾驭这些工匠的月冈誉个性粗暴，用蛮力让他们心服口服，接受管理。据说，他在日常生活中会频繁用恫吓和暴力的手段对待工匠。

美代子的母亲幸子（化名）在一家小饭馆工作时认识了月冈誉。这家饭馆所在的"新地"属于一片非公开卖淫区。幸子旧姓角田，她身形高大但长相标致，经常穿一身华丽的和服。她也是个性格粗暴的女人，一旦家附近有小孩子大声玩闹，她就出声怒喝。

当年还姓谷轮的三枝子和她的母亲也借住在这里。三枝子的母亲和幸子从事一样的工作，所以来投靠她。生活在同一屋檐下的日子里，美代子对小自己5岁的弟弟月冈靖宪，还有和弟弟同年的三枝子都很好。

美代子还有一个大自己7岁的哥哥利一（化名）。这个哥哥是幸子和月冈誉在一起前和曾交往过的人所生的孩子，不清楚幸子是否和这个人结过婚。另一边，美代子和弟弟月冈靖宪则都是月冈的孩子。

据说，月冈誉和幸子在美代子读小学二年级的时候分手，那是1955年的事了。美代子由父亲抚养，利一则可能被判给了母亲。月冈靖宪没有确定被判给了谁，不过他的同学接受采访时曾说，中学时去过月冈靖宪家，当时他和身材高大、服装华丽、疑似幸子的女人住在一起。所以，靖宪由母亲抚养的可能性更大些。

美代子虽然被判给了父亲，但有时候她也会从母亲家去

美代子母亲幸子的老家（左）
幸子老家的背后（右）

上学。不清楚是哪一方的意思，不过她应该是由父母双方轮流照顾的。

前几天，我造访了位于尼崎市长洲中大街的幸子的老家。

走过狭长的小巷后，那栋古旧的木造二层楼就在眼前。玻璃推拉门边上挂着门牌，上面的"角田甲"三个字已经模糊得看不清了。那是美代子已经过世的外祖母的名字。

沿着外侧绕到房子背后，我被眼前的景象震惊得屏住呼吸。这房子的一半已经塌了，看上去横七竖八的。勉强支撑着没塌掉的位置应该是厨房，从外面看进去，冰箱、碗柜统统看得一清二楚。

实在是过于残败了，简直像一片废墟。

邻居家的老妇人不仅记得角田甲，还记得孩提时代的美代子。

"当时她应该还没读小学呢，她妈妈总领她回来。她哥哥利一就守在一边，美代子还很活泼地在那边的小巷子里跑来跑去呢。

"阿甲性格挺强势的，总和幸子吵架。还有，小春（化名）也住在附近，时不时也会过来，她和阿甲也会吵架呢。"

小春是幸子的哥哥——角田秀春（"秀春"为化名）的妻子，也就是美代子的舅妈。后来，美代子也是在这位角田小春的葬礼上乘虚而入，入侵了猪俣家。幸子的另一个兄弟，美代子的舅舅——角田寅雄（"寅雄"为化名），有段时间也和角田甲住在一起。

"寅雄那个人好像是混黑道的，经常穿一件鲜艳的大红色T恤，配黑色的裤子，甩着肩膀走路。那个人基本不工作，但附近一有点什么事，马上开始大吼大叫。我们平时根本不敢和他对上眼。"

寅雄在2012年9月，81岁那年病逝。或许时至今日对他的印象依然很差吧，那位老妇人皱起眉小声地说了一句：

"就是因为有那种兄弟，为了一家人能吃上一口饭，幸子才跑去那种地方工作的。"

这位老妇人也知道幸子在"新地"工作的事。

"那种事，我当然知道啦。她总穿得那么花枝招展，又化了妆，太醒目了。还有，她喊美代子的时候，用的都是在那种地方工作的人特有的发音。一般不都是喊'美代子'吗？但是她会喊成'美代，子'，就是在'代'和'子'之间停顿一下。以前经常听她那么喊。"

白猫

听完邻居的讲述后，我准备为这座即将坍塌的房屋拍张照片，再度绕到了房子背后。这时，我发现一览无余的碗柜边，蹲坐着一只纯白色的猫咪。毛发整齐，眼睛大大的，是只很漂亮的猫咪。

"她"就生活在这儿吗？只见那只猫咪静静地蹲在房间里，凝视着我拿起照相机的动作。就在我按下快门的瞬间，"她"用面颊轻轻地倚住了碗柜，向着我的镜头看了过来。

※

采访角田美代子小学同学、中学同学的工作迟迟无法推进，因为很多记者早早就挨个走了个遍，愿意说几句的人也已经被汹涌而来的媒体采访了无数遍。大家的反应基本是"够了吧，别再采访了"。

我还遇到过很多次，想要采访的对象不在家，他们的家人透过对讲机发火道："就直说吧，你们这样真的让人很头疼！"一方面，我也觉得很不好意思，但同时也因此感到气馁。反复吃闭门羹后，真是恨不得干脆扔下这个案子不干了，但还是只能坚持忍耐。对于事件发生后才开始采访的人来说，这是宿命。

不过，其中也有不顾家人反对，愿意接受我采访的人。我对他们满怀感激之情。采访结束，对方已经走远，我依然会对着他们离开的方向，一遍又一遍地鞠躬致谢。

那一天，我坐上了尾崎（化名）先生驾驶的车。他和美代子从小学到初中都是同学，他还准备带我去找其他相关人员，我自然大为欣喜。在车上，尾崎先生手握方向盘，开口道：

"月冈（美代子）从小学起就不怎么来上学，中学时也是一样。我去过她和她妈妈住的地方，给她送学习资料。她上小学的时候没那么可怕，总的来说算是个普通小孩吧。"

尾崎先生送资料时去的那个家应该是美代子外祖母住的房子，也就是美代子母亲的老家。从中学开始，美代子就搬进了距离她就读的中学很近的某个市营住宅里，和她的父亲以及一帮工匠住在一起。

"住在一起的那帮人啊，与其说是工匠，不如说是一帮混混儿。总之都是些品行不好的人。当时我爸妈也警告我，最好离月冈家远点。"

车子开了一会儿后，远远地能看到目的地的那所中学了。

"我们都是婴儿潮一代嘛，那时候小孩子多得很。学校刚建起来，我们是第二届，但当时一个年级就已经开了10个班了。"

尾崎先生这么一说，我也意识到了。生于1948年，也就是昭和二十三年的美代子正属于团块世代。在她那一代，人口非常多，为了生存，所有人都必须经历激烈的竞争。

"啊，月冈家大概就在这一带了。"

尾崎先生放慢了车速，伸手指了指学校正门斜对面的停车场。

"当时这片建了一大排二拼一的房子，旁边还搭了猪舍，臭气熏天。"

自然，当时的景象如今已荡然无存。我们在这附近慢悠悠地转了一会儿后，车子突然停下了。

"是这儿，就是这儿，她当时住的就是这种感觉的房子。"

路边出现的是一栋铺了石板瓦的单层古旧房屋。从厕所的位置还探出一截过去常见的那种烟囱一样的换气口。

"左右两个玄关，厕所在屋子外头。"

这是一栋颇为窄小的建筑物。在这种大小的房子里，根本没有任何个人隐私可言。当时生活在这种环境中的人不算少数，但对于正处在青春期的女生来说，确实是太难熬了。

"那咱们去下一个地方吧。"

车子驶离了美代子中学时的居住地。接下来，尾崎先生要介绍另一位同学给我认识，我们这就去他家。一路上我向尾崎先生打听，问他对中学时的美代子是否有印象。

"印象最深刻的还是在初一，当时我们是同班同学。记得好像是夏天，她领着几个其他学校的女生突然冲进教室。月冈上身穿的是学校制服，白色水手服，下身穿了条白色的阔腿裤。一身的白色，吓了我一跳啊。搞不清她为什么要穿成那样。她们当时好像在教室里待了有 10 分钟吧，很快就走了。"

看来这件事给尾崎先生带去了很强烈的冲击，听他讲述时的语气，就好似昨天刚刚发生的事一样，语气中带着惊讶。她竟然会穿那样的衣服，我听到后也很惊讶，于是问：

"美代子家不是很困难吗？"

"不，没感觉到她们家很穷。她爸会给她钱，但从来不管她。所以她在衣服上才花了挺多钱吧。"

说到这个，尾崎先生又补充道：

"有一次，老师让我们所有人去体育馆集合。大家都去了，只有月冈没去。大家回到教室后，好几个人的饭盒找不到了。后来才知道被月冈拿回家了。她说想知道别人吃的盒饭是什么味道的。她家都是直接给她饭钱，没人给她做饭。"

成年后犯下的罪行无论如何都无法被原谅，可听到她中学时的往事，我还是心中感到一阵难过。那也是美代子人生中的一段往昔。

"好了，我们到了。这里就是井上家。"

尾崎先生停好车后走在我的前面领路，他好像回到自己家一样推开玄关的门。井上先生应该已经知道我此次拜访的目的，很快走出来迎接我。

"嗯，跟你说过的，这位想问问月冈的事。"

尾崎先生表现得十分随意，井上先生嘴上说着"就算你这么说……"，但那个苦笑的表情看上去是同意了。我率先开口问道：

"您和美代子从小学到中学都是同学吧？读小学时候的美代子不怎么来学校吗？"

"嗯，与其说是不怎么来，不如说是有点不爱上学吧。

程度不算严重的那种。曾经有同学去过她家三四次，接她去上学。她也不是那种一直不去学校的孩子啦。"

"也就是说，美代子读小学那阵子其实不能说是行为异常？"

"是啊。她读小学的时候并不是那种很坏的小孩，还是上了中学后才出现很多问题的。她大半夜在外头溜达，被教育过好几次，还进过矫正未成年行为的机构。她领着其他学校的学生来我们学校，在校门口挑一些胆子比较小的同学，吆五喝六地威胁他们。"

我注意到了带外校同学进来这一点，于是问道：

"她在本校没有什么关系要好的同学吗？"

"没有没有。"

井上先生和尾崎先生二人同时大声否定，随后尾崎先生解释说：

"她平时都不来上学，偶尔出现也是领着一些外校的过来威胁同学。怎么可能有朋友啊。"

井上先生又补充说：

"她还避开了那种会抵抗的、比较强势的人，专挑性格软弱、任人欺负的同学下手。"

这种挑选威胁对象的做法，和她后来犯下的罪行颇有重合之处。我正思索着，尾崎先生又问井上先生：

"对了，你当年是不是还打过月冈啊？"

"啊,对哦,我确实打过她。"

说罢,井上先生把脸转向我这边,解释道:

"是初三那年,我走在回家的路上,月冈坐在她们家小混混儿骑的自行车后座,从对面过来。她很粗鲁地喊了一声:'喂,井上!'我就抬手打了她。"

"小混混儿没找你麻烦吗?"

"当时倒是没有,就那么完了。但过了几天,那个小混混儿跑去我家,说是要'把前几天的账算一下',我怎么可能是他的对手,就跑去找我们中学的辅导老师中村(化名)老师商量。老师建议我:'直接去她家道歉如何?'我就和我妈一起去月冈家道歉了。"

井上先生的语气十分平静。

"然后呢,开门的是月冈的父亲。我想解释一下这个事儿,结果她爸说:'反正不管怎么讲,肯定都是我家(美代子)的错,算了。'这件事就这么解决了。"

听上去,美代子的父亲似乎一点都不信任自己的女儿。

"等我长大成人,到了这个岁数我才意识到,月冈其实很可怜。她爸妈一点都不愿意护着她。而且,她明明是那么年轻的小姑娘,但回到家,家中全是些不认识的工人走来走去的,根本待不下去啊。她之所以频繁地大半夜跑出去溜达,也是因为这个吧。"

井上先生的语气颇有些感慨,一旁的尾崎先生也是一样。

"真的，就算再怎么可恶，当时她还只是个初中生呢。肯定很渴望父母的保护。"

随后陷入一阵沉默。见证了美代子多愁善感的少年时代的两个人，也许在这片刻中，遥想起半个世纪前的同学了吧。

※

"实在抱歉，他身体不太舒服，请您下次再来吧。"

眼前这位80多岁的老妇人对着我低头致歉。

"是我打扰了，那我下次再来吧。"

她再度把头垂得更低，随后关上了房门。

还要再来几次才能成功呢？井上先生口中的那位"中村老师"，我想亲自来拜访他。他曾是角田美代子读初三时的辅导老师。

中村老师曾有一段时间愿意配合接受媒体的采访，可是相关人员不分白天黑夜地涌向他家，导致他一病不起。如今的中村老师已是85岁高龄，身心都很虚弱。他表示不会再接受采访了。

2013年2月，我接下了月刊杂志的短期连载工作，1个月前起就逗留在该地，但到1月为止，我都在进行共计12周的周刊杂志采访。从这个月起，才终于可以专心投入月刊杂志的采访工作。

2012年12月12日，角田美代子在兵库县警本部的拘留所内自杀身亡。至此，关于尼崎事件的相关报道便开始迅速减少。随着时间的流逝，这种现象越发明显。到了2013年2月，几乎看不到什么记者在相关地点进行采访了。

1个月前我拜访过中村老师，但他的夫人表示，中村老师仍旧因为身体不适，无法接受采访。从那次开始，我在这两周里每过几天就会去拜访一次，一共拜访了3次，统统被拒绝了。

其实，考虑到受访者的身体状况，我原本应该放弃这次采访，但我有无论如何都无法放弃的理由。

中村老师是唯一一位愿意为美代子说几句话的人。自然，前文中出现的尾崎先生和井上先生也对美代子表示过同情。但中村老师更进一步，在一开始就指明美代子缺乏父母的关爱。既然有人愿意为遭尽唾弃的她说几句话，那我也有必要把这些话传达出来。

加之中村老师本人也并没有彻底地拒绝我，感觉更像是他的夫人因担心丈夫的身体，才拦下了我的采访请求。所以我始终没有放弃。

再一次拜访中村家是在4天后，果不其然，还是他的夫人在门口接待了我。

"……所以，您再来多少次，我们都没法接受采访的。"

"数次打扰，非常抱歉。那个……我有些话，拜托您一定要转达给中村老师，好吗……"

听到我这样讲，中村夫人有些惊讶地问：

"您要说些什么呢？"

"角田美代子的确做了坏事，也被世人唾弃。没有任何人说她半句好话，也没有人表达过一星半点的恻隐之情。可是只有中村老师，作为她曾经的辅导老师，替自己以前的学生角田……当时她还姓月冈，替美代子说话。反过来讲，肯替美代子说话的人，也只有中村老师了。他身体抱恙，我还这样反复打扰，真的非常抱歉。但我真的希望能采访他，希望您能替我转达我的心情。如果采访途中他感觉状态不好，我会立即中断采访的，也会尽自己最大的努力去照顾他的感受。拜托您了。"

"我明白了，我会告诉他的。"

听到夫人的回应，我深深地鞠了一躬，并且跟她说，3天后我会再来，希望中村老师能再考虑一下。随后我便离开了他家门口。

走在早已熟记于心的路上，我思索着：不知道中村夫人会不会将我说的那些话转达给中村老师呢？不过，当我说到"肯替美代子说话的人，也只有中村老师了"这句话的时候，中村夫人确实在瞬间屏住了呼吸。我只能靠她的这个反应赌一把。

3天后，我出现在中村家门口，按响了门铃。如果这次我还是被拒绝了，又该想什么办法请求对方呢？我不知道。

中村夫妻在家的时候门是不锁的，我听到未锁的拉门被推开的声音，中村夫人从门后探头出来。

"数次叨扰，非常抱歉。"

我首先低头致歉。我看到中村夫人扭过头和屋里的某个人说话。

一位穿着居家服的老人从房间里步履蹒跚地走了出来，是中村老师。

"在您身体不适之时打扰您，真的非常抱歉。"

中村老师在玄关附近坐了下来。听到我诚惶诚恐地道歉后，他摆了摆手。

"之前来采访的人太多了，我实在招架不住，结果就倒下了，几乎一直卧病在床。"

中村夫人拿来一件棉袍披到中村老师的肩上。我担心采访时间太长，老师支撑不住，急忙进入正题。

"您是美代子读初三时的辅导老师，对吧？"

"没错。月冈当时总闯祸，老师们都不太喜欢她，谁都不愿意做她的辅导老师。当时我主要负责辅导学生的校园生活，所以主动请缨，做了她的辅导老师。"

"总之啊……"说到这儿，中村老师话锋一转，"她很缺乏父母的关爱。一般孩子遇到什么事，家长都会很担心地跑来学校吧？但是她的家长从没来过，就算月冈接受辅导，她的父母也不来，对她完全就是撒手不管的态度。我曾经做过家访，见过她的母亲。她母亲用事不关己的语气说：'（美代子）晚上会跑出去，总不回家。'可是，如果家庭和谐，孩子怎么会不回家呢？就是因为家庭，孩子才不回去的啊。那个孩子的内心一定非常孤单寂寞。"

"我听说，美代子唯独对您才会敞开心扉……"

"她不来学校，学时不够。我训了她一次，之后就什么都愿意和我讲了。"

"还有，我看一些文章写到您在学校大门口训斥美代子。"

"是啊。我主要负责生活辅导，那时候我每天早上都会站在校门口。然后月冈啊，每天都迟到。有一天她又迟到了，我忍不住训她：'你怎么又迟到！'月冈对我说：'老师，谢谢您这样训我。我爸妈从来不管我，训过我的只有老师您一个人。'从那以后，有什么事她都会跟我讲，甚至还会问我：'老师，您知道新地的啤酒多少钱一瓶吗？'或者'我爸总跑去新地，一直不回来'之类的。"

说着说着，中村老师仿佛又回到了年轻岁月，双颊逐渐有了些血色。生于昭和二年（1927）的他，当时也才30岁出头。

关于美代子深夜在外面徘徊的事，我也问了中村老师。

"她因为晚上跑出去的事，接受过教育辅导。她总是半夜出去玩耍闲逛，进了好几次少年院。每一次我都跑去和负责少年案件的法官求情，说：'等她回去我会好好教育她的。'记得当时法官问我：'你啊，要是让这种小孩回去，那其他1500个学生你要怎么办？'我也只好回答：'我会好好处理的……'"

"当时还有其他像美代子这种情况的孩子吗？"

"没有没有。那时学校刚刚建好，目标是成为尼崎的学习院呢，那是一所相当好的学校。会乱来的只有月冈一个人。说起来，好像有一年马上快过年的时候，大半夜我突然接到警察的电话，他们告诉我：'老师，您的学生现在在我们这儿接受教育辅导。'我跑去警察局把她领回我家，让她洗了澡、吃了饭，还跟她说：'你明天要好好去上学啊。'她只回答了'好的'，可之后依然故技重施。我气得训她，可她每次都只会'是，是'地答应而已，从来不肯改。"

"您听说这次的事件后是什么心情呢？"

"其实，我只知道月冈这个名字，根本不知道什么角田。还是记者找过来，我才知道角田是月冈的。对于这个案子，我真的只有震惊这一种感情。如果按事件内容来判定，那肯定跑不了死刑的，不是吗？她自己心里应该也清楚吧。"

我提到美代子自杀的事，中村老师只"嗯"了一声就陷入了沉默。随后，他语气里带着凄凉，喏嚅道：

"我原本希望她能好好反省自己的错，认真偿还自己犯下的罪啊。"

在2月冰冷的玄关边，我也曾犹豫要不要让中村老师在这儿接受我的采访。最后，我开口说：

"且不提长大成人后的事，至少对于中学时期的美代子来说，中村老师，您就是她心中唯一的救赎吧。"

"是吗？可我真的不懂她为什么要做出那种事啊。真的，就像我刚才跟您讲的那样，月冈就是一个极度缺乏父母关爱的孩子。这一点绝对没错。她从来就没被父母的爱意浇灌过啊。"

谈到这个约50年前，自己只照顾过1年的学生，中村老师语气中的真情却远超过那短暂时日原有的厚度。

离开中村家，我心中虽有终于成功完成采访的满足感，但远超其上的是一种深重的无力和寂寥。

缺乏亲情的学生，对学生倾尽关爱的老师。可是这个学生在成人后犯下重大罪行，最终自杀身亡。

明明还有悔改的机会，美代子为何没有对抗自己那不被父母关爱的命运，就这样一路坠入深渊呢？还是说，她犯下的罪行，就是她选择的"抵抗"呢？

我迈步向前走，一直、一直走着。我想让身体的疲劳替我拂去内心的寂寥。

第四章
非公然売春地帯への紹介者

非公开卖淫区
的皮条客

角田美代子升入高中。

初中几年的出席日数踩在最低线上勉强毕业的她，进入了尼崎市某家私立女子高中就读。

美代子的高中生活持续了不到 1 个月就宣告终结。听说是因为在校内打架，但事实真相不得而知。只知道在接受退学处分后，她的学生生涯就此结束。

再出现关于美代子动向的相关信息，就是她在 19 岁时逼迫 16 岁少女卖淫，因触犯卖淫防治法遭逮捕的事了。

美代子从 15 岁到 25 岁的这段时间里，一直都和她中学同学的哥哥在尼崎市同居。该男性在 1972 年 4 月 10 日，也就是美代子 23 岁时和她登记结婚，但两年后的 1974 年两人就早早离婚了。

坐在美代子小学、初中同学尾崎先生车里的时候，他曾将车子停在阪神电铁出屋敷站西北方向一带，告诉我：

"我们几个同学读高中的时候走在蓬川附近，偶然遇到过月冈。她告诉我们，她在这附近的酒店里让女孩卖淫。还说：'看在以前是同学的分儿上，可以给你们算便宜点。'"

尾崎先生说着，抬头望向了斜前方的一家情人旅馆。

"就是那家情人旅馆。那儿以前只是家普通旅馆，月冈包了3个房间。她把地方都告诉我们了,还说自己手下有四五个女孩子。"

20世纪60年代的尼崎市,零星分布着数个非公开卖淫区。我在当地饭馆认识的一位曾隶属于暴力团体的70多岁老人这样告诉我:

"首先,被喊作'新地'的地方就有3个。南初岛的'初岛新地',户内的'神崎新地',再就是神田南大街的'神南新地'。除了这3个地方之外还有很多。出屋敷站附近的那些店,还有杭濑的五色横丁里头的一些店也是卖淫的那种啦。但昭和四十五年(1970)那会儿不是大阪开世博会吗,提前两年就开始搞净化活动,大规模检举新地,那段时间所有店同时关门了。阪神大地震那次,像'神崎新地'这种老建筑都塌了,如今还在营业的只有'神南新地'了。"

白天,我去"神南新地"走了走。

走过商店街的大拱廊,没多远就到了。白底红字的照片上写着"欢迎光临",仅在夜晚营业的店面大门紧闭。三层楼的建筑物连在一起,店铺外以及二楼的外壁上挂着异常多的空调外机。还有不少店铺在建筑物前摆着一些花盆和花木箱子,好似下町的街道一般。可即便如此,眼前的风景还是令人感到生活气息匮乏,有一种悄声隐匿之感。

等到了晚上再去,我吓了一跳。到处是水银灯夺目的闪光,店门大敞,其中有不少身穿红色、黄色等艳丽服装的年轻女子，她们在聚光灯的照射下娇艳微笑：

"小哥，来玩儿呀。"

她们身旁上了年纪的女性主动搭话。附近的男性好似来水族馆参观一样，慢悠悠地踱着步。无论是面向大路的一侧，还是夹在两栋建筑物之间的通道一侧，都因招徕客人而显得十分嘈杂。

那位70多岁的原暴力团成员说过：

"当时和现在不同，那会儿的法律没这么严格，卖淫女里也有些未满18岁的女孩。其实店里也知道，但会假装不知道。有客人问就说18岁了。大概是这么个感觉。"

我想起了中学毕业相册上那张美代子的黑白照片，想起了她那怅然若失的表情。

"月冈她不怎么来学校嘛，所以毕业相册里只有这一张照片里有她。"

尾崎先生这样告诉我。据他说，月冈个子很高，初中毕业的时候已经超过了160厘米。

那张照片中的美代子年纪尚轻，此刻的我，仿佛也在门内看到了她的幻影。

她正好奇地望着男人们，在门内招呼着："小哥，来玩儿呀。"

中学时的角田美代子

※

在采访角田美代子过往的这段时间,我依然和 Q 三不五时地进行"密谈"。我们一贯是在卡拉 OK 的包间里谈话,聊完后再分头离开。

"其实啊,有件事我之前一直瞒着你没说。但如今角田大妈也自杀了,死了蛮久了,就跟你说了吧……"

进入包间后,Q 单刀直入地表明,他和美代子其实 30 多年前就认识了。他还从美代子口中听到了不少她的过往。

"那个角田大妈啊,最开始工作的地方就是'初岛新地'。那时才初中毕业没几天呢,也就十来岁的样子。她妈不就在那种地方吗?所以就把她介绍进店里,开始工作了。这是她亲口说的:'我妈说了,与其什么都不做,在外头闲晃,还不如把你介绍到我认识的店里去工作赚钱……'"

被自己的亲生母亲介绍去卖淫,这令我大受冲击。我意识到,或许她一直以来篡夺他人的家庭,不断破坏他人的亲情关系,这一连串罪行的原点,正在于此。

Q 继续说:

"她的下一家在出屋敷,还去过'神南新地',后来到岁数了,也去'神崎新地'工作过。其间她还去'中央区'(阪神电铁尼崎站周边)的夜店和小酒馆做过。她不是有个舅舅叫寅雄吗?那个人也是 xx 组的手下,会给她拉活儿。"

听他这样讲，我感觉手头掌握的一些碎片信息似乎联系到了一起。

在此之前，我通过其他信息来源，掌握到美代子在十几岁的时候经常和舅舅寅雄走在一起。据目击者称，他们在一起时亲密无间，好似有"男女之情"一般。

被亲生母亲介绍去"初岛新地"积累了工作经验的美代子，随后又在"神南新地"所在地——阪神电铁出屋敷站附近，借用寅雄的关系渠道做起了皮条客。她虽然可以出卖自己的身体，可一旦做上皮条客，就必然得要暴力团体介入了。这一时期，正和她的初中同学在蓬川附近偶然遇到她的时间相吻合。

而她的"生意"被检举是在她19岁那年。她要求16岁少女卖淫，触犯了卖淫防治法，遭到逮捕。那位70来岁的原暴力团员提到的，尼崎市"新地"在大阪世博会前两年遭大规模处理一事，发生在1968年。而1948年10月出生的美代子如果在此次大规模处理前过了生日，就正好是19岁。

此外，还有一件事也能对应进来。那是我从一位旧识记者口中听来的。

"尼崎的'中央区'有一个叫'H'的夜店，美代子似乎经常出入那家店。她父亲因为生意上的事情背了很大一笔债，被黑手党追得走投无路的时候，美代子还去找'H'的老板商量过。老板找了老熟人警察署长，让搜查员介入这件事，才算摆平了。"

我把这件事告诉Q之后，他说：

"角田20岁左右的时候的确很受'H'的照顾。但是啊，她不是在'H'，而是在那家店下属的一个地下店'D'里工作。'D'那边等级更低一些。"

比起在夜店工作，我更想知道角田美代子为什么会去帮自己的父亲。毕竟，她之前多么厌恶自己的那个家啊。我从中感觉到了她行为中的矛盾。当然，我也考虑过是不是因为父女关系会使她被迫成为连带责任人，遭受牵连，所以她才这样做的。但事到如今，这件事里的相关人员都过世了，很难证明这一点。

1970年，大阪举办世博会，尼崎市非公开卖淫区的生意很难再恢复原样。当时21岁的美代子，不知为何跑去外地——神奈川县横滨市的伊势佐木町开了一家小酒馆"A"（化名）。她还带上了当时年仅16岁，后来变成自己妹妹的三枝子。

关于突然跑去横滨开店的理由，Q没有从美代子那儿听到过任何解释。但这一疑问在一次意外中被偶然解开了。

某天，我在西宫市坐出租车的时候，碰巧和司机聊到自己在尼崎市做角田美代子的相关采访。看上去年纪有70岁左右的司机突然说出一段大大出乎我意料的话。

"大概40年前吧,我和那个叫角田的人见过面。而且呀,你猜猜是在哪儿见的?在横滨的伊势佐木町哦。"

我当时非常震惊,我告诉对方自己了解到她曾经在横滨经营过小酒馆。

"对对,那个店其实是用来卖淫的。"

"可是……为什么要在横滨?"

"因为世博会,尼崎的'新地'都被取缔了嘛。她就带着没工作的女孩子们去那边做买卖。当时啊,尼崎的xx组组长在横滨有人脉,她挺长一段时间都在那边做买卖呢。"

"原来是这样啊……"

我没有再继续说下去。

"我啊,年轻时那会儿很爱乱玩。我和那个组长也挺熟的,还去横滨那边玩过。都是尼崎过来的嘛,所以和角田见过面。就是这么回事啦。"

可惜的是,这位司机并没去过美代子开的店。但他对自己的记忆力很有信心。

"那个,不用找钱了。"

下车后,我不由得说了这么一句话。

在这之前,我到处问过关于伊势佐木町夜店"A"的事,但没弄清这家店究竟开到了什么时候,问到的都是一些碎片信息。我听说美代子并不会出现在店里,有一名"外雇老板娘"负责管理。包括三枝子,她也会负责一部分资金筹集和收支管理。

又一次相约卡拉OK包间时，Q告诉我：

"角田大妈是在35岁后才去'神崎新地'的。她总劝周围人'趁年轻要去神南那边尽量多赚，等岁数上来了，再去神崎比较合适'。"

美代子是如何看待卖淫这件事的呢？

"不管怎么说，在角田大妈心里，卖淫只不过是搞钱的手段而已。所以她才会面不改色地说：'干一炮拿5000日元，来个5回就是25000日元了，多赚啊。'有一次我问她'新地'的卫生管理情况，她随口说：'拿水管子冲冲就算了。'"

或许是为了防止自己长期从事这类工作可能会出现精神崩溃，她有意把自己塑造成一个"粗鲁"的人。

1974年，美代子和两年前登记结婚的男性离婚，从那年起一直到2011年被逮捕为止的37年间，她一直和郑赖太郎（通称：东）同居，维持着事实婚姻关系。

持韩国国籍的赖太郎比美代子低一年级，从尼崎市的中学毕业后在铁工所和运输公司做过事，一开始和美代子同居的时候，他在开出租车。郑赖太郎是个瘦削寡言的男人，美代子从不喊他名字，每次都用"喂""你"一类的词招呼他。上了岁数以后，美代子又改口喊他"老头"或者"死老头子"。这两个人的事实夫妻生活，完全是美代子控制赖太郎。

Q也曾目睹两人的相处状况。

"赖太郎特别在意角田大妈的脸色。我感觉角田大妈从来没把赖太郎当成自己的丈夫吧。非要说的话，赖太郎更像是她的霸凌对象。她想撒气的时候就突然找碴儿，对着赖太郎拳打脚踢，还用棒子抡他。不过，也是因为有大妈在，他才能吃上饭嘛。他也知道自己如果真的逃跑了，会有怎样的下场。所以他从没离开过大妈。"

从和赖太郎开始事实婚姻关系到角田美代子30岁的这段时间，她陆续结识了前文提到的X集团的Z，以及阿正的母亲律子。

"你记不记得我之前说过，角田大妈、Z还有律子是一个借钱团伙。这3个人是分别在杭濑这个地方相遇的。杭濑是个小地方，他们分别在不同的店铺做生意或者工作，简简单单就互相认识了。然后呢就出入对方店里，或者在别的店里见面，越来越熟络。再加上这几个人当时都欠着债，于是串通起来耍一些恶劣的小聪明……他们大概就是这么一种关系。"

聊到这儿我产生了一个疑问。在我所知的范围内，当时美代子还经营带有卖淫性质的小酒馆，应该是赚了不少钱的。她又为何会欠债呢？

听到我的疑问，Q用鼻子哼出一个笑，回答：

"花的比赚的还多呗，不够花啊。嗑药赌博，烧钱的地方多的是呢。"

"就是说，美代子还吸毒？"

我不由得提高了嗓音。

"当然了啊！不然谁会从白天到黑夜一直那么精神啊！你想想，和她玩儿到一起去的那个律子，之前是因为什么被捕的？"

"好像……是因为吸毒……"

这件事之所以扰乱了我的逻辑，是因为我先入为主地认为"长期吸毒的人一定都很瘦"。迄今为止，每次问到熟悉她的人，大家都形容美代子是个高大壮实的胖女人，所以我才以为她不会吸毒。在和记者朋友交换信息的时候，大家谁也没提到过她吸毒的事情，过去的新闻和电视报道上也从未出现过相关信息。

可与此同时，在之前的采访之中，我的确时常听到这样的说法：美代子每次侵占一个家庭的时候，都会连日在深夜召开家庭会议，令所有人疲惫不堪。而在这群疲惫到极致的人中，唯独美代子总是精神头十足。如果考虑到是因为吸了毒比较亢奋，那就说得通了。此外，在角田家族成员中，阿正于2011年被捕时体重应该超过100公斤，但他也的确是吸毒惯犯。也就是说，虽然吸毒但身形仍旧壮硕的实例是存在的。

见我一脸困惑，Q不由得吃了一惊：

"你连这个都不知道吗？那些家伙啊，一旦遇到什么事，首先想到的就是赶紧泡进毒品里。真的都是一帮不可救药的东西啊……"

说到这儿，Q看了一眼表。留给我的时间恐怕不多了，我慌忙开口：

"那个……赌博主要是指哪些呢？"

"那个大妈什么都赌哦。柏青哥、赛马、赛艇……还混迹于当时杭濑开的一些扑克咖啡馆，赌扑克牌。没错，还有户内的赌场，她也在那边露过面。"

"您说户内，是在'神崎新地'的那个？"

"没错，那个大妈35岁后工作的地方。那附近有赌骰子的赌场。"

"所以才欠了债……"

"也包括开的店倒闭了之类的原因吧。总之她花钱大手大脚，借钱好似吃香槟果喽。"

"吃香槟果？"

"啊，你不懂什么意思吧？就是借钱不还。虽然现在已经没了，但当年那个大妈还经常去（尼崎市）冢口的金融公司借钱呢。"

说罢，Q站起身，看上去要准备离开了。美代子的黑暗面还会延展到何种程度呢？

独自留在包间内的我被刚刚信息量巨大的对话震撼得一时半刻不想起身。我坐在原地，从兜里掏出香烟，点上火。

随后把烟深深地吸进了胸腔。

※

"小野先生,我知道一个从很早起就认识美代子的人,介绍给你吧。"

那是 2013 年的 2 月,在和 Q 见面几天后,我常去的一家杭濑的饭馆老板向我提供了这条珍贵的线索。我同时也深切地认识到坚持去一些店里坐坐的重要性。此时距离我连续访问尼崎,已经过去 4 个月了。

至此为止,被找到的尸体按确认身份的顺序依次为:大江和子、谷本裕二、安藤三津枝、仲岛茉莉子、桥本次郎、皆吉典 6 人。还有死因未被认定存在事件性,但死亡原因及理由存在疑点者,按死亡顺序依次为:桥本芳子、猪俣光江、猪俣康弘、皆吉(谷本)初代、桥本久芳 5 人。总计 11 人。当然,其中不包括下落不明者。可即便如此,被害者人数也是相当惊人的。

那位餐饮店老板知道我在探寻角田美代子的人生经历后,为我介绍了 R 先生。和 Q 先生一样,为了不泄露他人信息,我在此使用与其姓名无关的英文字母做代号。请读者多多谅解。

R 先生也和我约在了卡拉 OK 包间里。

"30多年前认识美代子的时候,她称自己姓'东',没说自己姓角田。这起事件刚被报道出来的时候,我根本不知道里面的主角就是美代子。而且一开始不是还错用成了别人的照片吗……可后来换回她本人的照片后我才发现:这个人我认识啊,不就是之前经常见到的那个美代子吗?"

在餐饮店工作的 R 先生去杭濑的小酒馆喝酒时,认识了美代子。当时美代子30岁刚出头,和他一样是那家酒馆的客人。

"当时的她比这次报道放出来的照片更胖些。她说自己在杭濑做陪酒生意,还说自己一个人支撑一家店,店面特别狭小等。但我一问详细地址,她又含糊其词。后来我们交情久了才知道,她当时开的是一家让年轻女孩卖淫的店。"

每次见到 R 先生,美代子除了聊些闲话外,还常提到钱。

"她总是念叨有没有什么能来钱的办法啊。比如怎么把一群领救济金的人聚到一起从中提成,如何把别人的保险金划到自己的名下。每次谈到这些,她都滔滔不绝。还有,具体时间我不太记得了,关于她自己的收入来源,美代子曾经提到是靠保险金赚钱,死亡保险金一类的。"

R 先生还说,无论是在小酒馆还是营业到深夜的咖啡馆,或者家庭餐厅,她一直都在聊这些。

"说起来,她给人的印象和报道出来的不太一样。别看她那副样子,她其实特别怕寂寞,受不了场子太冷清。有时候天都快亮了，我就说'太困了，我得回家了'，她一定会拦住我说'再多待会儿吧''喝杯咖啡吧''天亮了再回吧'一类的。她真的太有精神头了。大半夜还两眼放光，一个劲儿地说啊说啊。反倒陪她的人都快累死了。"

听到 R 先生这样讲，我突然想起 Q 先生提到的"吸毒"。于是便问他：

"那个，R 先生，非常抱歉，我想问您一件事，可能有些唐突，请您别介意。刚刚您说美代子一直到早上都特别有活力，是不是因为美代子有可能吸了毒呢？"

R 先生一听，突然噤声，随即慌张地开口道：

"这个……那种事谁会特意跟人讲嘛……我也不清楚。再说了，这种问题我也不可能直接开口就问：'你现在吸毒了吗？'是吧？就算我真的问了美代子，她应该也只会回我一句'你说什么傻话呢'才对吧。"

R 先生这时的表情给我一种感觉：他应该知道些什么，但选择了隐瞒。我们毕竟是第一次见面，也没必要穷追不舍。

我便顺着 R 先生的话："的确，您说的没错……"

见我没有再多问，R 先生也滔滔不绝起来。他甚至主动讲起了美代子户籍上的二儿子优太郎出生时的事。顺带一提，优太郎出生于 1986 年 12 月 25 日。

"有一天，美代子突然主动告诉我：'我生了个男孩子。'在那之前我从没听说她怀孕了，而且也根本没见过她怀孕的样子。可她却说：'其实我怀过孕的。'还很开心地告诉我：'小宝宝特别可爱呢。'"

实际上，我在尼崎市着手采访工作没多久就得知，美代子的长子健太郎和二儿子优太郎都不是她的亲生孩子。

不久后我得知，健太郎是美代子从她入侵的那家人手中夺走的孩子，后来成了她的养子。优太郎的亲生母亲是三枝子。而且，出生于1982年的健太郎，是在优太郎出生后过了13年（1999年）才成为美代子的养子的。健太郎虽然比优太郎年长4岁，但在以美代子为至高权力的家庭内部序列里，二儿子优太郎的地位比健太郎更高。这些也是我在采访中得知的。

与此同时，关于优太郎的父亲究竟是谁这个问题，我获得的信息可谓错综复杂。美代子只对一小部分朋友透露过，优太郎的父亲是赖太郎。可赖太郎否认了这一点。他告诉周围人，自己和优太郎没有血缘关系。比较能够确定的信息是：优太郎的确为三枝子所生，美代子将他据为己有，亲自去上了户口。顺带一提，三枝子是在优太郎出生12年后的1998年，才成为美代子户籍上的妹妹的。

那张被大多数媒体误当作美代子的其他女性照片，就是从优太郎入读小学的大合照上复制下来的。那张照片中，被误认为是美代子的女性旁边身穿灰色套装的就是赖太郎，因此也更进一步误导大家认为那名女性就是美代子。但事实上，这张照片中站在赖太郎前面的就是三枝子。也就是说，参加优太郎小学入学典礼的不是美代子，而是他的亲生母亲。

美代子在优太郎小学入学的时候就告诉了他，他的亲生母亲是三枝子。虽然不清楚美代子此举的真实心意，但优太郎自那之后仍旧称呼美代子是"妈妈"，称呼赖太郎是"爸爸"，称呼三枝子是"阿三姨"。

然而美代子本来是想从优太郎出生那天起，一直把这件事隐瞒到最后的。R先生又继续说道：

"如今再想想，在小孩出生前，她基本不让怀着孕的三枝子出门。她一开始就想把这个孩子据为己有，希望能用这样的办法掩人耳目吧。"

一部分报道曾提到，在她们还小的时候，三枝子就对美代子说："姐姐，我的孩子将来会认你做妈妈。"这真的是将自己怀胎10月的孩子拱手送人的理由吗？

"三枝子一直特别仰慕美代子，一口一个'姐姐、姐姐'的，但是啊，她肯定还是很畏惧她的。她很会看美代子的脸色，总在讨好她，揣测她的心情。"

R先生的语气斩钉截铁，我却忍不住问："为什么要做到（把孩子送给美代子）那种地步？"

"你问为什么？当然是为了让自己活下去啊。"

R先生仿佛理所当然一般地回答。

我已经年过45岁，也算是有点岁数的人了，但很难理解她们的人生观。她们究竟目睹了什么事才会变成那样呢？

卡拉OK的包间里只有天花板而已，但我却下意识地仰起了头。

优太郎出生的那一年，美代子38岁，三枝子33岁。

第五章

最初の家族乗っ取り

入侵第一个家庭

梶岛的皆吉家

- - - - - 禁止入内 兵库县警 - - - - - -

黄色的胶带上写着一连串黑色的文字。

这条胶带就围绕在一个独栋平房面向道路的两面墙壁外，随风飘摇。那平房建在转角处，外侧漆成了米色。

玄关大门一侧的窗格子上挂着一个浅蓝色的喷壶，似乎几个月都没动过了。

我对着房子双手合十。

就这样，我离开了这栋位于梶岛，在其中发现了谷本裕二、安藤三津枝、仲岛茉莉子3人尸体的房子，向着距离此处不远的一栋公寓走去。公寓距离我所在的独栋平房的直线距离可能只有200米，是位于杭濑南新町的一栋旧公寓，也建在转角位置。

我收集到的信息里只提到了住处，不清楚房间号，只能从头开始一间一间地敲门问。

应门的是一位妇人。

"您好，我想采访一下15年前这儿发生的那起事件……"

我一开口,老妇人立即回答:"我才搬来没多久,不清楚。"随即逃也似的把门关上了。

那是在我第一次见到 R 先生的 1 个月前,2013 年的 1 月。

我一间一间地敲着门,但很少有住户应门。

"……是谁?"

正准备敲下一扇门时,刚刚敲了门的那个房间深处传来一位女性的声音,我慌忙地折返回她的房门前。

"那个……我是个自由新闻撰稿人,想问一下关于角田美代子……"

"你们还在采访啊,进来吧。"

进来?对方好像确实说了,进来?

很少听到的一个词突然被对方说出口,我真的很震惊。正在这时,房门打开了。

"我以为不会再有人来了,原来还有人在采访啊?"

对方的声音听上去很精神。探头出来的是一位 60 岁左右、身材娇小的女性。

"您好,可以占用您一些时间吗?"

"可以可以,进来吧。"

踩上玄关的台面,面前就是一个小小的厨房,再往里走是两个相邻的房间。她一边领我走进房间,一边好似自言自语般地嘀咕着:"最近有个什么作家带记者来过,我以为那就是最后一拨人了呢。"随即招呼我坐到了垫子上。

我递了张名片给她，同时开口问道：

"我听说猪俣光江之前住在这栋公寓里……"

那位女性皱了皱眉，回答：

"是的，和她三儿子一起住。就住在隔壁。"

她指了指自己背后的那堵墙。

我所在的位置就是美代子初次"侵占他人家庭"的现场。她这次"篡夺"的是猪俣家，时间是从1998年3月起。那一年，美代子49岁。

这位女性自称平田澄子（化名）。据她所说，这个房间其实不归她所有。

"这儿是真纪（化名）的房间，我住旁边的房间。不过我们互相都自由出入彼此的房间，我白天基本在这儿待着。"

真纪貌似出门工作了，虽然她不在家，但她们也像家人一样随意出入彼此房间。

"隔壁啊原本住着(光江的)三儿子三郎(化名)和他太太，还有两个孩子。但是二十来年前他俩离婚了，有四五年是三郎自己一个人住。当时他妈妈光江姨搬去滋贺，和长子夫妻俩一起住。所以住在附近的小春姨偶尔过来照顾一下三郎。"

小春就是经常去美代子母亲幸子老家的那个人，她也是幸子哥哥秀春（化名）的妻子。角田小春是猪俣光江的姐姐，角田家和猪俣家是姻亲关系。

光江在猪俣家有4个儿子。为了方便，我按照长子是一郎、次子是二郎这样的顺序给几个儿子起了化名。以下文字不会再就此作特别注释，请大家理解。

"大约20年前，光江姨离开了滋贺的一郎家，来这儿和三郎住在一起。她一开始会端着多做一份的饭或菜来我家送给我吃，我们的关系不错。阪神大地震的时候，我们还一起收拾善后呢。"

其他儿子好像也常来看光江。

"二郎住在神户，经常来看她。四郎也带着读中学的孩子来过，还帮忙在盥洗间铺了铁板。"

澄子女士还告诉我，一郎和三郎都在金属加工厂上班。一郎因为外派去了滋贺县彦根市。四郎和美代子的弟弟月冈靖宪，还有美代子户籍上的妹妹三枝子是中学同学。他们曾出现在同一张毕业照上。

"那是在1998年3月下旬的时候。光江姨穿着丧服来我房间说她的亲姐姐去世了。我也认识小春姨，所以就说我也去参加葬礼。但光江姨说：'不必了，我们准备家里人办一下就好。'所以我就没去。"

"可是啊……"说到这儿，澄子女士突然凑近我，说："过了1周光江姨都没回来。我还问过真纪，她说连用厕所的声音都听不到，也没见到她们家亮灯。"

不单是光江，和她同住的三郎也没了人影。

"葬礼过后差不多10天吧，隔壁附近停了辆车。光江姨房间的玄关外摆了一堆鞋子，她家进了一大帮人。听住附近那些亲眼看到现场的人说，那个叫角田的婆娘和一群黑帮男人过来，进了光江姨的房间。我从自己的房间里只能听到声音，记得听到那个婆娘用一种自以为了不起的语气怒吼：'喂！你们搞什么啊！干什么呢？'"

自从那帮人进了光江的房间，澄子女士也跑去真纪的房间，隔着墙竖着耳朵仔细听动静，但什么都没听到。

"一点点声音都没有啊。但是到了傍晚，我听到一个命令的声音说：'快点出来！'我急忙跑出去看，但只能看到几个背影。那是一郎和二郎，他们一个劲儿地点头哈腰，那个婆娘和四五个年轻男女一起坐上了车。"

澄子女士还问了能从房间直接看到光江家玄关的朋友，收集到了一些信息。她得知三郎和四郎也跟美代子一起来了光江家。

"虽然知道儿子们来了，但依然没见光江姨的影子。一开始我以为她在忙活葬礼的事，但再怎么说也有点太怪了，我特别担心她。"

而就在光江去参加葬礼的大约两周后，澄子女士注意到了一些"异常的声响"。

"白天我在真纪的房间里，刚好靠着连接隔壁的墙面，结果听到有人挨了一巴掌，发出'啊呃'的呻吟声。听声音分辨不出是男是女。紧接着又听到有人在榻榻米上被拖拽的声音，还有咚的一声撞到柜子的声音。听到这儿我觉得实在太蹊跷了，肯定是那个婆娘干的好事。我冲出房间跑到隔壁准备开骂，我拍着玄关大门冲里面喊：'刚才起就吵死人了，给我开门！'来应门的是一郎和二郎。他们俩拼命道歉，一个劲儿地说着：'对不起，对不起……'"

说到这儿，澄子女士双手合十，模仿那两个人拼命道歉的样子。

"我从他们身边探头进去，大吼：'里边那个死婆娘，给我滚出来！'可是啊，里面什么反应都没有，安静得很。我能感觉到她屏气吞声地躲着。我又喊：'喂！我知道你在里面！'结果我眼前的两个人吓得脸色铁青，一个劲儿地重复'求求您原谅我们'。那个婆娘肯定就在他们家，但是躲起来了，看不到她。我也没办法，只好回去了。"

那天晚上，美代子和她带去的男男女女，包括猪俣家两兄弟，都静悄悄地离开了那个家。可是光江仍旧没有出现。

"后来又过了两天，我在真纪房间的时候，感觉从哪儿隐隐传来了说话声。我竖着耳朵一听，好像有人在说：'姐姐，姐姐……'我和真纪一起去找那个声音的来源，于是啊，在背面的……你来看看……"

澄子女士说着站了起来，将里头那个房间的拉门拉开。那是一片晾晒衣物的空间。这个空间比较昏暗，1.5米左右之外就是邻居家的墙。在她的催促下，我和她一起走进这个区域。

"你看，就是那儿。那儿有扇窗对吧？"

她伸手指着位于隔壁房间里侧的一个大约30厘米见方的四方窗户。窗户外侧是一层层纱窗，从我们这边看过去，只能看到一个黑乎乎的网。

"光江姨就在这个窗户对面喊我呢。我当时看到她，真的吓了一跳。她本来胖胖的，脸圆圆的，结果那会儿已经瘦得缩到只有原来一半大小了。"

澄子女士伸着胳膊用双手在脸前比了一个圆圆脸的样子，随后又缩到只有那个一半的大小。听到她这么说，我再度抬头看了看那扇窗。窗户那头好像是厕所。

我们又返回到房间中。

"我赶紧问她怎么了，她告诉我，她其实一直都在这儿。之前办葬礼的时候，那个婆娘突然出现，然后就开始找碴儿，说什么请的宗派搞错了之类的，闹得葬礼根本办不下去。过了两三天，她就被带回这边了。还有，这期间好像还稀里糊涂地被拉去过那个婆娘家。但自打回到这里，那婆娘一天只给她一点点水和饭。她当时看上去摇摇晃晃的，特别虚弱。她还被塞住了嘴巴，被人推翻在坐垫上。我问她怎么这时候才说啊。她告诉我现在家里没有别人……"

澄子女士当即给警察打了电话。

"我打电话跟警察讲了情况，还问他们我能不能弄开她家玄关的门冲进去。结果警察说：'不论发生什么事都不能擅自闯进去，否则就是犯了非法入侵住宅罪。得她本人出来才行，否则什么都没法做。'"

总而言之，警察是会来的。澄子女士再度折回到屋子背后，隔着窗户喊光江。

"我想劝说光江姨，让她自己主动打开玄关门走出来，试了好几次。但是她说：'要是我现在出去了，剩下的两个儿子都不晓得会遭遇什么，我不能出去。'说完就缩了回去，再也不出声了。"

很快，一位警察到场。

"我怕光江姨看到我就不出来，所以先藏了起来，让警

猪俣光江遭监禁的厕所窗户

察单独去劝。警察好像也和她说了话，但最终还是回来了，一脸抱歉地跟我说：'实在对不住，遇到这种情况吧，我们也没什么办法。总之我先回去了，有什么事再随时给我们打电话吧。'说完就走了。从那以后，我再也没见过光江姨，也再没听到她的声音。"

不知道是因为美代子的眼线看到了警察，还是光江跟谁说了什么，总之那天后，光江就突然从那个房间消失了。美代子那群人也没再出现过。

"第二天，三郎的音响架之类的行李都被扔到了走廊上，我拉着房东去她家一看，发现里面已经空空如也了。橱柜一类的家具还留在屋里，但明显是卷铺盖潜逃了。"

等到14年后的2012年，有记者找到澄子女士家来采访，她才知道当时的那个婆娘是角田美代子，而光江则在小春葬礼后的第二年，1999年就已经死亡。

"我好后悔啊，当时为什么没强行冲进她家里呢？要是那时候能帮上忙，光江姨可能就不会死了。我真的好后悔，好后悔……"

说到这里，或许是因为情绪过于激动，澄子女士的眼睛湿润了。

"对了，我这儿还有照片呢。"

她突然想到什么，喃喃着站了起来，从架子上取下一本小小的相册。

"这是我们街坊邻居一起旅行时拍的照片，忘了当时去的是哪里了。你看，这里，这就是光江姨。"

她手指着的光江和她形容的一样，体形圆润，留着烫卷的短发。她穿着一件白色外套，站在COSMOS门外咧嘴笑着。还有一张照片，可能是在运动会上照的。她穿着白色T恤，脖子上缠了毛巾，这张照片里的她也是满脸开心地望着镜头微笑。

看着眼前这两张照片里她在灿烂阳光下笑着的模样，根本无法想象仅数年后，死亡的萌蘖会悄然而至。

※

又过了1周，我和澄子女士又在真纪的房间见面了。

我正巧到这附近采访和角田美代子有关的其他案件，所以来和她打声招呼。

"后来我又想起来一些，也是很久之前的事了。我还帮小春姨搬过家呢。"

美代子的舅舅秀春早逝，小春膝下无子，一直都是独居。

"小春姨是个和服裁缝，有不少和服呀日式衣柜什么的。我们在她家收拾行李的时候曾听她随口说：'啊呀，看看这些东西，做得这么漂亮，最后还不都是被抢走的命啊。'当时我没懂她这话是什么意思，就反问了一句'为什么'。她沉默了，什么都没说。到最后她也没告诉我原因。现在想想，她指的一定是那个角田大妈。她的意思是自己的财产早晚有一天会被她抢走……"

"后来啊……"澄子女士又继续说道，"小春姨死了，那个角田的妈（幸子）也死了之后，还没过1周不就发生了那件事吗？而且啊，小春姨的葬礼刚结束，那个角田就找碴儿说：'我妈死的时候，你们猪俣家一个人都没来露脸，为什么小春舅妈的葬礼上全来了？'"

我将迄今为止采访到的关于美代子如何手段残虐地篡夺他人家庭的事都告诉了澄子女士。

1998年3月，美代子借葬礼之机入侵了猪俣家。同年6月，她逼迫猪俣一郎将其位于滋贺县彦根市的家宅售出，夺走了房款。在同一时期，她还将猪俣二郎位于神户市三宫站附近的公寓转到了自己的名下。

她还把光江和她4个儿子、儿媳妇，以及他们的孩子统统赶到了西宫市的高层住宅区，让他们住在一起，逼他们出去工作，榨取他们赚来的钱。有时还强迫他们去偷盗，那边的房间里摆满了偷来的东西，就像赃物仓库一般。

"在那个住宅区，有人曾亲眼看到他们一大家人，包括光江在内，在外面的走廊上被罚站一整宿。还有，因为要用推车运送偷来的东西，他们还擅自在公寓外那条路的台阶上垫了个斜坡。"

澄子女士一直抱着双臂，静静地听着我的讲述。

"他们还一个个被迫辞职，离职金也被角田榨取了。死亡保险被迫解约，解约金也被抢走。为什么一群人里有这么多男性还会遭受如此严重的控制，我感觉很不可思议。随着采访的不断推进我才知道，美代子一直都在暗示自己和暴力团体之间的关系，以此威胁这些男性……

"美代子还强迫这家人每天晚上召开家庭会议，每日挑一位家庭成员指出他的缺点，斥责他。她自己不会直接出手，而是会说'我这么恼火，你们就准备不了了之了是吗'一类的话来煽动周围的人，让他们集体对某一个成员施暴。如此一来，其他人就会在她的洗脑下产生强烈的恐惧心理，认为'一旦抵抗，下一次自己就会成为众矢之的'。在整日的胁迫与暴力的重压之下，1999年，光江死亡。一郎的长子康弘也从住宅区顶层跳楼自杀。"

听我讲到这里，澄子女士点了点头，开口说：

"之前在隔壁对光江姨施加的暴力行为也不是那个婆娘亲自动手。她故意选了一直和光江姨住在一起的三郎，逼他踢了光江姨好多次，说那样效果更好。她让一郎、二郎也这么干过，但做得最多的还是三郎。她的手段真是太卑鄙了。"

我没有当场告诉她，其实从三郎的朋友那儿，我也听到了和澄子女士所说的相同的内容。那是2012年10月，三郎本人和相关人员也谈到了这件事。事件发生至今已经过去了14年，可三郎仍被当时的那段记忆折磨着。相关人员以匿名为条件，讲述的内容如下：

"三郎看上去像是被逼到了极限，直到现在，他仍旧处在想要自杀的精神状态中。他一直反复叨念着：'我打了我妈，我揍了我妈，我害死了她。'"

1998年，三郎离开和光江同住的杭濑南新町公寓后，辗转了几处地方，两个多月后，他也开始在西宫市的高层住宅区内和光江以及自己的其他兄弟们住在一起。他们被迫劳动，这一点我在前文中也提到过。我向他的朋友问了当时的情况。

"每天一大早会给他们发500日元，赶他们出去干活儿，好像是去施工现场协助交通一类的，一开始还会派人盯守。"

到了2000年，被软禁的一家人中的某个成员因违停被开了罚单，自首说自己和美代子他们一起偷盗。于是，包含其他兄弟在内的近10位家族成员被逮捕，自1998年起近两年的软禁生活才终于宣告结束。不确定当时自首的那位家庭成员是谁。但是，三郎的朋友在最后说了这样一句话：

"三郎的心理疾病很严重，他在家人的帮助下住进了大阪府内的一家治疗机构，现在已经换了新的名字。"

※

和澄子女士第二次见面后又过了几天，我乘坐从大阪开往京都方向的电车，和前几日一样，在大阪府内的某一站下车了。

随后我又换乘出租车，向着目标地点奔去。那儿虽是一片住宅区，但离车站很远，附近连公交车站都没有。

这一次，我要去的是猪俣家的一郎先生现在居住的地方。

那片住宅区建在躲开他人视线的僻静处。

他住在小小的木质二层建筑的二楼，房间门口没放名牌。玄关一侧摞起来的纸箱子上，摆着写有食材配送者姓名的泡沫箱。

走廊的屋檐下晾着一件前几日没见过的老旧蓝色施工用服装和一双袜子。他今年67岁了，独自居住在这个屋子里。看样子，他现在仍在工作。

那天正巧是星期天。如果有工作，那今天应该是休息日。我也是考虑到这一点才选了这一天。

前几天，我在这儿给他留下一封信，信中讲明了我想拜访他的意愿。我在信中写道："让您回忆起苦痛的过去，非常抱歉，但为了能将美代子的恶行展示给世人，恳请您此次协助我完成采访。"而此时，这封信已经从它原本摆放的位置上消失了。

我深吸一口气，下定决心敲响了房门。

没有反应，第二次也是一样。

我暂时先离开了这栋房子，准备傍晚时分再来看看。

晚上 7 点钟，我看到房间里亮起了灯，再度走到门前敲响房门。

"……"

没有反应。再敲一遍，这一次，我加上了名字轻喊。

然而，一切还是老样子。

我能感觉到房间里有人在屏气吞声。

我知道，那沉默就是他给我的回应，于是我离开了那栋房子。

我很理解他。

几天后，我来到奈良县某地。我假装成普通游客，在某间旅馆投宿。根据此前得到的消息，四郎的前妻四子（化名）在这家旅馆做服务员。

当年，她也曾和丈夫、孩子一同遭受美代子的软禁。我听说自从逃离了那个魔窟，她一直在这里工作，已逾 15 年。

她的儿子彻也还成了美代子的养子，后更名为角田健太郎，现已遭逮捕。

那该是一个怎样的人间地狱，真的无法想象。

目标旅馆被一片绿意环绕，整体氛围宁静祥和。也许是因为今天是工作日，旅馆内只有寥寥数人。

服务员领我去房间的时候，我假装不经意地瞟了一眼她胸前的名牌，很可惜，不是我想见的那个人。

我在旅馆内到处走动，不时看向擦肩而过的服务员胸前的名牌。但仍旧没有发现现年55岁的四子女士。

第二天一早，吃过早饭后我走到大厅，将自己的名片递给前台，低声对她说我想见xx女士一面，希望她能代为传达。前台的服务人员听了我的话，不由得睁大了双眼，眼神难以掩饰地左右游移。

"我们会和相关人员商量此事，请您在房间内等候。"

我在靠窗的沙发落座，始终沉默地望着窗外的景色。一大片树顶上，乌云沉郁的天空向着远方无限延展。在这种时候，我完全无法思考。

退房的时间近了，我总算等来了电话。

"真的非常抱歉，今天相关人员外出了，不知何时才能回来。而且……那个，您退房的时间快到了……"

毋庸置疑，这段话的意思就是拒绝我的采访。

"我知道了。"

说完这几个字后，我便挂断电话，带着行李去了旅馆大厅。大厅出口处，有好几名服务人员目送我离开。不知其中……应该，不会有她。

我坐上了接送客人的巴士,前往最近的车站。

在车里我告诉自己,关于猪俣家的采访,我已尽到了最大的努力。

至少,在我遇到那个人之前……

第六章

警察の怠慢

警方玩忽职守

此刻，我正在尼崎市某家旅馆等待一个人的到来。整个旅馆空间选用奶油色打底，显得十分稳重。我有些恍惚地坐在沙发上，突然想：我已经在这儿待了多少天了啊？

现在是 2013 年 3 月。我从去年 10 月下旬过来，第一次在尼崎市留宿。之前一直在大阪市、神户市逗留，因为采访任务来过尼崎，但一直没有留在尼崎过夜。而回过神来我才发现，这一次我已经在尼崎住了 60 多晚。

在此期间，我和许许多多的人交谈过。有的人对我显露出十足的敌意，也有人非常照顾我，令我感激不尽。但是，这还不够。此时此刻，一定有某个知情者，手里握着我尚不了解的真相。我搜集到的信息还差得远呢。

我究竟能否找到最终的答案？或者说，那个最终的答案究竟存在吗？

我不再追问自己了。

案件采访工作在精神方面是痛苦居多的。可相反，我内心还有一个声音在祈求这时间能一直延续下去，永不结束。既然如此，再多想也是无益。只能放下疑问，努力不停地采访。

我一边告诉自己"你还蛮擅长处世之道哦"，一边苦笑起来。正在这时，一位男性的身影映入我的眼帘，他正朝着我的方向走来。虽是初次见面，但凭时机判断，这位应该就是我此次约见的对象。

我站起身。

"请问是小野先生吗？"

对方先开口搭话。

"是我。真的非常感谢您百忙之中接受采访。"

我们走进了大厅休息室。在开始自我介绍前，我先掏出了一本月刊杂志，上面刊登了我写的文章。我翻开所需的那一页，摆在对方眼前。

"这篇文章写的是猪俣家的事。我想您读过这篇文章后，应该能大概了解我想问您些什么。"

那位男性默默地拿起杂志，垂眼开始阅读。

"哦，这个啊……"

"嗯嗯，是有这事。"

"嗯，这里嘛……"

他小声自语着，时而凑近杂志细看，时而仰头好似在回忆什么，一边读一边翻着页。

这位男性名叫大岛宏一郎（化名）。1998年，猪俣家被角田美代子入侵时，他也曾一同遭受软禁。而正是他在2000年向警察自首，称自己和美代子等人犯下盗窃罪，终结了这场"家族篡夺"。

大岛先生的父亲也一（化名），是角田小春、猪俣光江的弟弟。小春和光江分别离开大岛家嫁作人妇，对于大岛先生来说，光江是他的姑姑，猪俣家的那些弟兄则是他的表兄弟（另外，大岛一姓为化名）。

我通过某人的介绍和大岛先生取得了联系。一开始，他担心我是为了迎合读者的猎奇心态而撰写文章，于是我拿出自己之前的文章给他看。我们见面的条件也是建立在他认可我的文章的基础上。

读过文章后，大岛先生抬起了头。

"里面虽然有部分细节和真实情况略有出入，但大部分内容都很还原。所以，你想问我些什么呢？"

我知道他这是接受了我的采访请求，我告诉大岛先生，希望他能以美代子的入侵时间为基准，逐一讲述整件事的始末。

"最早啊，一切是从小春姑姑去世的葬礼上开始的。你也知道，小春姑姑是我老爹的姐姐，我们大岛家的人也去了葬礼。那是在尼崎三反田町的某家寺院。一开始是守夜，当时在场的有我、老爹，还有猪俣家的光江姑姑、一郎、三郎，再就是角田家的美代子和三枝子。那是我第一次见到她们俩。那两个人在守夜的时候还挺安静的，顶多就是咬咬耳朵的程度。反正在葬礼结束前还很老实。"

葬礼上，猪俣家的二郎、四郎也来了。猪俣四兄弟夫妻都到场了。

"葬礼结束后大概过了1周吧,大半夜3点钟,我老爹突然给我打电话,一开口就说'我要去死'。我慌忙跑去尼崎市我老爹的公寓那边,他跟我说:'葬礼刚结束美代子就闹翻天了,现在全都乱套了。'他看上去实在太慌,我都搞不清楚他在说什么。他告诉我'(猪俣)一郎清楚整件事',我就给一郎打了电话。一郎说'你们家老头闯祸了',然后一郎就去了当时在场的三郎家。接下来整整1个星期都在那儿和角田美代子掰扯葬礼的事。"

当时大岛先生39岁,他的父亲也一先生65岁,美代子49岁。

当天一早8点左右,大岛先生前往美代子居住的长洲东大街分售公寓,想问问具体情况。

"美代子先是在大岛家出席小春姑姑葬礼这件事情上找碴儿,说:'小春舅妈死的时候可是姓角田的,丧主应该是角田寅雄才对。'"

角田寅雄,就是美代子年轻时那个领着她到处闲逛的舅舅,也是原暴力团体成员。

"然后又指责葬礼程序办得太差,说我爹忘了从银行取钱付葬礼费用,还是她垫付的。她责骂我们:'你老爹竟然说,要把姓角田的小春舅妈的骨灰埋到你们大岛家的坟里!'听了她的话,我也觉得是我们家做得不太对。美代子让我先回去,说服我老爹后再回来给她答复。还说'你要是答的有问题可不成'。"

大岛先生回到他父亲也一那里，劝他把小春的遗骨交给角田家。

"我爹就说：'你小春姑姑去世前我们见过一面，她当时拜托我，希望死后葬在大岛家。'他很坚持，不愿意让步。我费了好一番口舌劝他，总算让他松口同意角田家和大岛家各分一半骨灰。"

过了几天，大岛先生向美代子提议分骨灰，结果直接被她骂了回来。

"你这是要把我小春舅妈的身子掰成两截吗？"

"美代子说：'我妈是在小春舅妈死前1周过世的。结果因为你们这些家伙，我都没法好好服丧。你们早点给我个结论，我们再彻彻底底聊一回。'"

再这么拖下去永远都解决不了问题，想到这儿，大岛先生最终说服了父亲也一，同意将小春的骨灰交给角田家。接下来的商讨是在小春家进行的，由美代子和三枝子轮番出面谈判。另外补充一点：三枝子成为幸子养女的手续，是在幸子去世2个月前办理的。那时她才成为美代子户籍上的妹妹。

"当时美代子说：'原本应该是我舅舅寅雄做丧主的，你们想想该怎么了结这事儿。'我也听明白了，她所谓的'了结'其实就是要钱。那时候我为了买房，攒了400万日元。当时我每天都会被美代子喊过去，极度影响工作。我一心想着快点解决问题，就把猪俣家的一郎、三郎喊出来见面，提议我们一起花点钱，算是给美代子赔罪。结果他们拒绝我说：'凭什么要给钱？'"

大岛先生 20 来岁就自己经营公司，也因为这层原因，他可以自行安排工作日程。而与此同时，一郎和三郎却屡屡缺席金属加工厂的工作。

"一天晚上，我跑去美代子家向她道歉：'真的非常对不起，给您添麻烦了，我带了 400 万。'相当于用这笔钱还齐了美代子垫付的葬礼费用，还加上为我们大岛家的失礼付的'道歉费'。美代子就说：'大岛家爽快地掏钱了。接下来就是角田家和猪俣家的问题了，你们大岛家不许插嘴了。'她收了钱心情不错，开始讲起自己讨厌猪俣家的理由：'那个小春和光江啊，总是和邻居讲我妈的坏话，搞得我小时候活得可苦了。'"

"坏话"其实就是揶揄幸子在"新地"工作的经历。对于过去所受的耻辱，美代子始终心怀怨怼。这种阴暗逐渐累积，在日后喷涌而出。

"光江姑姑有时候确实嘴上不饶人。她和猪俣兄弟妻子之间的婆媳关系也不太融洽，一直辗转各家，最后去了三郎家。美代子当着猪俣兄弟和光江姑姑的面提到过去的事,说：'你们老妈（光江）啊，以前对我很差呢。'而且逼迫他们：'你们给我想办法收拾这个老太婆啊。'"

可是猪俣兄弟给不出什么解决办法，美代子就命令他们分别把妻子喊出来和自己见面。

为了避免混乱，我在此称猪俣一郎的妻子为一子，二郎的妻子为二子，按照这个逻辑依次指代。

"美代子把几个兄弟的妻子喊到一起去谈话。那几个媳妇都对婆婆很不满，大家说起了光江姑姑的坏话，说得不亦乐乎。尤其是一子，她和美代子似乎很投脾气。美代子就说：'让她住你们那儿你们也挺烦的，不如让她住我这儿吧。'于是，光江姑姑就搬去了美代子位于长洲东大街的公寓里。我老爹则去了同样位于长洲东大街的寅雄的公寓，和他住在一起，那儿放着小春姑姑的骨灰。这些人还命令我老爹：'上香不能断，一直上满49天。'"

然而之后的事态，逐渐向大岛先生无法想象的方向发展。

"几天后，美代子打电话给我说：'你老爹在工作的时候骨折了，一直到四十九日和百日（法会）前都得住我家。'一问，原来我老爹在工作的铁工场把脚弄骨折了，结果他没给我打电话，倒是先给美代子打去电话了。他还在电话里跟她说：'我脚骨折了，四十九日的仪式去不了。'结果美代子：'那你住我家不就得了。'"

说到这儿，大岛先生有些自嘲般地补了一句：

"我老爹也是的，干吗多余打那一通电话啊。唉……"

当时，长洲东大街分售公寓501号房内住着三枝子、赖太郎、优太郎，502号房则住着美代子、安藤三津枝、猪俣光江、大岛也一。猪俣兄弟加妻子全员都住在位于杭濑南新町的三郎家。只有大岛先生获得许可，可以回到位于西宫市高层住宅区的自己家里，不过时不时地就被美代子喊去尼崎。

美代子把光江拉去了位于杭濑南新町的三郎家。她说："光江太胖了，得让她瘦下来。"一天只给她一瓶水，还一直逼她站着。光江一开始求饶，她就命令猪俣家的几个儿子殴打她。澄子女士在隔壁房间听到的"怪声"，正是在这段时间发出的。

"等反应过来时，我发现四郎已经把自己的车献出来，成了美代子的司机。后来我才知道，四郎还求美代子帮忙给自己的公司周转资金。他以为只要取悦美代子就能弄到钱，结果票据兑现前，反倒是美代子又跟他借了200万。"

四郎和美代子的弟弟月冈靖宪是初中同学，他和妻子四子都在尼崎市的"N工机"（化名）公司上班。后来，四郎独立出来，在京都创办了"I铁工"（化名）。顺带一提，据说开公司的钱有一部分是从月冈靖宪那儿借的。

"美代子坐着四郎开的车，跑去和南大阪的黑道大姐头见面，还跟我们说她认识阪神大地震时帮忙赈灾的山口组五代目（已故的渡边芳则组长）。她总是用这种方法来强调自己认识很多有权有势的人。如今再想想，其实疑点很多。但当时四郎他们说起这些的时候表情很认真，想必也是信了其中大部分吧。"

实际上，美代子并没有那么强大的人脉网。她只是用这种毫无事实依据的假话，吹嘘自己和大型暴力团体相关人员之间有多亲密的关系，以此来恐吓周围的人，使大家对她产生畏惧。

"可是有一天，四郎突然开着自己的车跑路了。结果矛头全部指向了那个被留下来的妻子四子。后来美代子和三枝子拉着一郎、二郎，跑去四子位于高知的老家，逼他们掏钱。最终，四子的亲属给美代子付了数百万日元。"

说到这儿，大岛先生又补充道：

"有很多细节我的记忆比较混乱，时间的先后顺序可能也有不对的地方。毕竟那时候几乎每一天都在发生各种事……"

说罢，他点燃了香烟。

"四郎逃跑了，轮到二郎拿出车来负责做司机了。说起来，有一次二郎把车从美代子居住的公寓开出来的时候，撞到了别的车，对方是个小混混，但美代子从车上下来，报出了本地暴力团组长的名字，瞬间解决了这件事。"

后来才知道，美代子和她报出名字的那个组长之间并没有直接联系。更进一步讲，这场事故本身都有可能是她为了在猪俣家面前展示自己的权威而故意编排的一场戏。

"当时美代子还命令猪俣兄弟:'把孩子也都喊来,不能一直让小孩自己在家。'她又以二郎的名义,租借了尼崎市常光寺某公寓的两个房间。她让小孩子们住进了自己居住的长洲东大街的公寓,让二郎、一子、二子、四子住在公寓 A(化名),让老爹、我、光江姑姑、一郎、三郎住在公寓 B(化名),大家过集体生活。"

大岛先生请求美代子放过他们父子。

"我央求她:'求求你放了我们爷儿俩吧。'她说:'我也求之不得呢。'得到她的许可,我就带着老爹跑回了我家。结果没过多久,美代子拉着猪俣家一家人跑来我家,质问我:'为什么逃跑?'他们一大群人把我们一家人团团围住。我们寡不敌众,我担心再这么下去,我老婆孩子也要遭殃,又带着老爹住回了公寓 B。"

那时候大岛先生的两个孩子尚年幼。他这样做,完全是为了保护孩子免遭那群人的毒手。

"在公寓里,一郎和三郎会揍光江姑姑,还质问她:'为什么不听话?'逼她一直站在玄关门口。我老爹有吃的也有喝的,但光江姑姑一天只能喝一瓶 500 毫升的水,什么吃的都不给,上厕所也要获得许可才行。她的几个儿媳都做了美代子的眼线。我看光江姑姑一直站着特别辛苦,就说:'这样也太可怜了!我们不讲出去的话也没人知道,就让她坐下吧。'结果一子听了就跑去和美代子打小报告,我就被美代子臭骂了一顿。还有，我老爹偷偷给光江姑姑塞吃的，结果也暴露了，挨了她一顿骂。猪俣兄弟的老婆们都很顺从美代子，没有一个人反抗她。"

不过只有一次，二郎反抗了美代子，还差点要打她。

"理由我已经忘了，但他当时是想打美代子的。美代子用那种很瘆人的腔调说：'你如果能下得了手就打一个试试！你敢杀了我吗？你有那个胆子吗？'二郎下不了决心，彻底被那种压迫感镇住了。其实我也想过，干脆干掉她好了。可是一想到这儿，我那两个小孩的脸就在脑海中浮现出来。我这个当爹的如果成了罪犯，小孩子将来一定会受苦的啊，想到这儿，我又犹豫着没有出手……"

在常光寺的公寓，精神被逼到濒临崩溃的猪俣兄弟对自己的母亲光江施加的暴力举措越发升级。

"光江姑姑被迫一直站着，她哭着恳求说：'让我坐下吧。'这时候一郎和三郎就会扇她的脸，踹她的肚子。甚至夜里两三点钟还在殴打她，挨了打的光江姑姑就会发出惨叫声。美代子就说：'我们不宜在此地久留了。'她又以一郎和二郎的名义，租借了我住的那个西宫市住宅区第14层的两个房间，搬了过去。"

最终，在常光寺公寓的共同生活持续了两三个月。

"但那段时间，猪俣兄弟的孩子不是都和美代子住在一起吗？她就想方设法要养熟这几个小孩。比如，分别告诉这几个孩子他们的父母有多差劲，还故意溺爱这些小孩，让他们跟自己更亲。美代子还在几个孩子中塑造了一个头领，就是四郎的长子四太（化名）。当时四太二十二三岁，他最爱和美代子聊天，还接替了二郎，做了美代子的司机。"

为了方便理解，这里我也将孩子的名字按照兄弟顺序用数字代替，二郎的女儿叫二美，四郎的儿子叫四太这样。此外，一郎的长子，已自杀身亡的康弘，四子的三儿子，已遭逮捕的彻也（角田健太郎），依旧保留原名。

"西宫市高层公寓的房间都是双层的复式结构，挺宽敞的。一开始，A号房（化名）住着美代子、赖太郎、三枝子、优太郎、安藤三津枝、彻也，还有我老爹、二子、四子，以及孩子们。另外一个B号房（化名）住着我、一郎、二郎、三郎、一子，还有光江姑姑。赖太郎、三枝子、优太郎、安藤三津枝、彻也他们几个人一开始在，但很快就回尼崎了。"

在这个住宅内，美代子发号施令，猪俣兄弟出去工作，而大岛先生则被命令继续做自己的工作。

"除去逃跑的四郎，猪俣家所有兄弟都从之前工作的公司辞职了，离职金全进了美代子的腰包。美代子还说：'养活这么一大家子人，每个月得花60万呢，必须给我去赚钱。'说着就把猪俣兄弟轰出去工作。一郎被美代子介绍进了一家回收加工旧纸的工厂，二郎和三郎则去了施工现场整顿交通。他们的孩子里，四太和康弘来我这里帮忙。在尼崎市举办的市民祭典上，美代子还出过摊儿。当时一郎、二郎、三郎，还有年长的两兄弟的女儿一美、二美，去了章鱼烧的摊子那儿帮忙。美代子还跟我说：'一美、二美都是二十来岁的女孩儿，要是真没钱了就让她们去陪酒。'说到这个小摊……"

大岛先生摩挲着自己的下巴。

"我当时一直埋头工作，没能去摊子那儿帮忙，美代子就命令四太揍我。她让四太学了拳击，还怂恿他：'四太，出拳。'我挨了四太一拳，下巴被打骨折了。我当时住了院，过了两三个星期下巴才消肿。"

一旦美代子不顺心，不单光江，所有家庭成员都会在大半夜被喊去走廊上站着，她还让家人彼此互殴。

"有一天，四子实在受不了这种集体生活逃跑了。美代子和我，还有一子、二子、四太跑去找她。当时不知道她会跑去哪儿，猜想她是不是在大阪梅田附近，就开车去了那边。但是梅田也很大嘛，我本以为肯定找不到她的，结果还真在阪急站附近的书店前找到了她。我们直接让四子坐上车，把她带回了西宫。后来她受了什么惩罚，我就不知道了。美代子曾警告我：'这是猪俣家的问题，你们大岛家不要插嘴。'说起来，四子逃跑的时候，美代子一个劲儿地对（四子的）儿子四太还有彻也说：'你们老妈抛弃你们跑路咯。'"

任何人逃跑，美代子都会执拗地寻找。大岛先生继续说：

"把四子带回来后，这回四太乘着车跑了。我先说结论吧。

后来查到四太是去大阪枚方市的熟人那儿工作了,就把他带了回来。至于美代子是怎么知道的,她其实是凭一张信用卡的缴纳账单。四太用信用卡买了车子零件,那个账单被寄到了美代子的手里,上面还写明了四太是在哪家店买的东西。她一个个排查那附近有谁认识四太,最后找到了四太躲藏的地方。一开始收留四太的人坚持说自己什么都不知道。美代子就在他家公寓门口一坐,长时间大喊大叫,辱骂对方。最终,这个人实在忍受不了了,就把四太喊了出来。四太也放弃挣扎,跟着她回去了。"

美代子把四太带回去后,命令大岛先生殴打他。

"之前四太不是把我的下巴打骨折了吗?美代子当时就告诉我:'你复仇的机会来了。'可是四太毕竟是孩子啊。我就拒绝了她:'这我可下不去手。'"

他们的集体生活充斥着暴力和告密。大岛先生一脸厌恶地开口道:

"有一次,美代子带着一子、二子、四子,抱着一卷蓝色塑料布,跑到我和妻子居住的房间里,她们去了我家的二层楼上。过了一会儿就听到楼上传来惨叫声,正疑惑发生什么事的时候,只见二子被剃成光头,从上边跑了下来。不知道是何原因,听说是美代子命令一子给她剃的。"

说到这儿,时间虽然稍微有些颠倒,在小春葬礼 1 年后的 1999 年 3 月中旬,大岛先生的父亲也一在尼崎市的医院去世了。他之前就住进了这家医院,死亡原因是病逝。

"美代子跑到我家对我说:'你要服丧,暂时别上(14层)来了。'又过了1周,她跑来我家说:'光江死了。她死在家里,万一被警方发现,觉得有蹊跷,到时候会很棘手,你找个熟悉的医生,开张死亡诊断书吧。'可这件事明显有问题。就算光江姑姑受了很多虐待,我之前见她的时候也完全看不出她马上会死啊。还有老爹去世的时候,我听美代子对一郎说:'安静的老头子都已经死了,为什么那个大妈(光江)还活着?'"

光江去世两个月后,大岛先生开始计划逃亡。

"首先,我准备先独自离开家,去找朋友筹钱,租到房子后马上接妻子孩子过来。可打电话到家里的时候,接电话的不是儿子,而是美代子。她在电话那头说:'就凭你一个人能逃得掉吗?'妻子孩子都成了她的人质,我也只好回去了。刚回去就被一郎揍了。"

实际上,在前一年的1998年,大岛先生曾连续3次跑去兵库县警甲子园警察局,把自己的情况告诉给警方。可每次警方都以"不介入民事纠纷"为由,拒绝了大岛先生的求助。

"一开始我先说:'一个名叫美代子的女亲戚突然出现,把我们一群亲戚都搞得很惨。'花了两三个小时从零开始说明整个事情的经过。可那些警察却一脸'来了个烦人家伙'的表情看着我,还告诉我亲戚之间的纠纷属于民事纠纷,他们不会介入这种纠纷的。我希望他们能留存我报案的记录为证，强烈请求他们做好记录。当时接待我的那个警察也说了'好的'。

"过了几个月，我又去了警察局，却被告知上一次的报案根本没留下任何记录。无奈，我只得又花两三个小时，从零开始一点点解释。而警方的结论也和上一次一样，就是'不介入民事纠纷。'

"到了第三次还是一样，第二次的报案记录一个字都没留下。我明明告诉警方，自己遭受了极为可怕的暴力袭击，对方仍旧只会给我相同的答复。我实在忍不下去了，就对他们破口大骂：'你们这些警察是不是无论遇到困难的人怎么解释，只要你们觉得没有事件性就不会挪窝？好啊，那我就把它变成一桩事件好了。'我就离开了警察局。当时我真的已经是破罐子破摔了。"

警方根本指望不上。伴随着沉重的绝望感，大岛先生深深地明白了这个道理。

"因为靠不上警方，我就开始思考怎么做才能解决这件事。我去找了熟悉法律的朋友商量，最终得出的结论是：只有犯下一起刑事案件，才能让怠惰的警方行动起来。我就想到，之前因为工作去过一个保冷仓库，那个仓库夜间无人看守，我就准备去偷仓库。"

大岛先生把那个戒备疏忽的仓库告诉了美代子，提议去偷。

"美代子当场同意了我的提议，说：'好啊，咱们干吧。'于是，我和二郎、康弘、四太几个人深夜开着厢型车去了保冷仓库。我们把那些30公斤麻袋装的洋葱、南瓜什么的都搬上了厢型车，尽量塞满。"

大岛先生把盗窃的结果告诉了那个熟悉法律的朋友，问对方这样是否会被判处实刑。

"结果我朋友说，这种程度的盗窃顶多缓刑。我就想着还得再做点别的事才够。我又去找二郎，提议去位于神户的JR集装箱码头。这一次美代子也一起参与了行动，我们偷了价值数百万日元的米，还有用于出口的烟草。朋友告诉我偷到这种程度应该能判实刑了。可走到了这一步，我又不停地想起老婆孩子，下不定那个决心，一直没有去警局自首，任凭时间流逝。"

大岛先生参与的盗窃情况在逐渐减少。同一时期内，陆续有人逃离集体生活。

"先是二郎跑了。美代子问二子她丈夫有可能会去的地方，找了个遍也没找到他。然后四子和四太也没影了，一样没能找到他们。二郎跑了之后，美代子就把他的女儿二美收为养女。四郎的儿子彻也（后来的角田健太郎）也在同一时期成了她的养子。"

被收为养子养女的两个人都是美代子最喜欢的孩子。另一边，美代子还勒令猪俣兄弟全部和自己的妻子离婚。

"美代子只要不经意看到夫妻俩关系不错的样子，就会大骂他们'色鬼''荡妇'，还说：'我不准你们做夫妻！'逼他们离婚。美代子也曾对我说：'你就是因为有老婆才总惦记着逃跑！'逼我去离婚。过了一阵子她又说：'我看你也反省得差不多了，你们复婚吧。'那个女人啊，似乎总以为让别人改动户籍是易如反掌的。"

确立法律上的收养关系也是方便找回逃亡者的一大手段。她用这种方式把周围的人变成自己的亲人，这样就可以用亲人身份拜托警方寻找逃跑的人。她还会定期检查居民卡，查看有无内容变化。比如说，四太本人明明已经逃跑了，不知为何却成了一郎的养子。后来取消了，又莫名地变成三郎的养子。还有四郎，明明早就跑了，却在 2000 年突然变成某男性的养子。

"四太逃跑后，美代子就非常疼爱康弘，她还让康弘做自己的司机。那些没有逃跑而选择留下的人，依旧会去偷东西。那时候我基本不参与盗窃了，这也促成了此后那个转机的出现。"

那是 1999 年 11 月末，有一天，美代子带着康弘冲进了大岛先生和妻儿居住的房间。

"美代子质问我为什么不参与盗窃了。当时，站在她身边的康弘的状态明显异常。他双眼充血，感觉只要美代子一声令下，他就会立即冲上来殴打我妻子。再这么下去，我老婆孩子很可能会真的受到伤害，我意识到，是时候下定决心了。等美代子一行人离开后，我说服了妻子，告诉她：'咱们现在就跑。'"

听到大岛先生的讲述，我立即想到康弘很可能是吸毒了。但我并没有找到能够证实这一猜想的信息。总之，大岛先生立即打包行李，带着妻子孩子逃了出去。

"我老婆抱着女儿，我背着儿子，跑到小区附近某个派出所前等出租车。但当时是深夜，怎么都等不来车子，也不知道对方什么时候会追上来。我们在没人的派出所里躲了15分钟才总算逮到一辆车。"

大岛先生一家先是跑去了神户市某家旅馆住下，后来又暂住位于兵库县加古川市的友人处，总算顺利逃离了魔窟。

"我的车子还留在西宫的住宅区那儿。我下定决心，在12月的时候独自回去了一趟，躲起来悄悄等着车子被开回来。那车应该是康弘在开，我远远看到康弘从车里走出来，回了小区。我用备用钥匙启动了车子，返回躲藏的地方。"

翌月，也就是2000年1月，邮局将一张违法停车的罚单转寄到了大岛先生这里。而实际违法停车的是康弘。

"我去了西宫的警察局，告诉他们违法停车的是康弘，不是我。他们告诉我，康弘已经在去年12月20日从住宅区楼顶跳下去自杀了。我当时大受冲击，一时连话都说不出来。"

大岛先生的语气沉稳有力，同时饱含沉痛。我也不禁屏住了呼吸。

"那一刻，我感觉自己心底里的那股怒火突然爆发了，我决定当场把盗窃的事情讲出来。我对接待我的警察说，我要报个案子，请您把刑警喊来。"

此后，大岛先生用了4天的时间，将自己知道的一切都一五一十地告诉了警方。

警方于2月中旬展开调查，兵库县警方以盗窃罪逮捕了美代子和猪俣家众亲属。当然，也包含大岛先生自己。

"不过，当时被逮捕的那群人都提前串好了口供，个个都一口咬定'美代子是个好人'。警方甚至怀疑我在说谎。后来才知道，当时她下令禁止任何人见我，担心我的母亲和兄弟去找警察打听情况，结果负责这个案子的刑警用手指指自己的脑袋问他们：'你家儿子是不是这儿有点问题啊？'警方根本不相信我。我妈又跑去猪俣家本家，联系到了当时逃跑的二子。她向检方做证，确认我说的都是事实。我的清白一经验证，那帮搜查员对我的态度顿时来了个180度的大转弯。"

大岛先生还告诉警方，光江的死因十分可疑，康弘为什么自杀也是一个谜。还有，一切疑惑的中心都是美代子……

兵库县警也非常重视这件事，迅速展开了调查。但光江的死亡诊断书上并没有写明死者有外伤等异常，康弘也是主动去跳楼的，并未有任何可疑之处。美代子仅以盗窃罪遭到起诉。

说到这儿，大岛先生的情绪里弥漫着浓浓的悔恨。

"法院判我还有美代子坐牢3年，缓期5年执行。从结果上看，我之前遭受的软禁总算结束了，但总给人一种什么都没能彻底解决的感受。警方明明知道过去发生了那么多可怕的事，但这一回，不还是让美代子在县警本部的拘留所自杀了吗？到最后，整个事情的全貌也再没人知道了。这么大的疏忽，竟然没有一个人受到严重处分。我听说的时候人都傻了。如果警察是这样一种缺乏自净力的组织，那我们老百姓还能相信谁，还能依靠谁？警察真的应该好好做事才行啊。"

从大岛先生的这段话里，听得出他对警察根深蒂固的不信任。

"话又说回来，我当时可是跑了3趟甲子园警察局的，如果警方不用'不介入民事纠纷'的说辞搪塞我，而是实际行动起来，光江姑姑和康弘他们俩肯定不会死。不仅如此，发生在那之后的几起事件的被害者也都不会死了。我真的很不甘，很后悔，真的……"

大岛先生哽噎着，将手中正吸着的香烟按进了烟灰缸。

那段过往，无疑是痛苦的。

他的人生，就那样被美代子，以及自己曾拼命寻求帮助的警方狠狠地践踏了两次。

沉默之中，我不知该说些什么。只能无言地望着烟灰缸中残存的烟雾缓缓飘动。

第七章
美代子の暴力装置

美代子的
暴力工具人

我写了一封信。

"突然致信，非常抱歉——"这是这封信开头的第一句。

我在信中做了自我介绍，并写明自己从2012年10月开始收集角田美代子事件的相关信息。收信人曾经历了难以描述的苦难，我在信中为自己写信的这一行为向他道歉。我还在信中讲到自己对美代子的罪行感到愤怒，而她的自杀可能导致整个案子的真相永不见天日，所以恳请和对方见面。

我将收录自己执笔文章的月刊杂志，再加上这封信，一起投进了某栋公寓前的邮筒。

此时是2013年2月。

第二天，我再度造访那栋公寓。对方住在5楼。这栋公寓十分老旧，没有电梯。我正准备向楼梯间走去，突然注意到一辆车正从停车场开出来。

根据事先得到的信息，我已经把对方车辆的车型和车牌号都记住了。

我确定就是这辆车。

我绕到车子前，对着驾驶座上的人鞠了一躬。

那位开车的男性停下车，打开了车窗。我自报家门："我是昨天给您写信的小野。"对方露出一个"哦，是这样啊"

的表情，特意下了车。

"谢谢您写的信，还有杂志。我昨天已经认真拜读了。"

对方个头矮小，一脸耿直模样。他说着，对我鞠躬致谢。

"不不，如此唐突地写信给您，实在失礼。那个……如果可以，希望您能抽出宝贵时间……"

"好的，我愿意和您谈。但我现在要去工作，可能会一直忙到月末，实在是抽不出时间，请问下个月可以吗？"

这位男性似乎真心感到抱歉。时间完全没问题，他竟愿意接受我的采访，这一点才更令我感到惊讶。我检查了一下自己的工作安排，于是对他说，3月上旬我会再联系他。

"那我把我的手机号码告诉您吧。"

我掏出笔记本，记下了对方说出的一串号码。我不经意看到了他脖子上挂的身份证件。他注意到了我的视线，举着身份证件说："啊，我现在用这个名字工作。"

我知道他使用假名躲藏在尼崎市的情况。但面对一个人用假名生活了近10年的现实，我深切地感受到了他的苦衷。我再度向他深深地鞠了一躬。

※

"不是有个叫李正则的人吗？我和他是小学还有初中同学。他为了打棒球跑去香川县的高中那会儿，我还给他带过小礼物。新闻都说他是角田美代子的'暴力工具人',但我是了解他过去的人嘛,我对他的印象根本没有那么坏。"

我在尼崎市的饭馆遇到的这位男性曾是阿正的同学。

"他小时候完全是个棒球少年,还在出过大联盟选手的硬式少年棒球队打过球。练习也超级认真。他的梦想是成为职业棒球选手。"

据说,阿正以前性格开朗,很会活跃气氛,也很受周围人的欢迎。他之所以性情大变,的确如之前Q所说,是因为他的母亲和那个再婚对象。

"成年之后我没见过他,也不知道他为什么会变。但我想他应该遇到了一些不太好的人吧。大概10年前,我们一个初中同学的父亲去世,阿正还参加了葬礼,是带着本地xx组的大哥一起来的。"

当时,同学之间都在传阿正和本地暴力团成员有关系。但在葬礼上,阿正还曾保护同学免受暴力团成员的威胁。

"办葬礼的那个同学家还蛮富裕的,一起去的那个大哥就跟阿正聊,问他要不要对这家的财产下手,听说阿正回答:'这是我朋友家,别这样。'拦住了对方的企图。好像也是这个原因,他和那个大哥的关系后来恶化了。"

10年前,就是阿正二十七八岁的时候。他住到美代子那儿也正好在这个时间段。

又过了几天,我蹲守在距某公寓一路之隔的地方。我敲了敲想采访的那位对象的房门，但她似乎有事外出了。

大约两个小时后，那位女性回来了。当她将钥匙插进锁孔时，我从她身后打了声招呼。

"你要干吗？"

一脸震惊地扭头看过来的这位女性是阿正的姨母。我向她说明来意，希望能听她讲一讲阿正和他的母亲律子。

"我没话说。"

女性慌慌张张地跑进屋内，我冲她的背影喊道：

"我听一些人说，阿正变坏是受了律子很大的影响……"

她转过头。

"没错，律子和（皆吉）胜一，都是那两个人不好。尤其是那个再婚对象胜一。我老公也成了他的担保人，现在被银行列进黑名单了。胜一和律子在一起后，就把债务全都推到了阿正身上，结果阿正就变成那副德行了。他以前明明是个好孩子。"

"债务？"

"阿正高中毕业后，好不容易进了xx金属那样的好公司呢。因为公司不错，所以借债比较容易，那两个人就逼着阿正当担保人，到处乱借钱。催债电话不停地打到他公司，阿正实在忍不下去了，只好辞去了工作。他就是从那时候开始不对劲的。"

女性怒目圆睁地痛陈。

"辞了工作后，阿正和父母还有弟弟住在一起。但律子因为毒品的事被捕了，他没地方去，就这么着和那个莫名其妙的角田美代子搭上线了。"

"阿正还有弟弟对吗？"

"是啊。阿正是律子和前夫的孩子，弟弟是律子和胜一的孩子。他弟弟也是个机灵小孩呢。但现在不知道人在哪儿，失踪了。还有，(皆吉)典姨也是个好人呢。我们以前挺熟的，没想到竟然是那样的结果……"

2012年12月，香川县高松市的某小屋内，发现了胜一母亲皆吉典的尸体。这位女性亲口说出这件事后，情绪激动地流下了眼泪。她又红着眼睛说了一句："够了吧！"随后关上了玄关的大门。

※

阿正的姨母说，阿正是因为律子被逮捕，无处可去，所以才和角田美代子搭上线的。这条信息其实略有些误解的成分。而我也是通过和Q的谈话才搞清了这一点。

2013年3月，我和Q已经进行了超过5次的卡拉OK密会。

"我不是说过，阿正原本就通过律子和X走得很近吗？其实啊，他之前和Z的长女结过婚，还生过孩子，是个男孩。"

阿正生于1974年5月，他二十四五岁开始频繁出入Z那里。按时间算差不多就是1998年，正好是美代子软禁猪俣和大岛两家人的时期。

"阿正一开始喜欢的是Z的三女儿，但最终还是和长女结的婚。他们的孩子出生的时候，阿正还没到28岁吧。大概是10年前的事了。孩子刚一出生，角田大妈立刻插手了，让阿正离婚。其实在那之前的一两年，X就因为Z和本地暴力团团长的金钱纠纷，闹得没法再待在尼崎，迁去了北关东。两三年前X才迁回来的。"

现在，阿正的孩子还在尼崎市，由Z的女儿独自抚养。顺带一提，Z从2000年起的10余年逃亡时间里，一直在北关东某县经营卖淫为主的小酒馆生意，那桩生意如今还在。关于阿正和美代子的关系，Q继续解释道：

"阿正和Z的女儿结婚后，在孩子还没出生前胜一认识了角田大妈。后来和他弟弟敏二（化名）住到角田大妈家去了。欠的债实在是还不上了，就请大妈来想办法。X潜逃去北关东了，胜一和角田大妈又有这么层关系，阿正就逐渐频繁地去大妈那儿露脸。不过啊，我之前也提到过，他一开始也被大妈和她弟弟月冈靖宪监禁胁迫了3周呢。"

阿正对美代子表现出绝对的臣服，但要说那完全是因为被恐惧支配而做出的反应，倒也不单单如此。Q继续说道：

"阿正其实满重情义的，他服从角田大妈也不单单是因为恐惧。大妈的确照顾过他，他认为人家对自己有恩。那大妈不是总看心情随意说话吗？有时候她会流着泪对阿正说：'你这孩子也是真可怜啊，被父母折磨得这么辛苦，你已经很努力了。'阿正也动了情，决定追随角田大妈。"

Q也知道阿正的那些文身。

"没错，我听说阿正整个后背一直到腰文了个风神雷神的图案，但好像还没扎完，还有些线条需要补。文身的钱也是角田大妈给的。她连毒品都给阿正。角田大妈照顾他之前，阿正因为花钱吸毒，欠了不少债。也是角田大妈打点，帮了他不少。他也十分仰赖大妈。"

无论阿正还是他的继父胜一，他们欠的债都由美代子帮忙解决，那美代子又哪儿来的钱摆平这些事呢？比较合理的猜想是，她手中的那笔钱，应该就是自1998年至2000年，从猪俣、大岛两家掠夺的数千万日元。

从可推测的范围来看，被角田美代子掠走的有猪俣四兄弟和他们家人的死亡保险解约金，猪俣一郎卖房的钱和离职金，二郎房子的所有人名义（买卖情况不明）和离职金，三郎的离职金，四郎的妻子四子从高知县娘家那儿拿到的现金一千零数百万，大岛家拿出的现金一千零数百万，再加上存款解约金和借款所得现金，全都进了美代子的腰包。

如此算来，总金额应该轻松超过了5000万日元。

自然，美代子帮忙还钱的目的不是做公益。她只是想暂时卖个人情，方便之后进一步攫取更多利益。

说到胜一，此人大学退学后做了警察，干了两年后辞职。曾经结过婚，但又离婚了。他在杭濑某小酒馆遇到律子，二人再婚。经中学时期的学弟、美代子的丈夫赖太郎介绍认识美代子的时候，他还是尼崎市某公立小学的校务。不过，看美代子和律子关系那么亲密，或许很早之前他们就互相认识了吧。

胜一生于1943年3月，他原本会在2003年从小学退休，但在受美代子"照顾"的那段时间里，他在美代子的劝说下于2002年2月提前退休，拿到了约1700万日元的退休金。

美代子自杀翌月（2013年1月），三枝子和瑠衣擅自领走胜一退休金的盗窃事件开庭。胜一也作为证人出庭了。他做证自己将拿到的退休金中约1100万日元给了美代子。

"当时，我大约有300万日元的银行借款。美代子说：'你把钱存进银行肯定会被扣下，借款的事我来搞定。'我就把钱交给她了。"

但那之后美代子并没有搞定借款的事，为了让胜一还钱，还跑去逼迫他的姐妹替他还。她做这种事的时候，胜一和他弟弟敏二都在场。

整件事的经过究竟是什么样子的呢？

我在本章开头写的那封信，就是寄给胜一妹妹初代的丈夫的。

他就是在梶岛皆吉家地板下发现的死者谷本裕二的弟弟,谷本丰。他也是茉莉子,还有瑠衣的父亲。

详细内容我会在之后的章节中讲述。美代子在2003年2月,先是利用阿正制造了入侵香川县高松市谷本家的契机,随后她和胜一等人实际入侵了谷本家,用尽无数残酷的手段,逼迫谷本家为胜一还债。

谷本丰先生的妻子初代被监禁在自家后逃脱,他后来也凭一己之力逃脱了。但他担心被美代子带走的哥哥还有女儿们的情况,一直使用假名待在尼崎市。

当然,谷本丰先生早就认识自己的内兄胜一和敏二,也见过胜一的继子阿正。

这几个亲戚之间究竟发生了什么?美代子又是如何施以毒手的?我想了解的真相实在太多了。既然在2002年美代子将胜一和阿正收进自己"麾下",那便不难想象,她本就计划操纵这两个谷本家的亲戚染指谷本家了。

因盗窃遭逮捕是角田美代子计算之外的情况,入侵猪俣、大岛两家后,她攫取了丰厚的利益,可以说充分尝到了"成功"的甜头。最重要的是,她发现亲属间的纷争竟然如此不被警方看在眼里,这对她来说无疑是一大"收获"。极端点形容,她甚至有可能把这一点当成了自己极为强大的武器。

在入侵谷本家时,她用上了之前的经验,最大限度地煽动亲戚间的纷争。而且,这种煽动手段比之前更巧妙。我非常想了解这一切的经过。

此前已经有数家报纸和电视台与谷本丰先生取得了联系。但他一直以女儿瑠衣还在受审为由,没有具体说过这些事,只是给过一些大概的解释,或者简短的评价。

我不知道这一次自己能问出多少内容。但随着时间的流逝和美代子的自杀,想必他的心境也产生了一些变化吧。

带着一丝希望,我按下了谷本丰先生告诉我的那一串手机号码。

第八章

被害者と加害者の父

被害者与
加害者的父亲

我踏上昏暗且带着寒气的水泥台阶，脑中思考着那位父亲内心的矛盾。

长女是被害者，次女是加害者。这一现实，光在脑中想象就足以令人痛苦万分。加之他的妻子和兄长也被卷进其中，甚至有人命丧黄泉。

角田美代子及其同伙虽然被逮捕，但这绝不能慰藉那些家庭一丝一毫，可以说是连根攫取了一家人。除非时光倒流，否则没有任何方法能够帮他们逃离噩梦。

再迈几级台阶，就要面对那位父亲了。

我们能聊些什么呢？对方能允许我触及多深呢？我紧张极了。

到达目的地那一层，我深深地吸了一口气，向走廊迈开步子。随后，我敲响了眼前那扇铁质的大门。

"来了。"

我对着房间里的人报出自己的名字，紧接着，穿白色衬衣的谷本丰先生打开房门。

"您请进吧。"

这个屋子有3个房间，收拾得十分整齐。我们一路走进了最靠里的房间。

房间一角有一个小小的台子，上面摆着一张装进相框里的照片，照片前方是一副线香香插，香插旁供奉着罐装果汁。在这些物品的背后，放着一个装有遗骨的小骨灰罐。

"请坐吧。"

"啊，抱歉，在此之前……"

我请求先为逝者上一炷香。摆好线香后，我双手合十，闭上双眼。

当我再次抬起头，照片中那个人的模样映入眼帘。那是一个穿着白色外套和蓝色高领毛衣的年轻女性，照片中的她正对着镜头露出羞涩的微笑。

她是茉莉子。这张照片是在香川县高松市自家门口拍摄的，当时她用的还是旧姓——谷本茉莉子。自2008年7月起，她整日遭受暴行，在美代子家阳台圈出来的"监禁小屋"中遭受了至少两个月的监禁。最终于同年12月衰弱而亡，时年26岁。

我改变坐姿，与谷本丰先生隔桌相对。他看上去表情刚毅，但目光中仍显露出深深的疲劳之感。

"感谢您今天愿意抽出宝贵时间，接受我的采访。"

说罢，我掏出了采访笔记本。直奔正题未免太过突兀，对话的开始还是以闲谈为主。

我告诉他自己之前采访了大岛先生。还提到大岛先生曾去警察局报过案，也曾无比悔恨地表达"如果警方能早些行动,后续那些事就不会发生了"。

"没错,我和茉莉子也跑去和警方讲过无数次了,但根本没人当回事。我也曾想过,如果当初大岛、猪俣家发生那些事的时候警察能出动就好了。还有,如果皆吉胜一愿意好好说出实情,孩子姥姥(皆吉典)也就不会死了……"

谷本丰先生一口气讲到这儿,随即又说:

"角田(美代子)命令我带走阿正,无奈,我只好带走了他。可是角田一打电话过来,阿正就会发疯。我就明白了,他在遵从角田的指令行事。一来电话就发疯,一来电话就发疯……如此反反复复,最终我实在承受不了,就去和角田道歉,请求她把阿正领走。结果,他们一大帮人全都涌进了我家。"

我想向谷本丰先生打听的事情实在太多了。意识到这一点后,我便逐一向他提出问题。

"说起来,阿正小时候来过谷本先生家吗?"

"是的。他小时候我曾在内人(初代,旧姓皆吉)老家梶岛见过。从阿正小学四年级左右到初中,我太太都会给他包压岁钱。毕竟他是律子带来的孩子,也算侄子嘛。当时感觉他是个很努力打棒

皆吉典

球的孩子。后来他成了xx高中的特招生,要来香川,我们一家人都很欢迎他,开学典礼前还让他来我们家住了。棒球比赛的时候,我太太还拿着吃的喝的去给他加油。此前有这么多接触,我真的没想到他会'崩'成那样。"

看来,谷本丰先生根本没想到阿正后来会对美代子那般唯命是从。我又问他,茉莉子和瑠衣是否认识阿正。

"茉莉子和瑠衣也都当他是大哥哥。阿正之前是个非常乖的孩子,根本不是后来那副狂暴的模样。我听初代说,他从xx高中退学后去了爱知县的高中,读完高中后又去了xx金属公司。当时还觉得这下总算放心了。结果又听说他因为父母被卷入了金钱纠纷,还和吸毒借贷扯上了关系,只能从xx金属辞职。还听说他文身,进了黑道……"

美代子为何要利用阿正,入侵位于香川县高松市的谷本家呢?

"皆吉家那边,她似乎一直是让信子(桐山信子,化名)拿钱的,但桐山家那边实在拿不出更多了,所以美代子就跑来了高松。她跑来我家之前,信子似乎还掏了400万日元。她说老家有困难,地震的时候她在神户的房子都塌了,她把土地卖掉了,得来的钱全都给了胜一和敏二。"

桐山信子是皆吉胜一、皆吉敏二,以及初代的妹妹。她通过收养手续过继给了亲戚桐山家做养女,自2003年起失踪至今。

"桐山家是初代父亲姐姐的婆家,在神户做着很大一摊生意。他们家没孩子,所以收了信子做养女。初代的父亲是警察,两个哥哥也都去读大学了,但没能力供初代读大学。当初是桐山家帮忙,初代才能去读大学的。信子是在读高中的时候过继给桐山家的,她一直都是单身,没有结婚。"

谷本丰先生和妻子每年过年都会去拜访居住在尼崎市梶岛的皆吉家。2002年11月,谷本丰先生的母亲去世了,所以2003的正月,他们没有去皆吉家。

"丈母娘和敏二来参加了我母亲的葬礼,当时我还不知道皆吉家遭遇了多深的伤害。但其实那时候,胜一的家人已经熬不下去了。正月的时候我听他们提起'老家出了大麻烦',但毕竟我母亲刚过世,我回绝他们说'现在去不了尼崎'。"

2003年1月末,因为"老家出了大麻烦",初代返回了梶岛。那就是一切噩梦的开始。

"2月2日,初代给我打电话,哭着说:'快来接我。'我急忙开车去找她。到了之后,他们说:'为了让阿正改过自新,必须让他暂住你们家。'我家还有两个年纪尚小的女儿啊,就算以前认识,也不能这样吧?我去了美代子住的公寓,准备拒绝她。她住在分售公寓的8层,我到了她家告诉她:'我们家没法收留阿正,饶了我们吧。'结果她不依不饶地说:'是初代说了可以收留阿正的。'当时,胜一、敏二也在场。他们始终一言不发,摆出一副你不答应也没用的架势。"

经历了这一连串的突发情况，丰先生意识到："这应该是他们早就定好的作战计划，为了入侵我们家，他们早就做好了准备。"

"美代子坚持说：'总之，初代已经开口答应了，你就把阿正领回去吧。'还说：'要是真的遇到什么问题再给我打电话吧。'没办法，我只好把阿正带回去了。"

说到这儿，我插了个问题：

"您当时应该是第一次见到美代子吧，您之前听说过她是个什么样的人吗？"

"我问过初代'她（美代子）是谁'，她告诉我是借钱给胜一的人，'特别可怕'。初代和信子还告诉我：'千万不要报警，会被杀掉的。'当时我还觉得这么说太夸张了吧，后来才意识到，她们并没有夸张。"

我接着问了带阿正回到高松后的情况，丰先生讲述道：

"我和初代坐在车前座，阿正坐在后座，很安静。一开始他表现出'我跟着他们一起回去合适吗'的模样，但美代子说了一句'你给我去'，他就钻进车里了。到了高松家里，他总是给美代子打电话。或者美代子打过来，他就开始发疯。一般就是这样。感觉他是一种随时待命的状态，等着对方给指示。没电话来的时候特别安静，在家里也不会发疯。"

"他是怎么发疯的呢？"

"哎，他发起疯来特别可怕。他会喝好多酒，还吆喝我们给他买香槟。当时我白天出去上班,没见到他发疯的样子,都是晚上回家后听说的。孩子们都很害怕,跑去二楼躲着。阿正就自己在楼下发疯。他没跑去二楼,真是万幸……"

当时丰先生在高松市经营一家保险代理店,初代也负责帮忙,做些行政事务。茉莉子在高松市某家网络公司做设计工作,瑠衣则在香川县名列前茅的著名县立高中读书。我又继续问道:

"您带阿正回家后,茉莉子和瑠衣还当他是之前的'大哥哥'吗?"

"不,完全没有那种亲昵感了。他体形变了,还文身了……"

"能看到他的文身,是吗?"

"是是是,他会特意裸着身子,想露出来恐吓我们。态度也特别差,一接到美代子的电话就开始反复发疯,白天他会去柏青哥,让我给他准备钱。"

丰先生自然没办法接受阿正在自己家里这副模样,他给美代子打了电话。

"2003年2月4日晚上,我打电话对她说:'我们家真的没办法留他。'到了2月8日,美代子领着皆吉家所有人跑来我家。丈母娘、胜一、胜一的小孩、敏二、信子,以及美代子自己、赖太郎,还有两个孩子也来了。美代子怒吼:'为什么要我们接阿正回去?'然后说尼崎住不下皆吉家所有人,要他们住在我这里。"

那架势完全无法沟通。美代子还说,要为我们家不接受阿正这件事做"调解"。

"'你们这么对阿正,要怎么收场?''皆吉家要出多少钱?''谷本家要出多少钱?'她虽然没说具体金额,但摆出一副'你们自己看着办吧'的姿态,一个劲儿地催逼我们和丈母娘,还有信子。胜一的态度是'反正我一分钱都拿不出来了,我没辙',敏二也没有任何表态。他应该已经和美代子是一伙人了。从始至终,他都按她的命令行事。"

美代子命令他们召开家庭会议,给出一个结论。

"美代子一概不参加我们的家庭会议,她说:'你们自己商量,自己决定。'最后由茉莉子向美代子报告我们的会议结果。我们先开会,将会议决定好的内容写在纸上交给茉莉子,她拿去给美代子看。美代子那边也是一样。茉莉子没法去上班,一直请假,瑠衣也没法上学,一直在家待着。学校老师很担心她,还跑去了我家,但那时候我家已经乱成一锅粥了。"

关于这件事,我之前也掌握到了相关信息。据说美代子在谷本家待了40天。于是我直接问道:

"一开始您不会觉得她的要求非常不合理吗?为什么允许她在您家待了40天……"

丰先生无比悔恨地摇了摇头。

"根本不是允不允许的问题……一开始他们虐待丈母娘，后来又虐待初代……"

"他们会对皆吉典女士找碴儿，还是？是什么样的虐待呢……"

"是扯上阿正的那种找碴儿，说丈母娘对胜一再婚对象带来的小孩太冷淡什么的。丈母娘稍有疏忽就会挨骂。真的都是一些鸡毛蒜皮的小事。说什么都是因为丈母娘，这个家才成了现在这样。说她丈夫明明是正派警察，做事负责，全因为丈母娘太溺爱胜一，胜一才成了现在这副没能耐的样子。还说她对阿正太冷淡，因为阿正妈妈是韩国国籍就歧视他。反正就是拿这些事一个劲儿地骂她。还让丈母娘长时间地正坐，不让她好好吃饭，外头冷得要命，还赶她出去，在走廊里罚站……"

当时，皆吉典的年龄是 78 岁。除了阿正对她施暴，连胜一、敏二这些家人也会这样做。

"我们都很担心丈母娘的身体，我是最先说了要报警的那个，但被初代和信子拦下来了。另外，因为胜一借了美代子的钱嘛，我们就想现在这种情况可能是她在变相催债，如果把欠的钱还上，她可能就收手了……"

"可是在皆吉典女士之后，初代女士也遭遇暴行……"

"她那么对初代是为了给我施压，目的是让我早点把钱准备好。"

"请问她具体要了多少钱呢？"

"根本没有上限。最多的时候她开价5000万。初代给了她差不多200万的样子。后面我亲戚呀大哥呀还掏了1700万，此外还要给她生活费。这些明细茉莉子全都记下来了，你们看了她的笔记就知道具体有多少了。总而言之，一开始她要求'每天给我在玄关边上摆5万日元'，那还是只有阿正在我家时候的事了。后来他们一群人来了，就变成'每天放20万'，我们怎么可能办得到……"

"您有没有告诉过她'我们做不到'呢？"

"我说了没办法。但初代应该是想了很多办法，真的每天都会放20万。最后实在没有钱了，只好直接说：'真的没钱了。'但在那之前的一段时间里，确实每天都会放20万……"

每天20万，这个数字实在太惊人了。可是不交钱，皆吉典和初代就会遭受暴力对待。可以说，家人成了美代子的人质。

"最开始他们待了40天后走了，那时候还不算很严重。当然也有些实际的暴力举动，初代被打了，脸肿得老高。而且……我实在不想说，但是……她还被逼着脱了衣服……这都是美代子的命令。打人的事交给了阿正。但她会故意在瑠衣面前表演出手相救的戏码。她拦住殴打初代的阿正，吼他：'为什么要打她！'还拿冰块给初代，让她冷敷。这么一来，

年幼的茉莉子（左）和瑠衣（右）

在茉莉子和瑠衣眼里，美代子反倒成了唯一能保护家人免受暴力侵扰的人了。美代子就是用这种方式拉拢孩子们的。这也是为什么瑠衣会和美代子那么亲近，在她看来，只有亲近美代子，才能帮助家人免遭暴力侵扰。"

说到这儿，丰先生转头看向窗外。此刻，我深切地体会到了，瑠衣虽在世人眼中是一个不折不扣的加害者，可在丰先生眼里，瑠衣永远都是自己的女儿呀。

我继续问道：

"一开始的那 40 天里，被阿正打的只有皆吉典女士和初代女士吗？"

"不，信子也挨打了，还是被她的家人打的，就是胜一和敏二……丈母娘也是被她那两个儿子打的。不过全貌我也没有看到。白天我还要出门上班，晚上回来后，美代子总命令我们开会讨论，不让睡觉。白天发生的事我不太清楚。美代子要求我出门工作。"

年长的女性们遭受暴力，当时只有瑠衣获得了特殊"优待"。

"一楼的两个日式房间被美代子占了，客厅里住满了皆吉家的人。谷本家住在二楼，二楼有夫妻俩的卧室和孩子们的房间。但是两三天之后，只有瑠衣被带到楼下去，和美代子一起睡。很快，初代也和皆吉家一起住到了客厅，茉莉子也被喊去楼下了，只有我自己住在楼上。白天，美代子只带瑠衣出去玩儿。当时健太郎、优太郎也在，他们一块儿吃喝玩乐。在外面的时候，美代子会问瑠衣，我们夫妻之间发生过什么争执，问到我父亲（瑠衣的祖父）和初代之间起过什么争执，等等，拿这些事来谴责我们。"

另一边，皆吉胜一、敏二跟着赖太郎和阿正喝酒闹事。

"阿正、胜一和敏二都是听了美代子的命令才去施暴的。这件事我和初代都明白，可孩子们不懂。茉莉子是负责传话的，多少还能和我们说说话，知道些内情，但瑠衣完全不知情。她和我们连吃饭都是分开的，完全接触不到我们。"

和猪俣家被入侵时光江的遭遇相同，皆吉典在进食方面也遭受了严格的克扣。

"美代子对胜一和敏二下令，让他们每天只给丈母娘一点点吃的。我偷偷给她拿了饭团，被那两个人怒骂。我想不通，他们怎么可以对自己的母亲那么凶狠。那两个人告诉我：做了多余的事会惹怒东女士。当时美代子还不姓角田，她自称'东'，大家都叫她东姨。我根本没听过角田这个姓。"

听说长达40天的入侵短暂地停歇过，我向丰先生询问详情。

"因为我说要和初代离婚。"

"什么？"

我一时间没理解他的意思。不是解决阿正的事情，也不是结清胜一的借款，而是离婚？为什么呢？

"因为离婚后，我必须定期给初代打赡养费。美代子逼迫我们负责，甚至跑去了我的亲戚家。我亲戚那边觉得，都是因为初代才扯上了皆吉家的这些烂事儿。我就以和初代离婚为条件，和他们借了付赡养费的钱。当然，我付的这些钱，都由初代转交给了美代子。不过我们说好了，这样做美代子和皆吉家的人都会回尼崎。谈到离婚，也是美代子命令的，她说：'你们俩给我离了。'我提了个条件，说要保证离婚后，初代和女儿们都能好好生活。我们夫妻俩商量的是，姑且顺从美代子，之后有机会再复合。"

离婚后，初代领着茉莉子和瑠衣，住到了尼崎市阪急电铁园田站附近。

"聊到孩子们怎么办的话题，孩子们都表示要跟着妈妈，敏二去园田那边找了个房子，她们3人住了进去。那个房子里没有浴室，是一栋西式住宅的一楼，租金只要两万日元。我打给她们的赡养费全被美代子取走了，但因为敏二、丈母娘都住在附近，生活上勉强还能维持。"

2003年3月过半，美代子他们已经吸走了逾2000万日元，总算是返回了尼崎。

丰先生努力地工作着，盼望能尽快还清借款，接妻子孩子回来，但同时他也非常担心家人的情况。4月下旬，他去了园田，想看一下家人们过得如何。结果发现美代子根本没有遵守让她们母女三人一起生活的条件。

"那儿确实留下了居住过的痕迹，但却不见人的踪影。我打电话给美代子说：'你没有遵守让初代和茉莉子她们好好生活的条件，我要报警。'美代子立即带着几个人跑过来，给我展示一堆现金，骂着：'你的钱我可没动。你找警察能说什么？'5月份我接初代回去，她们就再次入侵了我家……"

5月的某一天，美代子突然给丰先生打了一通电话。

"她说初代在她那边过得太懒散，让我把她接回去。我急忙开车去尼崎，又去了美代子的住处。当时安藤（三津枝）、茉莉子、瑠衣都在。不过两个女儿在别的房间，只打了一下照面。初代瘦得脱了相，站都站不稳。我对她说：'咱们回家吧。'我扶她坐进车里，大半夜带她回去了。因为实在太累,中途还出了点擦碰事故,总之到高松时已经是第二天早上了。"

之后才刚过了几个小时,早上 8 点左右——

"他们追在我们后面来了家里,车子就停在家门口。美代子、茉莉子、瑠衣从车里下来。茉莉子和瑠衣骂我们:'为什么都不跟东姨说一声,擅自把她(初代)领回来?东姨明明那么照顾我们!'还开始殴打初代,我也被……美代子只是从车里走了下来,看着孩子们殴打我们俩……"

说到这儿,丰先生沉默了。我下意识问道:

"女儿们突然这样对待您,您应该很震惊吧……"

"但我也不能动手啊,我不能打我的孩子……"

"您精神上一定受了很大的打击吧……"

听到我这样说,丰先生抱着胳膊低下头,低低地"嗯"了一声,闭上了眼。随后,他抬起头:

"后来,我没能救下茉莉子,当然也没能救下瑠衣,我连初代都没能救下来……其实我不太想谈这些事,也并不愿意接受这样的采访。当时我周围的人非常担心我,去警察局说过好几次,可这件事最终被埋葬了近 10 年。直到大江(香爱)的事情(被监禁)曝出来……在我之前,猪俣家的事情也始终无人问津。我真的不明白为什么会变成这个样子。我觉得自己必须坚持,去找了警方好几次,可他们为什么就是不愿行动呢?"

仿佛决堤一般，丰先生一口气将心中所想全都倾吐了出来。接下来的数分钟内，他一直在表达对警方不愿行动的愤怒。但同时，我始终穷追不舍地要求他按顺序讲述当年那些他根本不愿想起的过往，这也一定令他十分烦躁吧。我却考虑不周，没有及时发现他的精神状态已经被逼到了极限。

对于丰先生来说，接下来还要接受爱女瑠衣的判决。她在2012年8月遭逮捕，目前已因涉嫌盗取胜一和皆吉典的年金一案，涉嫌有关桥本次郎的杀人、尸体遗弃、监禁罪，以及对茉莉子的杀人、监禁罪等案接受起诉。接下来，她可能还会因为其他被害人的案件再受审判吧。

在精神上，丰先生存在一些不愿被碰到的部分，他也考虑到了对接下来瑠衣的审判可能产生的影响，有些话他不能说。在这些方面，我应该展现出最大的理解与接受。

我深刻反省了自己的失误，等待房间内剑拔弩张的气氛逐渐平稳下来，才又开口道：

"第二次跑去您家时，她也带了皆吉家所有人一起吗？"

"没有，胜一、敏二还有信子都来了，但丈母娘没来。还有，胜一的儿子（正在读大学）也来了，就是阿正同母异父的弟弟。据说他现在逃去了北陆地区的某个县。"

这个弟弟，就是之前我在阿正姨母的家门前听她提到的那个"下落不明"的孩子。他是胜一和律子生的儿子，下落不明，但应该还活着。

美代子第二次强行闯进谷本家后，从 2003 年 5 月一直待到了 10 月，住了整整 5 个月。2003 年 9 月，丰先生从被监禁的环境下逃脱。

"我不想亲口说这些，你可以问问这个人。"他介绍了一个住在高松市、熟悉当时情况的人给我。

这一时期，美代子的施暴对象从初代波及丰先生，她逼迫丰先生去和朋友、亲戚、金融机构借钱。丰先生还被他们用喷枪烧伤了手脚，双耳都被打坏了。美代子还命令丰先生将亲戚喊来谷本家，或者直接杀到他们的家里、工作场所，死缠烂打地要钱。在美代子的命令下，他的哥哥、女儿们也都殴打过他。不难想象，以上种种对于他来说都是永远不愿提及的过往。

"第二次入侵"也曾多次被报纸杂志报道，我决定不按时间顺序，而是在他能谈及的范围内，尽量详细地询问具体情况。

首先，我问到了他的亲戚们。听说美代子他们会直接跑去找，那具体是怎么找的呢？

"5 月份，我最年长的大哥聪史（化名）来我家的时候，遭受了美代子的恫吓，还被逼着掏了钱。聪史大哥急忙跑出我家去报警了。后来，他工作的那家公司的社长，把他藏在公司的员工宿舍里。当时阿正他们好几个人涌进了他工作的那家公司，但没找到聪史大哥，于是又逼着我喊二哥裕二过来。我把裕二哥喊到了家里，结果他再也没能离开我家。当时刚过6月，在那之前，5月还是6月的时候，他们还跑去了我姐姐夫家，阿正用大喇叭对着她家大喊大骂。姐姐跑去高松南警察局好几次，请求警察帮助，巡逻车都来了……"

关于二哥裕二先生没有再离开他家的原因，丰先生这样解释道：

"哥哥是为了阻止那些人跑去他自己家，所以才不回家的。他怕万一自己回去了，家人会被牵连……"

结果，美代子10月份回尼崎的时候，也带上了裕二先生和茉莉子。第二年，也就是2004年，裕二先生惨遭杀害。

当然，丰先生在此期间并没有袖手旁观，他和他的亲戚们曾无数次跑去香川县警察局报案。

"（警察局）那边我们去了无数次。不单是我家所在地区的高松东警察局，我和家人朋友还去了高松南警察局、高松西警察局（当时的绫南警察局），跑了不下30趟。可警方始终坚持是亲戚间的纠纷，根本不为所动。"

每当警方以"不介入民事纠纷"为理由拒绝自己时，丰先生就感到无比绝望。另外，美代子从精神上控制了瑠衣，茉莉子也对她言听计从。美代子利用丰先生的这些亲戚，让警察认定这就是亲戚间的纠纷而已，更进一步压下了警方的调查。

讲到这儿，我抱着有可能被拒绝的觉悟，开口问丰先生遭受的那些暴力的细节。

"我听一些报道说,您的手脚都曾被喷枪烧伤了,具体情况是什么样的呢?"

"就是那种能喷火的喷枪。阿正拿着它,把喷嘴对准我按下开关。9月我逃跑的时候,浑身上下全是伤。当时高松东警察局还拍下了我身上的伤情照片,留下了调查报告。当初(警方)说什么没有这回事,结果还是找到了(调查报告)……"

"那个……我还听说了一件事,想详细问问您。我听说您的耳朵也被打坏了?"

"是茉莉子和我二哥(裕二先生)打的。不打我,他们就要遭殃。当时茉莉子也是哭着打了我……用书脊对着身上的同一个位置砸了好多下。我伸手护住了脸,结果就砸到耳朵上了。砸了一遍又一遍,直到把耳朵砸烂。他们是清晨在客厅揍的我,当时客厅已经是一个监禁屋了。美代子隔着玻璃门看到了这一幕,确认我挨了打,她才允许大家去睡觉。这种事每天都在循环。美代子永远瞪着眼监视着我们所有人。等她回房,大家才能去睡……"

他就这样语气平淡地讲述着当年那惨绝人寰的一幕。当时被殴打的伤痕还留在耳朵上。他现在的耳朵就像柔道耳一般,是变形的。当时的惨状不难想象,我不由得失了声。

几秒钟后,我终于反应过来,开口问到8月初初代逃脱的事。丰先生说，他是故意和初代吵架的，他躲开监视的注意，假装冲过来怒骂时，凑近初代耳朵小声说了句"快逃啊"，就这样帮初代逃走了。

"初代逃出去，先是去了朋友家，借用她家浴室洗了澡。随后跑到了西成（大阪府）的女性保护中心，就是那种保护逃出家门的女性避难的地方。那儿收留了她。后来她换了名字，逃去了和歌山。

"当时我也帮茉莉子跑了的。我先帮她妈妈跑掉，又告诉茉莉子'你也快跑'。她虽然逃跑了，却没能像她妈妈那样跑得么顺利。她不太知道该怎么逃跑。后来在高松港的渡船中心被那群人抓到了，又带回了家。初代那会儿不知道是乘坐巴士还是渡船，可能和朋友借了些钱，顺利逃走了。"

丰先生帮助初代成功逃脱的次月，9月12日，他自己也成功逃亡了。我在之前的报道里看到丰先生的讲述，他当时认为美代子是想从他这里拿到钱，所以才入侵他们家，拿女儿们做人质。心想只要自己消失，孩子们应该会被她放掉。

那么，丰先生的逃亡过程究竟如何呢？

"我借钱的对象为了催债找来黑帮打手，跑来我家。当时茉莉子吓坏了，打了报警电话。警察来了，把我和茉莉子，还有来要债的所有人喊去高松东警察局做笔录。我当时浑身是伤和血，警察说：'你这样子回去可能有危险，你逃走吧。'从后门把我放走了。当时美代子那群人就在警察局正门守着。

我在警察局里一直待了6个小时，等到天黑后才逃跑的。"

"高松东警察局就那么看着你一身的血……"

"我跟他们说了情况，还请他们把茉莉子和二哥抓起来。但根本没人能够证明我在密闭空间被亲戚殴打，他们说没法抓人。我又说，我想接受警方保护，他们也说不行。不过他们说了'你这样子回去可能有危险，你逃走吧'，于是我逃跑了。从那以后，我再也没见过茉莉子，没见过瑠衣，没再见到任何人……"

丰先生的双眼中，早已没有了刚刚燃烧的愤怒和悲伤的火焰。他的眼睛丧失了一切感情，好似两个无尽空虚的大洞。

此时，我确切地感受到了。的确，一切的元凶是美代子。要是没和她扯上关系，一切惨案都不会发生。然而真正麻烦的是，美代子也只是一个媒介。她的存在引发了社会和个体中那种潜藏的恶。而这些恶，统统施加到了被害者的身上。

我不由得一阵战栗。

不过，眼下最要紧的还是采访。我打起精神，又问起了丰先生的逃亡路线。

"我先是乘坐电车去了香川县牟礼町的一个同学那儿，在那个同学家住了一晚。我同学开车将我一直送到了川之江市（现爱媛县四国中央市）的JR车站。我又从那儿乘坐电车去了松山（爱媛县）一个前辈家里住了4天……我当时手里只有1万日元，跑去了松山。又从松山去了大阪，找了当时为我说媒的亲友,在那儿住了一两天,随后又跑去了堺市(大阪府)……那会儿我还去医院取了诊断书。我靠着那几天朋友们凑的钱去了冈山。我在那儿找到了在保险公司工作时的朋友,他又借了我3万日元。我靠着这笔钱跑去了东京。我去东京找到我弟弟,后来还回过一次香川。香川县的朋友说认识县本部的警察,还听我说了很多。我那个朋友当时外派到丸龟(香川县)工作,我就在他那儿生活了1个星期左右。后来,我又去了住绫上(香川县)的哥哥(聪史)家,一直住到12月末。过年(2004年)时,大哥夫妻俩的亲戚都会过来,我在他家不太方便,就回了自己家。当然,要是美代子也跑来就糟了。我住在了我家后面一个小小的独栋小屋,那是当年我父亲住的地方。我在那儿住了大约8个月,哥哥姐姐一直在接济我。半年后,我发现我家被法拍了,我也没法住在那儿了,就和我哥借了10万日元,开着自己的小卡车去了尼崎。我是2004年8月到的尼崎。到了之后,我先跑去这儿的法院,讲述了整个事件。那边的人介绍我去找尼崎东警察局的生活安全课。我去尼崎东警察局时,他们说:'你没工作又没住处啊……'把我安排去了职业介绍所。我去了职业介绍所,向我现在供职的公司说明了情况,他们让我用假名做临时兼职。就这样,我总算有了包住的工作。在刚开始工作的那一年,我大概换了3个地方,一直都住在公司提供的宿舍里。到了现在才总算安定下来。"

他的过往充满了不断的逃亡。可即便如此，丰先生仍一心想要获得和家人有关的信息。他冒着可能被美代子等人发现的风险，始终坚持躲藏在尼崎市。

"我还是想生活在这里。因为初代、哥哥、茉莉子、瑠衣，还有丈母娘都在。丈母娘家在梶岛，我还想过去那儿说不定会遇到熟人，要是能见到丈母娘，也能问问她情况。我经常深夜跑去梶岛。但我也担心美代子他们去梶岛，总是把帽檐压得低低的。我在柏青哥前见过阿正两回，在杭濑也见过他一次。当时他们正吵吵闹闹地从居酒屋里走出来。我急忙躲起来了，但没有看到茉莉子和瑠衣。

"我当时真的好怕。要是被抓住，我可能和哥哥还有初代一样的下场。但我又真的很担心家人的情况，我当时完全没想过他们会被杀害……"

2011年11月，大江和子的长女大江香爱从美代子的手里逃走。她冲进大阪市北区派出所报案，角田美代子的罪行才浮上水面。美代子和川村博之因对香爱的伤害嫌疑遭警方逮捕，几天后，塞着和子尸体的汽油桶被发现。整个事件方才开始被全国性地报道出来。

"我知道了美代子的姓不是东，而是角田。大江和子女士那起事件被报道出来后，我当天就去了神户市地方法院尼崎分部。接着又和尼崎东警察局县警本部搜查一课的搜查员见了面，警方是从那时候开始调查的。"

当初,丰先生被警方写进了失踪人员名单。2011年12月,谷本裕二、茉莉子、桐山信子也都是失踪人员。

"我还不知道他们已经遭杀害了。(2012年)8月,瑠衣和三枝子因盗窃罪被捕,三枝子向警方供出了梶岛的3具尸体。10月的那次搜查我也去了。我真的没想到,3具遗体里竟然还有茉莉子……看到尸体的时候,我以为那是丈母娘、信子和二哥……我以为茉莉子已经逃走,在别的地方生活……"

白骨化的尸体被发现1周后,经过DNA检测,确定其中一具尸体是茉莉子。丰先生从搜查员口中得知了女儿的死讯。

当时他是什么心情呢?我不愿多问。而丰先生也没有再提。

我转头望向摆着茉莉子那小小骨灰坛的佛龛。采访前上的香早已化作残灰,没有留下一丝原状。

第九章

谷本家の悲劇

谷本家的悲剧

我手握方向盘，开着租来的车子远离城市，向着田间地头行驶而去。农民们开拖拉机干农活儿的模样映入眼帘，对面来车也很少。这一带弥漫着那种属于田园地带的和缓静谧。

根据车子导航显示，我的目的地是一片比周围的农田略高些的区域。沿着车道能看见目的地的那栋房子，那是一栋漂亮的木造双层建筑。

我将车子停在道路旁，走近这个家。围墙内侧是开满鲜花的小小庭院。门牌上写着不认识的名字。

遗照中的茉莉子当时就站在这房子的大门前，对着镜头露出了微笑。

此时此刻，我在高松市谷本丰先生的家门口。我的头顶有云雀在歌唱，这儿真是个恬静的地方。

为了询问这片地区的居民对事件有何记忆，我在附近转悠，见到有人就主动上前打招呼。但因为四五个月前那轰轰烈烈的采访浪潮，大家现在都缄口不言。

只有一位正在散步的男性停下了脚步。我做了自我介绍，说自己正在进行美代子入侵谷本家的相关采访。对方露出一个记忆极度深刻的表情。

"这么安静的地方，突然闯进来一群凶神恶煞的人。大家都在想究竟是发生了什么不得了的事啊。有熟人从他家门前走过，看到他们家瘦得脱相的太太（初代）在院子里正坐，身上还被人用水管喷了水。傍晚的时候，丰先生和他太太光着身子，在他们家外面的车道上被逼着走了一圈。那个叫美代子的女人就在附近一个能看到这一切的地方站着，抱着双臂监视他们。她真的好狠心啊。有时候还会听到惨叫声。附近有邻居报了警，巡逻车来过好几次，最终都不了了之。那帮人总逼丰先生他们家人解释说是自己家的内部矛盾，用这种方法把警察哄了回去。"

那位男性一口气说完这些，抬头看向谷本家所在的那片高地。

"白天大家都出去工作的时候，他们应该闹了很多乱子，到了晚上反而蛮安静的，所以目击者也不多。我们这些住附近的人其实也能出手帮忙的，可丰先生什么都不说，可能怕给我们添麻烦吧。后来才知道他们家当时竟然发生了那么多可怕的事，真是后悔极了。要是能毫不迟疑地出手相助就好了。他们家之前明明特别美满，一家和睦，有时候还能听到他们家传出弹钢琴的声音呢。那个……那个被抓的小女儿（瑠衣）还是我

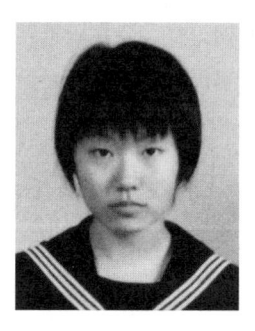

中学时的瑠衣

们这儿唯一一个考上xx高中的孩子，学习成绩特别好……"

这时，这位男性好似突然想起什么一般，说：

"我记得好像是盂兰盆节的时候吧。谷本家的墓就在他们自己家后头，我给自家扫墓的时候，正巧看到美代子和小女儿（瑠衣）两个人在墓地里站着。还听到美代子说什么'接下来就得你来接手管好谷本家了'之类的话。她注意到了我，伸手指着下面那一片地问：'那边是谷本家的地吗？'我回答'不是'，她问：'为什么啊？'我告诉她'那边是租的'，她好像也接受了，只说了一句：'是嘛。'"

※

我的那位采访对象骑着自行车来到了约好的碰头地点，一家咖啡馆。他似乎很担心遇到认识的人，一副十分戒备的样子。

这位川端（化名）先生从谷本家的亲戚那儿听说了不少案情相关的详细内容。之前他一直拒绝采访，这次也是他主动要求在一个没有认识的人出现、离自己家也很远的地方碰头。他坐在我的眼前，从我手中接过名片，开口道：

"丰先生一开始介绍角田美代子的时候是这么说的：'皆吉胜一从黑帮那儿借了钱，是这位东女士帮他垫付的。'说她是'照顾了我们家的人'。然后呢，他就准备和住在高松的哥哥聪史、裕二,还有姐姐阳子(化名)借钱……"

每次喊亲戚来谷本家,丰先生和瑠衣都会想各种各样的理由。

"比如,丰先生会说:'我要给妈妈买佛龛,你们来一下吧。'他们家老大聪史一到他家才发现,不光美代子,所有人都在。瑠衣会跑去阳子家对她说:'我爸妈要离婚,姑姑你去我家看看吧?我也要高中退学了。'结果阳子夫妻俩一到他家,发现美代子和阿正他们都在家里等着呢。"

亲戚一到谷本家,瑠衣和茉莉子就会当着所有人的面责骂丰先生。

"她们姐妹俩会抽丰先生耳光,说'都是爸爸不好',还会摇他的肩膀。阳子看到侄女们这么做,生气地问:'你们怎么可以这样?'她们就说:'都是因为爸爸借了(美代子的)钱才变成现在这样的,姑姑(阳子)也拿钱出来不就好了!'看到这种情况,阳子觉得弟弟(丰先生)可能是经营保险代理公司失败了才借了钱。美代子会对他们说:'你们召开家庭会议吧,要一直开到问题解决为止。'她拦着不让这些亲戚们走,搞得所有人都睡眠不足。在这种情况下,又屡屡目睹亲戚遭受暴力,阳子还曾经血压飙升,晕倒在地。茉莉子和瑠衣担心姑姑,跑上前去关心她,结果美代子突然恫吓她们:'不许管!'阳子说:'那家伙(美代子)就是个魔鬼。'"

一开始,亲戚们都会借钱给丰先生。其中一个亲戚是这么和川端先生解释的：

"我每天都会做噩梦，担心这些可怕的家庭纷争被外人知道。我觉得只要能花钱摆平，我就花钱。当时一心只想尽快让这种情况结束。"

可美代子却说这点钱不够，还带着阿正跑去这些亲戚的家和工作的地方催逼。

"聪史先生去高松东警察局投诉过，结果警察说，女儿打爸爸，这是人家家庭自己的私事，我们不管。后来他去找自己公司的社长，躲在他们公司的宿舍里，时间差不多是2003年5月前吧。可即便如此，聪史还是给美代子交了600万左右。他用了存款，预支了退休金，取出了死亡保险的解约金，还和金融机构借了钱。美代子命令聪史、裕二、丰3个人都去金融机构借钱。"

这一边，美代子向这几个兄弟要钱。另一边，阳子夫妻因为丈夫中途拒绝再付款，阿正还跑去他们家大声喧哗吵闹。

"阳子夫妻不知第几次被喊去谷本家后，美代子一直不放他们走。阳子夫妻说：'我们回去就准备钱，放了我们吧。'这才放他们回去。美代子派她丈夫赖太郎去要钱，阳子夫妻说：'我们实在拿不出钱了。'结果阿正拿着大喇叭跑去阳子家，在阳子家门口高喊：'大家听听啊，xx（阳子婆家）这家人借了钱不还啊！该怎么办哟！'甚至招来了巡逻车。警察来了阿正就说：'没什么事，都是亲戚间的事儿。'警察就回去了。后来再去高松南警察局报案的时候，他们说这种家庭内部的事情只由生活安全科负责。还说要证据，说等下次再拿喇叭喊的时候，就把声音录下来拿给他们听之类的。真是令人大失所望。"

这件事还有后续。意识到警察靠不住后，阳子夫妻找了律师，换了对策。然后有一天——

"到5月的时候，他们夫妻正在田里干活儿，阿正来了。她丈夫就轰他'快滚'。阿正骂了一句：'明年你们连这块田都没了。'阳子丈夫说我们去找警察了，也找了律师。从那以后，阿正就再没来过。"

聪史被他们社长藏了起来，阳子则去和律师谈过，他们都阻止了美代子的进一步入侵。但另一边，裕二先生却被监禁在谷本家。

"裕二先生特别关心弟弟，他担心丰先生，所以去了他家。裕二先生那边还有年迈的父亲，他也担心父亲有个三长两短，才去他家的。可中途他被美代子洗脑，开始殴打丰先生。茉莉子、瑠衣她们以前和父母关系很好的，两个人都是特别温柔的好孩子，结果变成那副模样……我想阳子说的确实没错，美代子就是魔鬼。"

※

请愿书

香川县警察总部 搜查一课：

您好。

这封请愿书，内容是关于眼下震惊全国的"尼崎连续离奇死亡事件"的。

更进一步说，是和本事件相关人员"高松家破人亡一家人"的谷本初代（旧姓）有关。

去年（平成二十三年）11月，兵库县警察总部搜查一课的两位刑警找到我调查案情，我才知道我的朋友谷本初代因罹患肺炎病亡了。

我当时非常震惊，但同时又告诉自己，她没有死得那么凄惨，而是生病去世，这已经是"不幸中的万幸"了。

然而，随着时间流逝，又看到了许许多多的相关报道，我改变了想法。

我深信，她的死亡原因应该是外力冲击头部造成的重伤。

希望你们不要将初代的死亡归因于疾病，否则，她将死不瞑目。

我们的内心充满了悔恨。希望你们将她也列入被害者的名单之中。希望你们认真调查求证初代的死因，这是我们最深切、最深切的请求。

我和赞同此请愿书内容的所有朋友，联名将此请愿书递交香川县警、兵库县警。

大盐幸子
平成二十四年十一月二十六日

该请愿书的文末，还有包含发起人大盐女士在内共8位女性的署名和盖章。我为了去见大盐女士，租车开向了她位于高松市的家。

谷本（死亡时姓皆吉）初代于2003年8月在丰先生的帮助下，逃离了位于高松市的谷本家。她先后辗转于同市的友人家和大阪市的女性保护设施，后来去了和歌山县某家包住的旅店，用假名在那儿做了服务员。

然而，2007年12月，初代为买车迁移居住证的时候被发现，角田美代子命令瑠衣将她带了回去。2008年3月，初代头部遭受重创，失去意识，被送去了大阪市某医院。后来，她转院至尼崎市某医院，于2009年6月因肺炎死亡。时年59岁。

大盐女士是初代当年在大型证券公司上班时的同事，初代离职后她们依然相处亲密。我事先联系她时，解释说是丰先生的介绍。大盐女士非常爽快地答应并迎我进了家门，而我也立刻进入正题。

"那是 2003 年春天的事。初代跑来跟我说：'我要离婚。'一开始我以为他们是因为什么小事吵架了，还劝她不要把离婚挂在嘴边。但看她当时的样子，又有点不对劲。我问她：'离婚后有什么打算啊？'她说：'要去有钱人家打工。'当时她的小女儿瑠衣才读高二啊，听得我好担心，她还说：'瑠衣会被过继成养女的。'我问她：'为什么啊？'她只回答：'反正就是这么回事。'没有再作解释。然后她告诉我，要开始新生活，所以需要钱，希望我能借她一些。"

初代平时总是打扮得体面又时尚，但那次她显得很邋遢，似乎完全不在乎自己的仪容仪表。也出于这部分原因，大盐女士相信了她是真的在考虑离婚。

"我当时觉得她在闹离婚，很疲惫，所以才是那副模样。我又问她需要多少钱，她说要 100 万，我说好，就和她一起去银行的 ATM 机取了钱。我也没有专门跟她提怎么还钱或者什么时候还之类的细节……"

我对大盐女士的干脆做法感到很惊讶，于是问她：

"那么轻易就借了她 100 万吗？"

大盐女士轻描淡写地回答：

"我知道她性格严谨，所以相信。再加上，人生想要重整旗鼓的话，也确实需要那么多钱……"

不过，当时初代说了一些让人有些在意的细节。

"如今再回忆一下，她当时说的应该是阿正吧……她说有个小时候她还照顾过的亲戚家小孩性格突然变了特别多，把家里闹得天翻地覆。还有……后来我才知道这里说的应该是美代子——她说家里来了个可怕的大妈，那个人说她自尊心太强了，必须得受点屈辱，得低声下气去跟别人借钱才行。"

不单是大盐女士，初代还去了其他朋友家借钱。

"那个人本来是我朋友，后来和初代也成了朋友。初代也跑去她家借钱了，但她们之间貌似产生了一些纠纷。"

那位朋友要求初代打欠条。可又过了好一阵子，初代、茉莉子还有阿正3人突然跑到她家，要求她把欠条交出来。

"我是听朋友讲的。貌似当时那3个人的眼神都很奇怪，连茉莉子的眼神都特别可怕。初代之前来我家的时候还算比较正常，但茉莉子看上去好像吸了毒一样……"

聊到这儿，大盐女士突然提起了"吸毒"这个词，吓了我一跳。我知道美代子和阿正都是长期吸毒的……所以，他们可能也逼茉莉子吸毒了。

"阿正露出了他胳膊上的文身，还大喊大叫的，惹得邻居报了警，他们那次就暂且撤了。后来又跑去了一回，直到我朋友把欠条还给他们为止，那几个人赖了十几个小时不走。那个大妈还说：'总比一直在你家赖着强吧？要是她还不上钱，我会出的。'我朋友无奈，把欠条给了他们。"

在催逼欠条事件前，这位友人还给大盐女士打过电话。那时大盐女士才知道，除自己之外初代还借了别人的钱。她还听友人说初代的状态很怪，借钱理由也和找自己时不同。实在放心不下的大盐女士给初代打了电话。

"我把那个朋友告诉我的事情转述给她，然后说：'怎么和你找我借钱时的理由不一样啊？我可是为了你考虑，才借钱给你的。既然如此，那你还是把钱还我吧。'初代在电话那头表现出吃惊：'怎么这样啊？'提到借那个朋友的钱时，她解释说：'xx（朋友的名字）的钱我已经上供了。'她用的是'上供'这种平时很少听到的词。我听她这样讲，就确定她家一定是来了不对劲的人。我和她周旋好几次，要她把钱还我。最后她说：'我会还你钱的，你去阿丰的事务所取吧。'"

谷本丰先生的保险代理店离谷本家有段距离，大盐女士找去了那家店，当时只有丰先生在店里。他很爽快地把钱还给了大盐女士。

"当天傍晚，我给初代又打了电话，告诉她钱我拿到了，我还问她为什么只还了我，她告诉我，因为美代子告诉她：'那个婆娘太烦了，把钱还她算了。'所以才还回来的。"

其实在那之后，大盐女士又给丰先生打了电话。

"我问他：'你们是被人逼着到处借钱吗？'他回答：'嗯。'我又问他是有什么额度要求吗，他坦白说：'让我们筹齐

2000万……'但无论我怎么追问他原因，他都缄口不提。"

后来她才知道，在那段时间里，丰先生和初代两人为了筹钱绞尽脑汁。

"初代还和她女儿一起去找过在人寿保险公司上班的朋友，不知道带的是茉莉子还是瑠衣。那个朋友不在，她们还在前台留言，说是希望能联系上这个朋友。除此以外，她们还跑去那些不太熟悉的朋友那儿借钱……"

丰先生也曾单独跑来找大盐女士借过钱。

"那天他说无论如何必须筹到50万。他跑来找我说：'我手头只有10万了，还差40万。'他还说：'拿不出足够的钱，那些人就不肯回神户。'可当我问他'他们'指的是谁时，他又是怎么问都不开口。我问他：'你报警了吗？'他也沉默了。不过他说过：'正在找律师商量。'丰先生看上去很缺觉的样子，还说：'好困啊，真的好想睡一会儿啊。'"

据说，这40万日元丰先生后来还了回来。

"借钱给他又过了1周还是10天左右吧，他来到我家，没有进门，在玄关还了我现金。他还是三缄其口，我怎么问他都不回应，只是哭着说了一句：'我没有保护好女儿。'"

按照时间推算，应该是美代子他们在丰先生家住了40天，丰先生以离婚为条件，让初代领着茉莉子和瑠衣住回尼崎市的那段时间。

可美代子一众很快又卷土重来，再度住进了谷本家，并且对丰先生施以残酷的暴行。只不过谁也没想到事情会发展到这步田地。就在第二次入侵刚开始没多久的时候，大盐女士曾拜访过谷本家。

"我大概是5月份去的。在那之前我曾经跑去侦察过，看到玄关那儿扔了一大堆鞋，日式房间的纸拉门也破了。我还是很担心他们的情况，找了几个朋友，我们以'探视'为由跑去了她家。"

进了谷本家，她们发现皆吉胜一、皆吉敏二两兄弟就在客厅。

"他们在客厅躺着，好像待在自己家里一样放松。我们喊初代出来应门，问她：'你没什么话要对我们说吗？'可初代甚至不敢看我们的眼睛，只小声回答：'没什么。'躺在客厅的那两兄弟似乎很在意我们的对话，跑到了玄关。我看到她眼睛下面有被打伤的瘀青，问她怎么回事，她只说撞到围墙了。初代瘦得不成人形，表情也特别消沉。她一直是个很开朗的人，我从没见过她那副模样……"

那就是大盐女士最后一次见到初代。

"回去的时候，我和她道别，我们对上了视线。我紧紧盯着她的双眼在心里拼命默念'求你了，跟我说说吧'，可她最终还是什么都没说。我们走得很远很远了，还能看到她站在门口目送我们的身影。自那之后，她便再也没有消息了。"

大盐女士在那年秋天再一次去了谷本家，可那儿已经人去楼空。她找邻居打听,得知初代被人逼着在院子里正坐,还被人用水管浇水。

"2011年11月,兵库县警察局的搜查人员来到我家,告诉我初代已经去世了。真相逐渐水落石出,我发自内心地觉得不可以让她的死以病死告终。我知道事到如今写请愿书也无法挽回她的生命,可是我绝不能袖手旁观。"

第十章
自由への逃走、追跡後の悲劇

逃向自由与
被追捕后的悲剧

尼崎市开着这么一家餐饮店,角田美代子每个月都会带领她的角田家族去那里吃饭。

美代子从2004年起定期造访那家店,每次都要占3张大桌子。

2011年10月,美代子被逮捕前也去了那家店,他们的座位顺序是:从入口面向店内,右前方的桌子坐着健太郎、优太郎、阿正、仲岛康司,靠里的桌子坐着美代子、赖太郎、三枝子,左边桌子坐着瑠衣和两个小孩,三枝子也会时不时地坐过来照顾一下孩子。

除了这些人外,一段时期内还会再多加3个人。但不知从何时起,他们一个一个地消失了。

这家店的老板谈到了这3个人消失的经过。

"一开始还有在冲绳去世的桥本久芳先生。他和赖太郎坐在一起,一块儿喝酒。但2005年的夏天,美代子说了一句:'明天大家一块儿去冲绳吧。'等他们离开后再回来,桥本久芳先生就不见了。茉莉子小姐一开始也在,还和瑠衣很亲密地聊天。但不知从何时起,她也不来了。桥本次郎先生之前一直和阿正喝酒喝得很热闹,总被美代子骂,结果也是突然就不再出现了……"

店长没有深究，但确实也疑惑过，不知道他们究竟是一个什么样的团体。

"有时候，阿正和桥本次郎先生喝醉了就大声喧哗。美代子会大喝一声：'差不多得了！'不单是他们俩，3张桌子上的所有人都瞬间安静下来。至今我仍记得那种死寂。"

桥本久芳、茉莉子、桥本次郎3人被"清除"后，角田家族中除了优太郎和瑠衣的两个孩子外，其他人都被警方逮捕。虽说是"家族"，但这里面没有一个人和美代子有血缘关系。

桥本久芳是为了偿还公寓的贷款和死亡保险，茉莉子是因为试图反抗，桥本次郎则是猥亵了美代子很疼爱的同居少女，触到了她的逆鳞。这3个人就这样逐一丧命。

他们是自己收集的家人，有必要的时候就去保护，不需要的时候就简简单单地丢弃。美代子的这种态度好像一个小孩子对待玩具一样。

美代子还有着异乎寻常的执着。她可以主动抛弃别人，但对方如果自行逃脱，她绝不会原谅。她命令亲戚去取走这个人的居住证，或者报警谎称此人离家出走，让警方帮忙寻找。她执拗地穷追不舍，最终将人抓回来，让阿正等人施暴。

以上提及的3个人，他们的死亡全都符合杀人罪。因主犯美代子已经死去，无法公诉，最终以不起诉结案。其他被逮捕的人各自犯案时序如下，列举的所有人（死亡者除外）

都将以同样的罪状，被检方起诉。

首先是2011年死亡的桥本次郎一案。警方以杀人、尸体遗弃、监禁等罪，逮捕了郑赖太郎、角田三枝子、角田健太郎、角田瑠衣、李正则、仲岛康司。此案中，角田优太郎仅以尸体遗弃罪遭逮捕。

接下来是2008年12月死亡的茉莉子一案。警方以杀人、监禁等罪，逮捕了郑赖太郎、角田三枝子、角田健太郎、角田优太郎、角田瑠衣、李正则、仲岛康司。

然后是2005年死亡的桥本久芳（死亡时姓角田）一案。警方以杀人（盗取死亡保险金）、诈骗等罪，逮捕了郑赖太郎、角田三枝子、角田健太郎、角田优太郎、角田瑠衣、李正则。2010年2月病死的皆吉敏二也因相同罪责被递交了起诉材料，但因嫌疑人死亡，以不起诉结案。

最后是2009年6月死亡的谷本（死亡时姓皆吉）初代一案。警方以加害致死、有加害目的的掠取诱拐等罪，逮捕了角田瑠衣、李正则。又同以有加害目的的掠取诱拐罪，逮捕了郑赖太郎、角田三枝子、角田健太郎、角田优太郎。（此后，角田瑠衣仅以有加害目的的掠取诱拐罪被起诉，仲岛康司两罪皆被判处缓刑，角田三枝子以协助有加害目的的掠取诱拐罪被起诉。）此外，茉莉子也因相同罪责被递交了起诉材料，但因嫌疑人死亡，以不起诉结案。

4名被害人中，除了桥本久芳外，其他3人都有过从美代子魔爪下逃走的经历。他们的逃亡生活究竟如何？美代子又是如何追踪、找回他们的？我对其中两位死者的朋友进行了采访。

※

我和这位女性约在了兵库县某私铁车站的闸机口。事先同她取得联系时，对方答应下班后与我见面。

一大群乘客走出闸机，其中一位30岁左右的女性走出人群，来到我身边，鞠躬打招呼。她叫齐藤真纪（化名）。从角田美代子身边逃走的茉莉子，曾在大阪府躲藏过一段时间，当时她们的关系非常好。

我们走进车站附近的一家咖啡馆，面对面坐下。我首先问的是齐藤小姐和茉莉子一同生活时的情况。

"从2004年3月到2006年12月，我们一直在一起相处，但也不是一直住在一块儿，只是会互相去对方家里做客。一开始我比较常去茉莉子那儿，后来慢慢地她在我家待着的时间也多了起来。"

齐藤小姐当时住在大阪府内，租的是位于京阪电铁沿线某站附近的一个12叠的房间。茉莉子也住在同一个车站附近，租了一个6叠大的房间。她们在同一家餐饮店工作，成了朋友。

"她真的很少谈到自己，永远只聊些无关紧要的事。我很早就意识到，她应该有点什么难言之隐。一开始见她，她的头发是那种长短不一的短发。我问她怎么回事，她说是她自己剪的。她特别瘦，皮包骨一样，肩膀和后背还有一些被烟头烫过的痕迹。我没问她原因，但感觉像旧伤。她也从不化妆。我去她家玩的时候，天那么冷，她却拿张报纸盖着取暖。我说她：'你这样会冻死的啦！'第二天买了床毛毯送她。她家真的什么都没有，东西少得惊人。我问她：'怎么东西这么少啊？'她却只说：'是啊……'看她那个情况，我就感觉到，她应该是从哪儿逃出来的。"

茉莉子和齐藤小姐说她是高松人，对大阪这边不太熟。

"我问她：'你为什么来这（店里）工作啊？'她说：'我真的没有钱，很困难。我只是觉得这儿能日结挺好的，就来这儿了。'她好像三四个月前在其他家工作来着，但听说我们这边能日结，就跑来这边了。我们工作的这家店当天给结算2000日元，剩下的钱会在下个月的10日统一发放。茉莉子就是靠着这些钱，一点点地把生活打理了起来。"

这家店的营业时间从晚上8点到清晨5点。茉莉子永远是全勤，每周工作6天。

"工作了大约1年后，她一个月大概能赚30万了。她总说：'我不能一直待在这儿，为了搬家，我得好好存钱。'或者'我不能待在同一个地方''接下来我想去名古屋，或者东京。总之，我得混在人堆里才行'。"

茉莉子非常害怕碰到美代子他们，她尽量避免去大阪市走动。

"我邀请她去梅田，她说不行。她的理由是以前在本町工作的时候欠了债，不想在那儿遇见以前的同事。不去京桥的理由也和梅田一样。但她会说：'京都的话我应该能去。'"

白天，茉莉子还会兼职做销售，手头也逐渐宽裕起来。她们还一起外出旅游过。

"我们一起去过东京，还去了迪士尼乐园，去了三四次呢。然后啊，她说看到一个牛郎，长得和她中学时候很喜欢的人特别像。我们还热烈讨论了一番，跑去歌舞伎町了。但我们都不知道那个牛郎在哪家店工作，找来找去的有点烦，最后还是去别的店喝酒了。"

除了偶尔出门旅行外，茉莉子的生活可以说相当简单。

"她很爱读书，经常买那种 100 日元一本的二手书，书架上摆得满满当当的。她好像很爱读宫部美雪、东野圭吾和村上春树。她没有电脑，但好像特别熟悉电脑，说过自己以前做的就是相关工作，会设计网页什么的。"

如今再看，能从很多细节看出茉莉子当时正处于逃亡状态。

"存折和印章她都会塞在裤子兜里随身携带，还会准时收看傍晚的新闻栏目。要是新闻里讲到了什么有意思的事，她也会哈哈大笑,但总感觉她一直在关注着什么事。"

还有一些表现会让齐藤小姐感到些许困惑。

"她一直租公寓住,但很少在里面过夜。她总是跑去漫咖过一晚。如今想来,应该是很怕独自待在家吧。但我当时真的不太明白她为什么要那样。说起来,她晚上总失眠,总说自己睡不着。"

有一次,她借住在齐藤小姐家。第二天一早,齐藤小姐发现她在哭。

"我早上起来看到她在哭,就问她怎么了。她说:'我做梦了,梦见以前的事了。'还说:'我的家被抢了。'我问她是因为欠债了吗,她说:'不是的,是回忆起了以前一些很痛苦的事。'说完就大哭起来。我也只见她那样哭过一回而已。"

我问到茉莉子的性格如何,齐藤小姐回答说:"她很认真,人也很热情,是个特别好的人。"

"我给她买了毛毯,后来我过生日的时候,她画了张卡片送我。她对其他人也都特别好。她生病的时候有人借了她健康保险卡,那个人经济上遇到困难,她二话不说接济了那个人。关系不错的朋友违规停车,她还帮忙顶替。"

这次顶替让茉莉子在更新驾照的时候遇到了麻烦,并因此改变了此后的命运。但在当时,她根本没有想到这一点。

"有一天,茉莉子一脸苦恼地说:'我得去更新驾照,但可能会在那边被逮回去。'还说:'他们可能发了搜索状。'我说:'去找警察谈谈吧?'她说:'我一说可能就会暴露啊。'她看起来相当无助,但没说自己究竟会被谁逮到。我就说:'那你别去更新就好了嘛。'她又很纠结:'没有驾照的话,生活会更艰难,也更不好找工作。'我就和另一个朋友约好陪她一起去。但她可能怕牵连我们,过了两三天后又说:'我还是自己去吧,我怕给你们添麻烦。你们还是别来了。'但我们挺坚持的,最后还是陪她一块儿去了。"

茉莉子选择了位于明石市的"明石更新中心"来更换驾照。这个地方离位于兵库县东端的尼崎市最远。

"我当时问她为什么不去警察局更换呢?她说:'我有个违规停车的罚单,必须接受违规讲习。'换证的当天,我们俩再加另一个朋友,3个人开车去了明石。我们想的是除了茉莉子还有两个人呢,万一发生什么了也能有个照应。"

那是2006年12月,茉莉子去了更新中心。齐藤小姐和朋友一直等她上完几个小时的讲习,其间去澡堂泡了澡,在附近海岸边看了海。

"那天虽然是隆冬,但很暖和。天空也是湛蓝色的。突然,茉莉子发了条信息,写着'他们追过来了'。我们慌忙跑去更新中心,和那边的职员解释情况。结果他们的工作人员说:'现在还在讲习中,你们不能进去。'我又和朋友分头守住了不同的出口,等着她出来。我发现附近停了一辆漆黑的厢型车，还有个穿了一身黑衣服的肥胖金发男人在车边晃悠。茉莉子从没说过追她的人是什么样子，但我觉得'一定就是这个人'。"

齐藤小姐看见的那个人就是阿正。很快，明明没有任何一个接受讲习的人出来，但茉莉子已经被美代子、阿正、瑠衣以及其他数个男人包围着，押出了更新中心。

"我们喊着茉莉子的名字追上去，结果被瑠衣拦住了。她说：'我是她妹妹角田花。我姐姐离家出走了，我们都很担心她。'茉莉子一直都说自己姓皆吉，我们头一回听到'角田'这两个字，急忙说她不姓这个啊。瑠衣穿一身黑色，脖子上缠了一圈像波斯地毯一样长长的茶色围巾。看着那些把茉莉子团团围住的人，我觉得他们一定是黑道上的。我鼓起勇气拼命请求：'家里还有她好多行李，过几天我会带她回去。今天能不能先让她回家？'但瑠衣说'那可不行'，对我的请求置之不理。茉莉子整个人都僵着，垂着头，根本不和我对视，也始终不说话。"

瑠衣对齐藤小姐和她的朋友语气很粗暴。

"那家更新中心附近有家咖啡馆，瑠衣指着那边说：'我们要聊聊接下来的事，在那儿能聊吗？'我说'请便'，准备跟他们一起去。结果她说：'这是我们家里人自己谈，你们别跟着。'我和朋友听罢立即跑去了明石警察局。"

在明石警察局，齐藤小姐对警方说，茉莉子曾经提过

"万一被抓了,他们会杀了我",并且告诉警方:"发出搜索状的人真的跑来更新中心抓人了。来的是一帮黑道,姓氏也和茉莉子不一样,他们肯定不是她的家人。"

"结果接待我们的警察说:'能发搜索状,那肯定是家人。'我求那个警察说:'拜托了,请你们警察来看看情况,只有一个人来也行。如果真的没事不是更好吗?'我不管不顾地大哭着求他们。打从出生起我从没有像那样恳求过别人。可警方却拒绝我说:'我们不插手民事纠纷。'接待我们的那位四五十岁的警官说:'现在的年轻人啊,动不动就把被抓了会被杀掉什么的挂嘴上,离家出走的小孩个个都那么说。有谁被杀了吗?等过一段时间,一家人的隔阂就没了。'我真的好不甘心,好不甘心。我和朋友两个人在警察局泣不成声。"

齐藤小姐和朋友明白,警方是不会行动了。她们走出警察局,准备返回更新中心。在此途中,她们因临时违规停车,被警方的巡逻车拦下了。

"我以为这是个好机会,又把我们在警察局说的话和那个巡逻车上的警察讲了一遍,请他无论如何和我们跑一趟。结果那个警察说:'这我可做不了。反正你们先签字吧。'他脑子里只想着让我们在罚单上签字。最终,茉莉子还是被那群人带走了。回去的车上,我又收到了茉莉子的信息,写的是:'一两周后我会回去取行李。我来联系你。不要联系我。'"

后来,茉莉子和阿正他们几个人一起回去取了一次行李。

这一次，她的状态和之前大不相同。

"感觉她整个人都变了，变得特别冷漠，完全不和我对视。阿正一直在监视我们，我找了个机会和她说：'我能拜托熟人帮你，求你了，你要是需要帮忙，就回我一声吧。'始终冷漠的茉莉子眼睛里突然盈满了泪水，但她拼命忍着，把头扭到了一边。我还是没能帮上她，事到如今我仍旧感到很后悔。

"回去的时候，茉莉子趁没有人注意，把爱马仕的手表递给了我，还小声说：'比较贵的东西会全被他们抢走，这个你留着吧。'"

她在那个瞬间露出的表情，还是齐藤小姐熟悉的那个"超级大好人"茉莉子的样子。而这是她最后一次展露出自己真正的模样，随后她便从齐藤小姐的眼前消失了。两人此后再未见过。

※

2013年7月，我前往东京都足立区，我的目的地是一家采访对象指定的居酒屋。这家店由采访对方的母亲经营，他的妹妹也在店里帮忙。我提早一些抵达，坐在店里等待。

"您好，我叫米田。"

出现在我眼前打招呼并递上名片的这位先生名叫米田修（化名）。他现在是某家空调设备公司的社长。我先是对他愿意抽出时间接受采访表示感谢，随后开始询问桥本次郎在东京的逃亡生活。

"次郎啊……"

米田先生露出一个苦笑。

"他经常来这儿。"

根据我事先得到的信息，2007年10月，桥本次郎和皆吉敏二一同逃离了美代子的控制，来到东京足立区。次郎通过朋友山根的介绍，拜托米田先生为正逃亡的两人提供了临时住处，还帮他们介绍了工作。

次郎之前就逃过，躲藏在了东京都丰岛区。他就是在那时因工作认识了山根。同一时期，次郎还认识了仲岛康司，就是角田美代子命令茉莉子结婚的那个对象。次郎介绍仲岛认识了美代子，他们也开始了"家族"生活。

米田先生说：

"我按时间顺序讲吧。首先，山根是我太太在附近开的一家居酒屋的常客。他知道居酒屋的二楼有一间没有使用的房间，就跑来跟我说有两个大阪来的朋友，他带着两人过来，请求我允许他们暂住几天。我看他们穿的衣服虽然正常，但一人只拎了一个随身行李包，怎么看都像有点隐情。然后呢，这两个人还没工作。山根说次郎会焊接，手艺特别好，就是性格有些喜怒无常，稍有不合意就甩手不干。总而言之呢，我答应了山根，说会帮帮他们，给他们提供了住处，又和山根分头帮他们介绍了工作。次郎去了山根负责的施工现场做焊接，我把皆吉先生介绍给了一个后辈，去做粉刷工作。皆吉先生比较寡言，但工作很认真。"

一开始他们说是兄弟，敏二是哥哥，次郎是弟弟。当时敏二 59 岁，次郎 49 岁。

"后来皆吉先生告诉我，他们不是兄弟。我刚刚也说了，皆吉先生为人很严谨，又很平和，一头花白头发。他只在周末喝点酒，每次也就喝个两三杯。而次郎则理着寸头，留着小胡子，每天晚上都要喝酒、吵闹、唱歌，是那种会抢别人麦克风唱歌的人。他爱唱松山千春、Alice 和 Tube 的歌。这附近有好几家店他都常去。"

这两个人在居酒屋的二楼住了大概半年。

"他们两个人合起来每月一共付我 5 万日元的租金。房间是一个 6 叠、一个 4 叠半，再加一个厨房。浴室和厕所一楼都有，要走出居酒屋才能到。次郎是个粗神经，他让年纪更大的皆吉先生住靠前一点的 4 叠半房间，自己则睡在靠里的 6 叠房。估计皆吉先生不太满意吧，他存了半年的钱，去附近租了一个 1LDK 的房子。不久之后次郎他……"

米田先生稍作停顿后说：

"他就被我赶出去了。次郎不单爱喝酒喧哗，手脚还不干净。他总对女性动手动脚，在这家店抱住了我妹妹，还准备强吻她。我大为光火，说：'我这么帮你，你在我这儿干的什么事！'随后把他轰出了房间，严禁他再来这边了。"

也正是因为有这么一桩往事，米田先生听到我提起次郎的名字才会露出苦笑。次郎没了住处，租了一个距离这边大约 200 米的一间公寓房。

我问米田先生："这地方离您这儿是不是太近了？"

米田先生又苦笑着点点头。

"他这样也算是有所反省了，不过有时候还会跑到这边，从店外向屋里张望呢。"

"他们两个人平时会说些什么呢？"

"关于过去的事情，他们俩都闭口不谈。尤其是皆吉先生，毕竟他本身就非常寡言。次郎比较喜欢聊些挖苦同行的话题。'做成那样子亏他还能做下去。''整个流程搞得太差了，我可不受那个苦，所以我就回去了。'总之常倾吐心中的不满。说起来，不是有个叫仲岛康司的人吗？那个人是次郎逃到东京时在工作上认识的。有一次仲岛说想去大阪看看，次郎就和他一起去了。不知道究竟发生了什么，但次郎介绍了美代子和仲岛认识。他还和山根说过：'那家伙就是会被圈起来养到死啊。'"

仲岛康司高中毕业后就离开冲绳去了东京，之后一直在运输公司工作。和他一块儿打柏青哥的朋友，正好是逃去东京的次郎的同事，他们也自然熟识起来，一块儿喝酒 K 歌。

自从把次郎赶出家门，米田先生就再也没和他来往。令他没想到的是，他们竟然会在2009年的夏天意外地再见了。美代子找到了次郎隐藏的地方，次郎就和阿正、瑠衣一起跑去了米田家。

"他们3个人跑来我家说想知道皆吉先生住在哪儿。一开始是我太太在门口接待他们，我在里屋听到瑠衣用非常傲慢的语气说：'我是他外甥女，我有权知道我舅舅住哪儿。'见她这么没礼貌，我顿时火了起来，跑到玄关大吼：'你们那是找人问事儿的态度吗？你们全给我好好跪下坐好！'逼着瑠衣和阿正跪坐下来。次郎跟在他们身后，根本不敢看我，一直垂着头，对那些人言听计从。我对瑠衣说：'你自称是皆吉先生的亲戚，那你得拿出证据来才行，反正次郎的话我是不信的。'瑠衣回答：'的确……次郎不可信……'"

米田先生似乎想到了当时的情景，不由得轻声笑了。

"瑠衣眼神很飘，完全没聚焦，看上去像是拼命坚持才能集中精神。阿正倒是挺老实的。我问他们为什么要打听皆吉先生住哪儿，他们说：'和家产继承有关，只需要他跑去大阪签一下资料，结束了就让他回来。'我根本不信他们的话，也没把皆吉先生的住处告诉他们，直接让他们回去了。阿正走前来了一句：'我们暂时回去，之后还会再来的。那时候就叫你吃不了兜着走。'我回敬他：'那正好啊！你想带谁杀过来？咱们等着瞧。'"

在跑去米田家之前，他们3个人还找过山根和米田的后辈，当时美代子也在场。

"那两个人虽然看到了美代子，但听说她只是站在瑠衣身后，稍微吵嚷起来，美代子就会说'闭嘴'，他们马上不吱声了。次郎跑去山根家跪着求他告诉自己皆吉先生住在哪儿，但被山根拒绝了，阿正还凶神恶煞地逼问。次郎又给我后辈打电话，约他在附近的车站见面，结果瑠衣在大街上吵吵嚷嚷的，引来了警察，还被带去了派出所。我那个后辈也表示他们问的属于个人信息，不能告诉他们。所以他们才又跑来找我。"

后来，美代子他们在次郎那儿住了大约3个星期，一直在找敏二的下落。

"那辆黑色的厢式车就停在站前监视。那段时间都是我后辈开车接送皆吉先生的。事情闹成这样，我也必须问问他究竟是怎么回事了。他说：'关于某个案件，我手头掌握了一些证据。他们才拼命找我。'他始终没有告诉我究竟是什么案件。我说：'如果是个案子，那不是应该去找警察立案吗？'他回答：'我有离异的老婆，还有儿子。我儿子现在是公务员，我不想牵连他们。'我问过他美代子他们究竟是什么人。他说：'虽然不算黑道，但她有点像个邪教头子。'我当场请皆吉先生打电话给瑠衣，对她说：'再找我，我就把一切都告诉警察。'于是他们放弃了监视，再也没露过面。"

次郎被美代子他们带回了尼崎，敏二则独自留在了足立区。不久后敏二癌症病发，于2010年2月在足立区某家医院病逝。

"后来才知道，皆吉先生曾对我的后辈说过'我其实掌握了他们杀人的证据'。得了癌症后，他儿子每周末都会去医院看他。葬礼是在埼玉县办的，我们、离婚的太太、儿子都参加了葬礼。葬礼的费用和租房的租金，皆吉先生都已经提前存好了。"

另一边，次郎回到尼崎和美代子他们一起生活。结果，他因为摸了美代子十分疼爱的女中学生的胸，触到了美代子的逆鳞，被阿正一顿暴打后监禁起来，于2011年7月死亡。

案发后，次郎的尸体被扔进汽油桶，用水泥封上，搁置在了尼崎市的出租仓库内。同年11月美代子被逮捕后，汽油桶立即被遗弃到了冈山县日生渔港。

"次郎跟着瑠衣还有阿正来我家那次，是我最后一回见到他。事到如今我还在想，当时次郎真的求我帮忙的话，我可能还是会帮他……如果他发自真心地需要我，我可能还是会出手的吧。但也正是因为之前发生了那些事，他可能也不好意思求我了……"

米田先生小声说罢，取出香烟点着了火。邻桌醉酒客人正和老板娘高声攀谈，说笑声回荡在整个空间内。

第十一章
崩れる大人たち

崩溃的大人们

尼崎市的住宅地坐落着一栋奶油色的三层建筑物，一个银色的邮箱摆在玄关前，里面塞了太多信件，快溢出来了。邮箱的箱体吸满雨水，开始朽烂。

邮箱的名签上横着写有"川村"两个字。沿着房子外围向反方向走过去，还能看到另一个玄关入口。入口门上的名签则按相同格式，写了"大江"两个字。

眼下这栋已无人居住的房子，曾有3代人居住在此。他们同样也被角田美代子害得家破人亡。

安藤三津枝和仲岛茉莉子在遭受暴行后被关进了"监禁小屋"，接连遇害。就在这件事过去不到半年的2009年4月，美代子又入侵了川村、大江家。而入侵的由头，只是一件相当琐碎的事而已。

对于这家人来说是毫无血缘关系的外人突然入侵，随之带来一系列的灾难。

川村家的一家之主——川村博之在某大型私人铁道公司上班。有一天，他收到了美代子的投诉，说车门关闭的时候夹到了孙子的婴儿车。于是，他去接待了美代子和阿正。

从以前起，美代子就是老家那一带餐饮店有名的"找碴儿王"。周边饭店的员工在交接说明的时候，经常会写道："如果角田大妈来了，一定要小心应对。"

美代子指着阿正对川村和他上司说："这孩子之前可是混黑道的，要是惹他生气了，可不晓得你们会是什么下场哦。"川村非常小心且谨慎，始终态度真诚地对待美代子。美代子反倒称赞他："整个过程里你一直没看过表，真佩服你。"

紧张的气氛逐渐和缓下来，川村放松了一些，和美代子聊起了家常。后来，他又和上司去拜访过美代子好几次，向她道歉。最终，在同年8月，这个问题算是得到了和解。而在此期间，川村逐渐对美代子敞开心扉，说出了自己的家庭成员都有哪些，还讲过"将来的梦想是和家人一起经营咖啡馆"。他甚至还在美代子的邀请下，带妻子裕美去她家做客，两人相处得十分融洽。

同样采访了这一事件的记者，同时也是我的一位老朋友，解释了当时美代子入侵川村家的策略。

"美代子为堵上川村的后路，伪装成'乍看上去有点难对付，但其实为人和善'的性格，抢先一步做了很多实事。川村本人经营咖啡馆的愿望其实并没那么强烈，可美代子不时地告诉他'我在站前有个不错的地方，你可以拿来做店面'，或者说'这个放在店里比较好看嘛'，送他一套价值数万日元的咖啡杯之类的。总之，就是绕着弯子帮他。她还当起了川村妻子裕美的倾诉对象，同放松警惕的裕美女士打听她对丈夫的不满，寻找能够下手入侵的空子。"

美代子经常在川村面前展示出一掷千金的模样，煽动他意识到做个公司职员，拿那点薪水是永远过不上这种好日子的。川村自然也对那种奢侈的生活有些憧憬。随后，美代子强迫川村和公司交涉，要求"拿到全额退休金"，辞职去经营咖啡馆。

在一系列事件发生后的2012年6月，神户市地方法院尼崎分部开庭审理此案时，就大江和子尸体遗弃案对阿正提出公判，当时川村作为检方证人，如此讲道：

"美代子告诉我：'按你的年龄，这可是（能开店的）最后机会了。'我有些犹豫，她就骂我：'事到如今你还这么优柔寡断，真是个下不了决心的废物男人！'"

妻子裕美反对川村辞职。可想要成功的欲望加上美代子的不断施压，让川村彻底没了退路。虽然身背房贷，两个女儿才刚读小学六年级和四年级，川村仍在2010年4月从工作了20年的公司离职了。以此为契机，美代子更进一步加深了对川村家的控制。她频繁地给川村打电话，追问他："现在在干什么？"还动不动就命令他："赶紧给我出来。"一旦联系不上，她就极度凶狠地恐吓他。不晓得美代子会在什么时候突然发出命令，川村逐渐不再外出，大多数时候都在自家待命。

和对付猪俣家、谷本家一样，美代子对川村家的两个女儿非常"溺爱"，每次喊她们去家里玩时，美代子总会拿出各种贵重的好东西招待她们。她故技重施，不断地给孩子们洗脑，让她们相信自己的父母有多没用。

有一次，川村和裕美夫妻两人去看了很久以前就订好票的演唱会，结果看完回家后，美代子就冲他们骂道："为了自己不管孩子，你们也太不像话了！"她就这样在孩子们面前故意斥责川村夫妻，一步一步切实地离间父母和孩子的关系。

美代子一开始就盯上了川村的退休金，后来，她又想把川村和裕美娘家（大江家）这两家拥有的土地和建筑都占为己有。当时，这片土地上住着川村夫妻和两个女儿，还有川村裕美的姐姐大江香爱和其母大江和子。

大江家原本拥有约115平方米的土地，川村家在这片土地上新建了住宅，建筑物属于川村，但土地则是裕美、香爱、和子3人共同持有。也就是说，得不到持有者的同意，无法任意改造房屋或登记房屋转让手续。

在这个时期，美代子的情况恐怕并不乐观。2003年，她从谷本家攫取了超2000万日元。2005年，桥本久芳摔死后，她又得到了约6000万日元的死亡保险金。但自那之后，她就没有什么大额"收入"了。美代子花钱一向随心所欲，还要买毒品，再加上角田家族的开销也需要维持，每个月差不多要花上百万。花钱如流水，但没有新的收入源头，这就使她身陷困境。在认识川村的前一年，也就是2008年，美代子曾于4月和11月先后两次抵押自己的分售住宅，从金融机构那里借了2200万日元（以角田三枝子的名义）。从这件事也能窥探到她当时的窘迫。

2010年夏天，川村在离职前发誓要戒掉的赌马又被他再度重拾，裕美便找到美代子商量。借此机会，美代子打听到川村过去曾经出轨，因此要求裕美和川村离婚。这对夫妻本就因为从公司离职一事产生了嫌隙，美代子见有机可乘，当即变了一副嘴脸。

趁着裕美找她商量，美代子提出，离婚问题应该一家人坐在一起讨论才行。她要求川村和裕美分头把自己的亲戚们召集过来，逼迫他们彻夜召开家庭会议。她有时还会喊阿正和被称作"阿花"的瑠衣也过来参与会议，监视这一家人。美代子说着"你们这些人实际上对彼此究竟是怎么想的"，用高压手段控制全场。听说阿正是"前黑道成员"，别说川村和裕美了，其他亲戚们也全被死死地震慑住了。会议过程中，美代子还逼迫他们讨论孩子的抚养问题和自家房子的处理问题。如果对方含糊其词，她就高声大骂："你压根儿什么都没想啊？"

就这样，川村的哥哥、香爱的未婚夫也都参与了家庭会议。会议上，香爱的未婚夫没摘帽子，惹怒了美代子，她立即喊出阿正，威胁他们："阿正如果发火，可不知道会做出什么事哦！"这种威胁不只针对未婚夫，同时令在场的所有人都非常恐惧，谁都不知道美代子下一个发怒的对象会不会轮到自己。

2010年11月，川村夫妻离婚，川村在美代子的命令下离开了家。第二个月月末，他搬去了美代子居住的分售公寓的隔壁，住进一间8叠大小的房间，而裕美则留在家中抚养孩子。结果美代子说："周围邻居都在讲，因为xx（裕美就职的某网络公司）的问题，才搞得他家四分五裂呢。"美代子开始劝说："你们还在自己家里住着，大女儿小女儿都会觉得很丢人，还是快点搬家吧。"裕美带着孩子们租了尼崎市的一间公寓，母亲和子则由住在东京的妹妹负责照顾。

此时，美代子已经将用来开咖啡馆的900万日元（川村的部分离职金）全部据为己有。接下来的"问题"就是如何弄到土地和房屋了。

她想必非常焦急吧。这一次和此前入侵其他家庭的手段不同，她采取的行动很欠慎重。之前为了拦住警方的行动，她一直都让一家人互相施加暴力。但这次她选择自己动手，或是命令和这家人并无血缘关系的阿正下手。

那一年年底，川村和美代子等人一同去了和歌山县的某家咖啡馆，环视店内，川村忍不住说出一句：

"其实我真的很想和裕美开这么一家店啊，要开店的话，没有裕美支持怎么行呢。"

听他这么说，美代子觉得是个好机会，当即做出了反应。

"你还翻什么旧账?都这会儿了,你还留恋她?"

她一边逼问,一边强迫川村再次将亲戚们喊来,召开家庭会议。

此时,和裕美一起生活的两个女儿正在放寒假。她们已经和美代子相处得相当亲密,不愿意再回自己家,只想和美代子待在一起。对于亲戚们而言,这两个孩子如同"人质",导致他们无法拒绝参加会议。

美代子是如何跟孩子们混熟的呢?川村、大江家这边得到的信息只有"尽情溺爱"这么一个比较模糊的说法。不过,一位曾照顾过优太郎和瑠衣的两个孩子的相关人员如此回忆道:

"她会领着孩子去便利店,让孩子尽情挑选,拿什么都行,点心啊、玩具啊接二连三地往购物篮里扔,一次就能花5000日元。我当时很震惊,不晓得她那算什么教育方法。"

说回川村、大江家的家庭会议,据前述的那位旧识记者说,这一次的情况可比之前升级了。

"美代子坐在专属沙发上,对面是川村、大江家的亲戚们,川村和裕美则跪坐在一侧的地板上。美代子发问:'你是怎么想的?'对方回答后,美代子又说:'这家伙是这么回答的,那你呢?'把话题再抛给别的亲戚,就一直这样反反复复。如果川村和裕美的说法不合她的意,她会亲手打这两个人,或者命令阿正殴打他们。美代子经常在亲自动手后说:

'你们这群人，连我这个外人都被气成这样，你们做亲人的怎么还这么事不关己！'她用这种说辞煽动亲戚们内讧。"

2011年1月中旬，家族会议在香爱未婚夫居住的高层住宅中举行。家庭成员讨论起孩子们的教育问题。美代子当场不断逼问川村，被追问得不知如何是好的川村回答："看来只能把孩子送去儿童保护机构了。"美代子亢奋地大骂："你还算什么父亲！"命令他："立刻给我从3楼跳下去！"并且恫吓他："（如果不同意）我就把你推下去！"还命令阿正狠狠地殴打川村。

据前述记者说，这家人不但遭受了肉体上的痛苦，在精神方面也受尽了侮辱。

"她有时会把川村的两个女儿喊进房间，让她们亲眼看到父母跪坐在地上，告诉她们：'好好看看！你们的爹妈就是这么没用的家伙！'当面侮辱无法反抗的川村夫妻。这种家庭会议连开数日，从深夜一直持续到第二天中午。因为不允许睡觉，到最后大家纷纷意识恍惚，只求尽早摆脱这地狱。无论美代子提出什么荒唐要求，他们都会同意。"

参会者们都因睡眠严重不足而神志不清，唯独美代子两眼放着光，神采奕奕地辩论着。如果知道她在吸毒，也就能理解她为什么能那么亢奋了。可那些参会者并不知情，只能被动地承受她那可怕的能量打压，为此深感恐惧。

川村两个年幼的女儿也受美代子的影响，不知从何时起直接称呼她们的父亲为"川村"。对母亲的称呼则借用了她当时供职的某网络商务公司的名称,喊她"xx星人"。对自己的外祖母和子女士甚至用的是"老太婆"这样的称呼。

美代子会和川村夫妻索要代为照顾孩子的生活费。还像对待谷本家一样,要求他们去找朋友还有金融机构借钱,并靠这种办法从川村夫妻手上攫取了数百万日元的现金。

此外,还有一部分媒体报道称,在此期间,美代子要求裕美去非公开卖淫区——飞田新地(大阪府)工作。阿正开着厢型车去了那边,拉着裕美拜访了好多店,还对店家说:"让她在你们这儿工作吧。"虽然她最终没有在那边工作,但美代子的确经常用这种手段来威胁裕美这类与黑道无关的普通人,而且效果显著。

2011年2月,被迫参加家庭会议的川村家亲戚们纷纷跑去自己的工作所在地或者其他亲戚家躲避,算是从"接连不断"的家庭会议中脱身了。而另一边的大江家,香爱、裕美的长女及次女都在同年4月离开家,一起住进了川村的单间公寓。只剩下裕美被逼着和美代子他们一同住在分售公寓里。不单是川村,连裕美也成了美代子的攻击对象,这也是她被逼着和美代子住在一起的原因。在同居期间,美代子将"不好好教育小孩"和"虐待孩子"的炮火集中攻击到裕美身上,殴打她,用烟头烫她,还逼迫她承担责任去自杀。同时,她还斥责川村:"任由裕美那么放肆任性,你也有责任！"同样逼迫他自杀。有一次，她发现被限制饮食的裕美私藏了巧克力和现金，勃然大怒，不但给裕美戴上手铐对她拳打脚踢，还拿烟头烫她的脸，让在场的川村和香爱也"制裁"她，对她暴力相向。

这些成年人在美代子的淫威下互相施暴，孩子们则顺从美代子的教导，对自己的父母、姨母、外祖母恶语相向。这个家族按照美代子企图的那样，分崩离析了。

美代子尤其喜爱裕美的长女。前文中提过的角田家族每个月都会造访的某家饭店，美代子也会带裕美的长女一同前往。店长至今记得当时的情景。

"有一段时间，他们那群人中还有个读初中的少女，是个长得非常可爱漂亮的孩子。虽然还是个孩子，但她似乎总对美代子察言观色，一副小心慎重的样子。她还会照顾优太郎和瑠衣的两个尚年幼的小孩呢。"

同年6月，裕美的长女听从美代子的安排，离开了川村的公寓，住进美代子的分售公寓，和她同住。另一边，在每天召开的家庭会议中，讨论到了川村、大江家两代人的住处该如何处理。美代子表示："（作为这片土地的权利人之一）和子怎么能不在场呢？"同月下旬，阿正、川村、香爱、裕美、长女和次女一起去了东京，半强制性地将住在妹妹家的和子拉回了家。

7月上旬，和子才回到尼崎不久，裕美在美代子的一再逼迫下，说着要去跳楼自杀，失去了踪影。川村他们去寻找裕美，最终在附近一个高层公寓的楼梯间里发现了她。裕美因为过度恐惧，没能跳下去。和子说了一句："幸好赶上了，把你救下来了。"美代子听后大为光火，骂她："真没出息！"狠狠殴打和子。她还问在场的川村和香爱："别人都好好照做了，你们为什么不动弹？"无法反抗美代子的两个人只好动手打了和子。

自那以后，这家亲戚对彼此的暴力行为逐渐升级。7月中旬，大江家3代所有人都住进了川村的单间公寓，生活受到了限制（只有裕美的长女能每日往来于美代子的分售公寓）。旧识记者聊到当时的内幕，如此说道：

"首先，美代子禁止他们外出。睡眠、饮食、用厕所都需要得到美代子的许可。和子反抗得比较明显，而且会表达不满，所以她遭受的限制极为严苛。每天只能喝50毫升水，上两次厕所。美代子还逼她长时间罚站，教唆亲人们殴打她。不是有那种特别厚的邮购目录簿吗？她就把那东西卷起来当'戒尺'，猛戳对方的眼睛，或者击打脸颊、耳朵。美代子连日连夜地不让这家人睡觉，削减他们的睡眠时间让他们召开家庭会议。每次家庭会议都要制定一个议题，所有人要达成一个共识。还要求他们把会议内容记录下来，交给自己。如果记录里出现一些不合适的发言，美代子会要求他们写清楚针对这些不当发言都做出了什么惩罚举措。如果惩罚不合美代子的心意，她就大加责骂。川村一早就开始殴打和子，香爱和裕美也曾经打过自己的母亲。"

一家人被迫在密室中互相监视。不单是和子女士，连香爱、裕美也遭受过暴力。阿正殴打过川村，甚至才读小学五年级的小女儿也挨过打。

曾经目击这一切的女邻居接受了我的采访，她如此描述道：

"2011年暑假前，应该是7月的事情吧，时间差不多是晚上9点。我和朋友一起路过美代子家附近的公园时，看到了一辆黑色的厢型车，旁边有两个中年女人正轮流殴打一个读小学的小姑娘。那两个中年女人很沉默，直接用手打孩子的脸和肚子。而那个小孩默默地挨着打，没有躲闪。那场景特别诡异。我觉得这样不太好，就提醒她们'不要打孩子啊'，但那两个女人还是面无表情，手上的动作也没停。随后，那扇车门突然被推开，美代子走出来怒吼：'这是我们家里人的事，你给我闭嘴！'其实我们平时见过面的，但对方好像没认出我。当时的情况剑拔弩张，我和朋友急忙跑去报了警，说有孩子被殴打。后来巡逻车来了，又过了一阵子，警方打电话给我：'我们好好提醒过他们了。'"

虽然不知道是出于什么原因，但在美代子的监视下，母亲裕美和姨母香爱对着自己正读小学的女儿、自己的外甥女扇巴掌，这光景实在非比寻常。

在美代子的淫威下，这家的成年人纷纷崩溃。川村、大江家几个40来岁的成年男女失去了一切体面。自然，我们很清楚一切的元凶是美代子，可是……我们又忍不住去思考——究竟何至于如此呢？

这些成年人中唯一还在抵抗的是和子女士。可她却在两个月后，也就是2011年9月11日死亡。同年11月，警方发现了她的尸体并进行解剖，发现她的喉骨和3根肋骨断裂。她在死亡的两年前，体重有41公斤，而死亡时的体重却只有22公斤，等于只剩下了一半。此后就她死亡一案，美代子、川村、香爱、裕美都以加害致死罪和监禁罪遭起诉。起诉书内容如下（部分）：

> （和子女士）无法摄入生存必需的水分，饮食次数也受限制，无法摄入足够的营养。睡眠时间、起床时间都需遵守规定。不时会被强制要求长时间站立。此外，当事人面部及头部曾多次被徒手或用报纸、目录簿卷成的"戒尺"殴打，大腿也留有被脚踢过的痕迹。同月（8月）下旬，因以上列举的诸多虐待持续不绝，当事人出现腹泻等症状，身体逐渐衰弱。加害者数人在明知其已出现健康问题的情况下，仍不改对当事人的暴力行为，且该行为一直持续至同年9月11日，9月11日当天，加害者还抓住当事人头发，踢打其腹部及背部，用脚踩踏其头部，以上一系列暴

力行为致使当事人越发衰弱，导致其于同日同一地点被加害致死。

※

这 3 个成年人——川村博之、大江香爱、大江裕美在发现大江和子女士死亡后，面对她的尸体一筹莫展。2 年零 5 个月前，川村为应对角田美代子的投诉和她第一次相遇时，做梦也没有想到会有这一天吧。

他们打电话给美代子，报告了和子女士死亡的消息。美代子指示他们自己商量处理方法。电话里川村告诉美代子，大江香爱觉得应该去向警方自首。美代子回答："想去就去呗！一旦去了，你们的孩子就一辈子背负杀人犯孩子的骂名。这一点你们记住就好。"对话过程中，川村逐渐意识到美代子不希望他们去自首，他将这个想法转达给了剩下的两个人，并告诉美代子"我们决定 3 人一起去把尸体藏起来"，随后挂断了电话。他们暂且用毛毯将尸体卷了起来。3 个人商量下一步该怎么办，但迟迟得不出结论。当时还是夏天，尸体的腐烂速度很快，他们又给美代子打电话，请她给出指示。和子女士死亡两天后，也就是 9 月 13 日那一天，他们按照美代子的指示，在浴缸中铺满冰块，又在上面铺了蓝色塑胶布，将和子女士的尸体摆了上去。

第二日，也就是9月14日夜里，他们准备按美代子的指示，将尸体带出公寓外遗弃。几个人从浴缸中搬出尸体，放进提前准备好的纸箱中，再用胶带封好。川村开着自家车停到路边，和香爱两人抱着箱子放进车中。旁边是裕美，紧接着住隔壁公寓的美代子也和他们会合，4个人钻进车内开始讨论如何遗弃尸体。

一直到15日，他们还是没能商量出结果。美代子联系阿正，告诉对方和子女士已死，不知该如何处理尸体。阿正便提议说，可以将尸体拉去自己在尼崎市长洲中大街租借的仓库内。

那座仓库距离川村的公寓只有5分钟的距离。几个人在仓库前和阿正会合后，阿正提议将和子女士的尸体放进汽油桶内，并灌注水泥封住。在和子女士死亡前1个半月，桥本次郎在美代子阳台的"监禁小屋"遭杀害后，尸体也被他们以同一种方式放进汽油桶内，灌注水泥封住。而装有他尸体的汽油桶，也在这座仓库里。

尸体的处理工作由阿正和川村负责。两人前往尼崎市的购物中心，购买了大汽油桶和水泥等必要材料。川村按阿正的指示，将和子女士的尸体放进了大汽油桶内，又灌注水泥封住，弃置在仓库内。

和子女士去世后，美代子仍旧一如既往地催逼川村、大江家，而新的目标成了大江香爱。之前她并未遭受多少暴力，但自8月下旬起，她的发言屡屡惹怒美代子，到了9月，美代子和川村、裕美纷纷开始殴打她。尤其是在和子女士死亡后，香爱的言行常引发美代子的责骂。川村生怕美代子的怒火波及自己，也开始主动殴打香爱。与此同时，美代子开始威逼香爱自杀了。

10月30日，天还未亮，美代子、川村、香爱3人乘坐的车子停靠在路边。前一晚香爱出门购物时，曾就和子女士的死说出"我要以死谢罪"的话，但接着又推翻自己的说法，改口说"可我实在没法去死"，并情绪不稳地重复以上几句话。美代子和川村对她感到不耐烦，便在车内"惩罚"她。美代子用烟头烫伤了香爱的左眼皮，川村则从驾驶席转身探向后座，无数次抽打她的脸颊。回到房间后，川村又在美代子的命令下，将香爱脱得仅剩内裤，用胶带把她的手腕脚腕都绑了起来，扔在房间内。这个房间在和子女士生前为防止她逃脱设置了密码锁，但香爱并不知道密码。

"再这么下去就要被杀了。"

想到这儿，大江香爱听到川村的鼾声，确认他已经睡着了，于是用牙齿咬断手腕上的胶带，又把脚上的胶带撕掉，拿起衣物悄声推开窗户，从位于二楼的房间纵身跳了下去。当时正值清晨。

她逃跑时还光着脚，跑到了附近的商店街，冲进已经开店的店铺内。而这家店也正是我在2012年10月抵达尼崎后，第一个采访的地点。店长是这样描述的：

"去年10月末，早上8点的时候，店里突然来了一位陌生女性，问我能不能借双鞋穿。我一看，她是光着脚的。看年龄有四十二三岁，一开始我以为她和丈夫吵架了，但看她的状态又不是很激动。她似乎有意挡着脸，不和我对上视线。我问她：'是不是遇到什么事了？'她也只回答：'没什么。'但我不能不管她呀，就从店里找了一双拖鞋给她。她接过来道谢后就离开了。"

此后，香爱并没有直接跑到兵库县警察局报案，而是特意跑去了临近的大阪市。4天后的11月3日，她跑去了隶属大阪府警察局的大阪市北区派出所。

我采访过的大岛先生和谷本先生都表示自己去兵库县警察局报过案，但该警察局以不介入民事纠纷为由拒绝了他们。我猜想，大江香爱也曾向兵库县警察局报过警，但没有被当一回事，所以不再信任兵库县警察局，特意跑去大阪市北区的吧。

在2013年4月25日兵库县警方公布的《尼崎市多人遇害之杀人、尸体遗弃事件相关报案等应对状况的调查结果》中，该局就大江家的报警记录情况做出了如下陈述。在此我需要说明的是，这仅仅是警方出具的调查报告，请大家知悉。此外在原文中，人名部分使用"甲女""乙女"指代，但如此一来恐难理解，为方便大家阅读，我将代称改回真名。案件序号也为便于理解作出更改，日期则改为公历。除以上几点外，其他均为原文。

① 尼崎东警察局对裕美的审讯。

2011年7月，因其他案件展开搜查的警官曾询问裕美额头的伤因何而来。她反复解释说是因为摔倒磕伤。大江香爱也接受了审讯调查，但未提及对裕美施加过暴力。

② 就本案相关人员之间的争吵通报尼崎东警察局一事。

2011年7月，接到一通报案，称有亲子在公园争吵。警员抵达现场后，审讯了在场的几名男女，其中一名女性脸上有伤。询问原因时，该女性称"是几天前从楼梯摔下来伤到的"。随后，她走进自家车内，和其他人一同离去。

③ 裕美的朋友前往尼崎东警察局报案一事。

2011年9月，接到关于裕美及其孩子遭受虐待的报案。警员为确认当事人安否，前往角田美代子的住处，美代子对警方的问询并不配合。此后，警员通过蹲守发现裕美的丈夫，说服他进行确认。翌日，其丈夫确认两个孩子并未受到虐待，警方将继续确认裕美的行踪。

针对以上几点的应对情况，兵库县警察局作出了以下评判。其中对原文的更改之处和前文相同。

①及②中各案，面对警方的审讯，相关人员并未提及遭受角田美代子等人的暴力对待，从外表也未能看出有任何犯罪行为的痕迹。此外，针对一些外伤，当事人在面对警方询问时，皆否认自身遭受了侵害。因此，单靠以上诸案例的表象判断其事件性是极为困难的。此外，在案例③中，警方在接受报案时，是以亲属间的暴力行为作为前提的，按当时的情况而言，警方无疑采取了必要且合适的对策。

11月3日晚上，香爱前往大阪府警察局的派出所，解释了整个事件的经过，并称："我妹妹和妹夫产生纠纷，我妈妈死了，接下来就轮到我了。"香爱的脸上带着伤痕，大阪府警察局认为她的话可信度很高，并认定此事十分严重。他们当即联系了兵库县警察局，兵库县警察局才因此展开了调查。

美代子长达15年不断杀人、入侵他人家庭却从未被判罪，其罪行也从未浮出水面。而这一次香爱报警，才终于将整个事件大大地向前推进了一步。

※

大江香爱逃走后，美代子也意识到了事态的严重性。

香爱是亲历其母大江和子死亡现场的，也知道她的尸体被塞进汽油桶，灌注水泥，藏在了仓库里。香爱逃走后，川村也遭受了极为严厉的制裁。

为讨论善后策略，11月3日晚，美代子将郑赖太郎、角田健太郎、角田优太郎、瑠衣、阿正、仲岛康司等角田家族6人召集到了某家店内。几个人讨论了串供的细节，确保所有人的说法是一致的。此外还讨论了放在出租仓库内的桥本次郎和和子的尸体如何处理等问题。

美代子表示："我可能会被逮捕，但我们和皆吉的关系还没有暴露给警方。"而那两个汽油桶，他们准备搬去藏了3具尸体的梶岛皆吉家里。当晚，他们所有人一起前往出租仓库搬运尸体。

此外，美代子还逼迫川村承担责任，写下遗书。内容是："处理和子尸体一事都是我一人所为。我将她的尸体塞进汽油桶内，扔在了尼崎港。我也对裕美施暴了，变成这样全是我的责任。为了对孩子们负责，我选择自杀谢罪。我死后，卖掉我房产所得的钱请留给我的长女。"

在精神上彻底被美代子控制的川村和裕美，就这样带着小女儿去了尼崎港，准备直接开车冲进海中自杀，并将全部遗产留给长女。美代子会在此后将长女过继给自己做养女，这样就可以攫取全部财产了——这就是她的计划。

隔天，也就是11月4日的傍晚，川村开车载着裕美和小女儿，停在了尼崎市某家大型商超前，等待美代子的最后指示。美代子的车就停在一旁，监视他们自杀。

川村和裕美已经有所觉悟，今晚他们的人生就要走向终点了。如此一来，也就能从地狱中解脱了。

就在这时，一直跟踪他们的警车突然出现。好几名警员将车子团团包围，以对大江香爱犯下的故意伤害罪逮捕了美代子和川村。而坐在车里的裕美，当时已因暴力虐待少了一部分耳朵，嘴唇也缺损了一块。可她脸上毫无大松一口气的喜悦模样，整个人两眼放空，神情极度恍惚。

当晚，阿正只是接受了警方审讯，就被放了回去。回到缺少美代子的角田家族中，他告诉家族成员，警方已经掌握了美代子和皆吉家的关系。

众人再度召开会议商讨对策。由于大江香爱目睹了遗弃尸体的过程，和子的尸体恐怕无法再藏下去了。为了不让警方发现桥本次郎也是他们所害，阿正决定就以遗弃和子女士尸体的罪名被逮捕。当晚，他们将装有和子尸体的汽油桶再一次移回了仓库。

隔天的11月5日，为了甩掉追踪他们的搜查官，阿正故意缺席家族行动，由郑赖太郎、角田健太郎、角田优太郎、仲岛康司将装有桥本次郎尸体的汽油桶搬去了他们之前去旅游的冈山县日生渔港,将汽油桶丢进海中。

那时候,他们还不觉得事态有多严重,连被逮捕的美代子也是一样。她知道自己多少会被判几年,但以为过不了多久就能出狱,角田家族又能在一起了。

而她的梦想,再也没能实现。

第十二章

さまようファミリー

彷徨的家族

2011年11月7日，尼崎市的出租仓库内发现了一个封了水泥的汽油桶。两天后，警方从水泥中找到一位女性的尸体，判定此为大江和子。

一切正如该月3日前往大阪市派出所报警的大江香爱供述的那样。兵库县警方在11月4日以故意伤害大江香爱一罪逮捕了角田美代子和正准备自杀的川村博之。在审讯中，二者均承认对大江香爱施暴，但美代子矢口否认了遗弃和子尸体的罪行。川村起初也完全没有提及这一切和美代子有关。由此也看得出他对美代子的恐惧有多强烈。

然而警方却切实地在暗中推进着搜查。随着汽油桶内封了尸体一事被报道出来，另一行动也同时展开——这对整个事件的走向产生了极大影响。

"你不是说在角田大妈因为伤害罪被捕前，他们角田家族曾经全都聚在某个店里吗？那个店就是和X相关的店，叫'D'（化名），现在那个店已经关门了。角田大妈本来就和X关系密切，后来大妈被抓了，其他人也还是会去那个店里商量对策。自然，Z当时也在场。"

坐在我眼前的Q如是说。此时是2013年6月末。

自去年起，我们已经"密谈"了10余次。我也从他的回答中捕捉到了不少关键信息。尤其是角田美代子和黑社会之间的关系，以及许多闻所未闻的信息，都是Q告诉我的。可以说，他是我相当珍贵的信息来源。Q还告诉我：

"虽然时间很短，但桥本次郎曾经被托付给xx组。那个xx组的顾问还是组员和角田大妈交情不错。大妈就去找他们，说能不能让次郎暂住在你们这儿啊，想让他锻炼一下。次郎就负责给组长遛狗，或者给几个大哥跑腿买香烟。"

听到Q的这段话，我又去和愿意接受采访、当时Q提到的那个组内的相关人员打听真伪。这位相关人员说：

"的确，以前我们组的F（化名）曾带了两个年轻人来，其中一个就叫桥本次郎。"

他提到的这个F也和X有着很深的渊源。

我此前已多次提及，美代子和本地的X组织核心人物Z交情很深。Z和数个暴力团体都有来往，美代子也很仰赖他。同时，美代子本人也十分努力地想要和这些团体建立关系。

她在威胁人的时候，总说自己背后有暴力团体做靠山。可能让桥本次郎去黑道待着，也是因为她需要一些"成绩"。只要说到这些，就足以让过着普通生活的一般人感到极度恐惧了。

不过，美代子和黑道之间只是彻头彻尾的利害关系。眼下这个时代早已不讲什么仁义人情了。有钱才能促使他们合作。更何况美代子搞出了杀人案，黑道会尽量避嫌，努力斩断过去和美代子产生的关联。Q又说：

"X组织的Z也一样。一开始他还会和没有角田大妈的角田家族聊聊之后该怎么办。结果大家不是都被捕了吗？他又改口，努力解释自己和角田并无关系了……"

发现大江和子的尸体后过了19天，也就是11月26日，美代子、阿正、川村博之、大江香爱、大江裕美5人因尸体遗弃罪遭逮捕。警方于2012年2月29日，以对大江和子女士的加害致死罪、监禁罪追加起诉了除阿正以外的4个人。

外海洁净的海水一点点流进了淤泥沉积、似乎是永恒的死水一般的内湾。一切，发生了改变。

※

塞进汽油桶中的和子女士的尸体被发现后，角田美代子等人因尸体遗弃罪遭逮捕，她的名字也被媒体广泛报道。有一个人迅速对此事做出反应。这个人就是在香川县高松市遭美代子迫害，被折磨得家破人亡，至今躲藏在尼崎市的谷本丰先生。

正如此前采访丰先生时他说的那样，一看到美代子的名字，他立刻前往神户市地方法院尼崎分部，向接待他的警员讲述了整件事情的始末。之前警方一直将谷本丰先生算作失踪者，没想到他本人主动现身，这也为搜查带来了巨大进展。

此外，兵库县的搜查人员也分头找到了与猪俣、大岛家一案有关的大岛宏一郎，以及与茉莉子一案有关的、茉莉子的朋友齐藤小姐，希望他们能够提供一些有用的信息。这两位对警方的态度相同，都觉得"之前我们那样拼命恳求，你们始终无动于衷，现在怎么还好意思求我们"，但为了一雪被害者的冤屈，他们还是愿意配合警方调查。

一个个点连成了线，描绘出一幅极大的"犯罪版图"。以美代子为核心，经年累月的罪行就这样逐一浮出了水面。

在调查的早期阶段，兵库县警就已推测出，美代子和她的角田家族犯下的罪行有可能牵连了多数被害者。其中一部分媒体似乎从搜查人员手中得到了内部信息，在2012年10月，梶岛皆吉家找出3具尸体、成为热门话题之前，2012年1月开始的审判就已经被很多人关注了。不单是美代子和阿正，连川村、大江香爱、川村裕美，甚至角田瑠衣、角田三枝子的开庭旁听席都设置了比平日多出数倍的记者席。

话虽如此，但从大江和子尸体被发现到在梶岛发现3具尸体，警方花费了近1年的时间，可见整个搜查过程遇到了多少艰难险阻。尤其是深知此中一切内情的美代子和阿正始终闭口不言，令搜查员头痛不已。

案情出现突破，首先是在2012年8月，使用假名躲藏在尼崎市某员工宿舍的皆吉胜一被警方找到。胜一先生从美代子的魔爪下逃离数次都被找回，但从2007年出逃后再未被发现。

发现胜一后，兵库县警方在8月以擅自攫取胜一年金的盗窃罪逮捕了瑠衣和三枝子。翌月，以该罪起诉以上二人后，又以盗取皆吉典年金之罪，再度逮捕了两人。

遭逮捕后接受审讯的9月下旬，三枝子供述道："我实在没法再这样欺骗下去了。"她自供了至今为止的杀人、尸体遗弃等罪行。警方按三枝子的供述内容审讯瑠衣，瑠衣也供认不讳。尤其是当搜查人员告诉她"你父亲（谷本丰先生）还活着，他很挂念你"，瑠衣的情绪产生了很明显的波动。就这样，警方终于确定，在梶岛皆吉家的地板下藏着3具尸体。

"三枝子自供，这对我们的工作推进贡献很大。"

这是所有搜查人员共同的想法。

除了搜查相关人员和部分媒体外，包含我在内的大多数人，都是在这一系列事件被报道后，才开始关注美代子的事件。

※

2013年7月，我从大阪府内某站走出来，向着一个相约多次的老地方走去。和一位男性会合后，我们一起走进了附近购物中心某家空荡荡的咖啡馆。从去年11月起，我和这位山本先生（化名）在这家店数次碰面。山本先生曾经是位职业柏青哥玩家，他认识用打柏青哥赚取生活费的角田家族。

入侵他人家庭、攫取巨款的角田家族，其实还有另一副面孔。那就是专盯着柏青哥新店装修开业，在能赚到更多钱的日子里，大捞特捞的"开业专业玩家"。

我之所以找到山本先生，是因为事先得到相关消息，知道他曾去拘留所见过阿正。我立刻联系他，而他也接受了采访请求。我们在这家咖啡馆展开了对话。

"阿正在被定罪前跟我见过面，我没想到他竟然真的杀过人。我还开玩笑问：'你这是闯大祸了啊，该不会杀人了吧？'阿正脸色一沉：'这话你听谁说的？'关于遗弃尸体的刑罚，我吓唬他说：'你这绝对要被判个5年吧！'他露出苦笑摇摇头，意思是应该不会判那么重。"

最终，2012年9月阿正所受的刑罚是2年6个月的有期徒刑。山本先生又去拘留所见了阿正。

"阿正还写信给我，要我再去找他一回。我去了之后见他状态很好，还笑着对我说：'判得蛮轻的对吧？去掉拘留的时间，再蹲差不多两年就出狱了。到时候你得给我开个出狱欢迎会哦。对了，我还要回去打柏青哥呢，到时候多关照喽。'我问他：'出来之后你怎么打算呢？要回角田那儿吗？'他斩钉截铁地说：'要回啊。'"

在这次采访后，我又一点点地从山本先生那儿打听了角田家族所谓"开业专业玩家"的生活。女性成员以角田美代子为首，再加上角田三枝子和瑠衣。男性成员则是郑赖太郎、角田健太郎、角田优太郎、阿正、仲岛康司，之前还有桥本次郎。

"女性成员会并排坐在柏青哥机子前，开心地边聊天边打。尤其是瑠衣，一直都紧黏在美代子身边。美代子看上去就是普通的大阪阿姨模样。但有一次，我和阿正单独在一起的时候，他提到过'那个大妈相当恐怖，像个女黑道'。但在我们面前的时候，美代子从来没表现出黑道的一面。她说：'我之前做过很多生意，后来靠进口杂货赚了一笔，算是攒够一辈子不愁吃穿的钱了。'"

2011年11月被逮捕前1年左右，美代子就没怎么去过柏青哥店了。但还能在一些新开业的柏青哥店看到其他家族成员。

"美代子似乎会把钱放到优太郎手里。每天早上，优太郎给所有人发放当天打柏青哥需要的钱，安排几个人分头去不同的机器打柏青哥。他还会安排哥哥健太郎，说：'大哥，你打这个。'然后到了晚上呢，他要收回所有人一天的成果。算总账反正还是会赚一些的。说起来，阿正的地位似乎并不高。这一点还蛮让人意外的。不单是优太郎、健太郎，连瑠衣喊他也是毫不客气的一声：'喂！阿正！'反过来阿正对次郎、仲岛架子很大，经常对他们两人十分不客气。就算在很冷的日子里，他也会命令次郎一早就去店外排队拿号。总看见次郎大清早的在店外头排队。"

在寻找新开业的柏青哥店这件事上，他们的行动范围似乎相当广。一行人会开着厢型车跑遍兵库县和大阪府，甚至连更远的冈山县、静冈县也会涉足。

"美代子和瑠衣实在去不了那么远，不过三枝子倒是跟着去过。男性成员们会在半路上办烧烤，到了晚上，为了节约经费，他们还会支帐篷，在车里过夜。目的就是去各个地方的柏青哥店。事到如今我才明白，每到一个比较远的地方，优太郎就常感慨：'哎呀，我好想一直待在这儿啊，先待个10天不回去多好啊。'家里有什么监禁小屋之类的，总有人被监禁在里面，他肯定不愿意回去吧。"

山本先生常和阿正聊天。阿正曾告诉山本先生，次郎和仲岛是"我们家的员工"。

"一直到6月份，我还见过次郎（死于2011年7月）。他经常和阿正、赖太郎他们一起去（大阪府）门真市的柏青哥店。但是有一天他突然消失了。我问阿正：'那个寸头大叔呢？怎么没见他？'阿正就说：'那家伙干得不好，让他去做别的了，他已经走了。'按时间来算，应该是大江和子女士被遗弃在汽油桶里，灌注水泥的时候吧。当时（大阪府）泉南那边开了家新店，但阿正没去。我问优太郎，阿正怎么了,优太郎回答:'他家有点事要办,去东京了。'"

这天,我之所以约见山本先生,是希望他能把一直不太愿意提及的协助美代子等人的"专业柏青哥玩家"的事说出口。

店内依然客人稀少,我们找了一个不容易被打扰的角落。山本先生点了杯冰咖啡,我点了杯热咖啡。

"当时有一个大约 30 人的柏青哥团队,其中有一个 40 来岁的男性成员,就称他是'A'吧。因为经常去同一家店,A 和阿正熟络了起来,也认识了美代子。美代子对 A 说,你来我家玩一次吧。A 带了大概 1 个月的行李去了她家。A 在美代子那里白吃白喝,过得很悠闲。美代子还约 A 出去玩。他们原本想去东京,后来改主意了,去了冲绳。其实他们原本是要去东京寻找逃跑的桥本次郎的,但后来又改成去冲绳寻找逃跑的仲岛康司和茉莉子了。"

茉莉子于 2006 年 12 月被带回尼崎,2007 年 2 月在美代子的命令下和仲岛康司结婚。第二年,也就是 2008 年 7 月,他们夫妻二人逃去了冲绳。为了把他们找回来,美代子和阿正、健太郎等人一起去了冲绳。但他们没有把此行的目的告诉 A。

"他们好像事先掌握了那两个人躲藏的地方,开着车一下子就找到了他们。两个人毫无抵抗地上了车,特别老实。据 A 的说法,'他们当时如果真的想跑,其实也能跑掉,但就是没跑'。看上去一副彻底绝望的样子。他们回到尼崎后，家里的气氛变得很糟糕，A马上离开了美代子家。因为A帮忙将仲岛夫妻从冲绳带回尼崎，还拿到5万日元的零花钱。"

对比拿到的信息可知，这次冲绳之旅应该发生在2008年7月。仲岛和茉莉子先逃去了东京，然后跑到了仲岛的老家冲绳。据说，美代子在仲岛的朋友那儿找到了他们。美代子一行人在仲岛老家待了很多天，索要金钱。一直到仲岛的亲戚喊来警察，她才带着两人离开了冲绳。

回到尼崎后，两人就被关在位于美代子公寓阳台的监禁小屋内，并被要求互相殴打。仲岛不出1周就被放了出来，可茉莉子还在坚持反抗，所以一直遭受监禁。同年12月，茉莉子死亡。据山本先生说，A也被叫去接受了警方审讯。

不止这一个例子。角田家族的成员是一点一点，逐个消失的。好像一把梳子的梳齿，不知不觉间掉了一个又一个。

山本先生说：

"继美代子之后，阿正也被逮捕了（因大江和子女士尸体遗弃罪）。当时优太郎打电话对我说：'估计应该是伤害罪吧，我们会找律师的。'我当时还很奇怪，如果只是伤害罪，有什么必要请律师呢？优太郎这个人本来挺胖的，随着时间流逝他越来越瘦。去年（2012年）3月，他打电话跟我说，他要开店了。后来他很少来柏青哥店了。一直到最后还在的，就只有赖太郎、健太郎和仲岛这3个人。10月12日，他们3个还在（大阪府）茨木市打柏青哥，后来一个接一个被警察喊去接受审讯，就再没见过了。健太郎那天还问朋友：'梅田的xx（柏青哥店）哪天开业啊？'感觉他们没想到自己会被逮捕。"

2012年10月12日，警方前往梶岛家的前一天。从那天起，他们开始连日接受审讯。随后在11月7日，所有人都被警方以对桥本次郎的尸体遗弃罪逮捕。另一边，优太郎自同年3月起在大阪市和朋友一同经营酒吧。他也在同一日和前述的3人一样被逮捕。

至此，角田家族在职业柏青哥玩家群体中，正式成为过去式。

※

2011年11月，角田美代子被警方逮捕，她的"儿子"角田优太郎获得了自由。翌月就满25岁的优太郎一直对美代子俯首帖耳，自幼走在她决定好的路上。

唯一的例外就是和大自己1岁的瑠衣结婚。先是优太郎喜欢上了瑠衣，而瑠衣也对优太郎产生了好感，怀了他的孩子。就二人的婚事，美代子一开始是反对的。但两人的女儿于2007年1月出生，他们也顶住了美代子的意见，登记结婚。

第二年9月，两人的儿子也出生了。美代子十分疼爱自己这两个"孙子"。她对警方坦白"一切都是我一人所为"，试图袒护三枝子和瑠衣，这也是因为她担心没有人照顾"孙子"。

此外，在茉莉子去世的2008年12月的前1个月，长年"侍奉"美代子的安藤三津枝也被关进了"监禁小屋"，最终身亡。而她被关禁闭的起因是斥责了美代子的"孙子"，惹得美代子大怒，狠狠对她拳打脚踢，将她关进小屋。由此可见，美代子对孙子们的溺爱非同寻常。

优太郎甩开了美代子的枷锁，决定自己经营酒吧，但他没有涉足过餐饮业。他灵机一动，想起前年夏天在冈山县新见市参加驾校合宿时遇到的朋友。这位朋友有在餐饮店工作的经验。顺带一提，就在优太郎为参加这个合宿离开家的时间里，桥本次郎于监禁小屋内死亡。优太郎并未以对次郎的杀人嫌疑遭起诉。

美代子被逮捕后不久的11月中旬，优太郎和朋友联系，说自己会出钱，问朋友要不要一起开家酒吧，朋友一开始有些迟疑，但最终还是接受了优太郎的提议。两人在大阪市某车站附近的杂居大楼里找到了一个店面，租金加水电费合计每月是十二三万日元。

开酒吧除了要准备酒外，还要再买些酒杯一类的餐具。但他们却出乎意料地找到了能直接拿来用的东西。那是美代子洗脑川村博之开咖啡馆时，买下的一些价格昂贵的餐具器皿。酒的问题也解决了。美代子本人不喝酒,但她收藏了逾100瓶的高级酒。优太郎将这些东西统一从老家搬去了店里。而店内的装潢则交给了郑赖太郎。

2012年3月,这家酒吧开业了。吧台设置了8个位置,后面还有4人座的沙发区。酒吧全年无休,每天营业到清晨5点。同一时期,被称作"阿花"的瑠衣也开始在朋友母亲开在大阪府松原市的小酒馆帮忙。小酒馆营业结束后,她会去优太郎的店里帮忙洗碗,到了早上两人再一起回家。

认识优太郎和他朋友的片桐等(化名)先生告诉我:

"关于这个案子,优太郎从来不说什么。不过在(开店前的)正月那阵子,他也跟朋友坦白说,美代子因为被怀疑把大江和子的尸体扔进汽油桶,被警方逮捕了。他解释说:'我妈没错,是被误抓了。汽油桶是阿正装的。'"

除了被逮捕的美代子和阿正,角田家族的人都会去优太郎的酒吧。

"三枝子、赖太郎、健太郎、仲岛康司他们几个人来聚过好几次。有时候还会带着优太郎和阿花(瑠衣)的孩子一块儿来。三枝子一般都点茶,赖太郎喝啤酒,健太郎和仲岛康司喝烧酒兑水。赖太郎一如往常地讲着玩笑话,三枝子还对站在吧台后的朋友说着'优太郎这孩子很任性,您多担待'之类的客气话。"

店里有了些常客,但要维持经营还是很辛苦的。为此,优太郎开始独自想办法筹钱。

"他把美代子收集的那些奢侈品,路易威登呀、香奈儿的包,还有一些首饰和高级餐具等放在拍卖网站上卖掉换钱。经常见他在营业时间内也摆弄电脑,嘴里念着'哦,这个卖掉了'。"

算上奢侈品拍卖拿到的钱,优太郎的钱包里总是塞了数十万日元。看上去他在经济上没什么困难。然而正如前文所述,2012年8月19日,瑠衣因盗领皆吉胜一的年金而被警方逮捕。

"前一天阿花还和朋友们去了大阪南港的演唱会。之后她们回到店里,在优太郎的酒吧里过夜。一大早,警方就冲进来把她逮捕了。优太郎告诉朋友阿花偷窃年金的事暴露了,但他解释说:'我们给对方付了土地相关的费用,对方主动说可以用自己的年金还给我们。'"

很快,10月份警方在梶岛发现了那3具尸体。一经报道,整个事件越发升级。"角田"的姓氏开始频繁出现在电视报纸上。

"和优太郎一起去居酒屋喝酒的时候,我开玩笑说:'新闻上那个尼崎的角田,是不是你啊?'优太郎马上板起脸说:'不,不是我。和我没关系。好多人打电话问我没事吧什么的,差不多得了。'大概从那段时间起他就不怎么好好吃饭了。一天天消瘦下去。"

一开始优太郎否认自己和整个案件的关系,但到了10月底,他还是和片桐坦白了这件事和自己有关。他似乎已经做好觉悟,知道自己会被逮捕了。

"优太郎基本不来店里了。时隔许久他打电话给我,先是聊了些有的没的,之后又突然说'我要暴露了'。我问他发生什么事了,他说:'尼崎的那个事情,我也是犯人。'还说:'冈山的那个汽油桶,也是我扔的。'"

关于将桥本次郎的尸体塞进汽油桶一事,原本是让赖太郎去做的。但他独自一人实在不行,健太郎、仲岛还有优太郎就都去帮忙了。

"他告诉我:'我们开车去了之前去过的那个冈山县日生渔港,倒车后,把那个东西从车后面直接推进了海里。'优太郎还说:'本以为绝不可能暴露的,就一直正常过日子。结果这事情被我老爹说出去了,他被抓了。我们家周围挤满了媒体的人,根本出不去门。'他电话里说自己绝对没杀人,但后面又坦白除了帮忙遗弃桥本次郎的尸体,掩埋茉莉子尸体的时候他也帮忙了。"

可是到了这一步,优太郎仍旧没怎么当回事。

"他自己说:'只是弃尸而已啦,明年5月连休那会儿就能放出来了。'我就说他:'不管你做了什么,那毕竟也是你们一伙儿的人啊,你在牢子里好好反省一下再回来吧。'最后他哭着对我说:'谢谢你,抱歉啊。'这是我们最后一次对话。"

我曾经见过一张优太郎和瑠衣带着孩子们的合影。

那是一张在家庭餐厅拍下的照片。一个孩子坐在父母两人中间,照片左侧的瑠衣伸出右手,举起了一旁儿子的右手,母子二人摆着"胜利"的手势,满脸微笑。右边的优太郎将女儿抱在膝上,右手举着女儿的左手,两人也都笑着伸出食指摆动作。

任何一个看到这张照片的人,都会将他们想象成无比幸福的一家人吧。

※

2012年12月12日一大早,我正睡在大阪市某家宾馆中。突然,手机发出一阵新闻速报提醒音将我唤醒。

那是角田美代子自杀的通知。

我捏紧了手机,心想"啊啊"。

我很难解释自己具体是什么感觉,或者又想到了些什么。头脑中全是"啊啊"的声音。

我保持捏着手机的姿势僵了一会儿,渐渐地,一股厌恶感逐渐填满我浑身的血脉。这么一来,真相又要离我远去了。这种心情令我难受万分。

10分钟后手机响起。我定睛一看,是Q。我急忙接起电话。

"啊啊,死无对证了啊。"

他迎头就是这么一句话。

"我周围都乱成一锅粥了。真可惜,以后估计再也没法厘清整个事件的全貌了。"

他如此断言,随后挂断了电话。

2013年8月,我在约好的地方等待某位女性的到来。我想起了"那一天"的事。这时候距离美代子自杀已经过去8个多月了。

很多被采访对象会吃惊地问:"这都过去多久了,你们还在打听那件事啊?"他们吃惊也是自然。当初令人眼花缭乱的大批登场人物,现在我总算将他们的名字全都记住了。

我反复问自己:你还有必要坚持下去吗?我仿佛永远漂浮在看不见陆地的无边大海中。

此时,手机突然响了。隔着店内的窗户,我和站在外面的一位将手机贴在耳边的女性对上了视线。对方也注意到了我,我们互相点头致意。我决定向着那一瞬所见的,好似陆地般的目的地前进。

"那个人啊,给宠物起的名字都很怪……"

在饭店的餐厅内正对我坐着的是谷冈惠小姐(化名)。她十分突然地说了这么一句。

"她给鬣蜥起名阿鬣,给贵宾狗起名番茄和生菜。她以前好像还养过猫,不过我没问她家猫的名字。她超级爱吃面包,还说:'我老公经常带我去吃呢。'我回她'你老公好爱你哦',她则一脸败兴地回了一句'根本不爱'。"

谷冈小姐有30来岁,在美代子自杀的兵库县警总部(神户市)的拘留所内,从2012年9月上旬到下旬都和美代子住同一间房。同县警总部3楼的拘留所内,并排设置了从1号到3号的3间牢房。谷冈小姐和美代子就住在正对监视台的第2号房。一间牢房基本上会住3个人,有时甚至会住进去4个。

"负责看守的人员被称作'负责人',负责人称呼美代子是'65号',我喊她'老妈'。"

美代子骗谷冈小姐说自己的名字叫"东三树"。

"她说等出狱后还想联系我,就把自己的名字还有电话号码都写我笔记本上了。我一直以为老妈本名就叫东三树。那起事件被曝光后没多久,电视上登了她的照片。我一看:啊,这不是老妈吗?然后才知道原来她就是角田美代子。"

我向谷冈小姐打听她对美代子的第一印象。

"她是个胖乎乎的、性格不太随和的人。属于挺厚脸皮的那种大妈吧。我问她:'老妈,你啥时候开始蹲牢子的?'她还稍微撒了个谎说:'从5月吧,还是7月来着……'她还跟我吹嘘说:'我犯了伤害罪才蹲牢子的,请了5个律师呢。'她丝毫没提过尼崎这个地名。"

拘留所没有电视，美代子每天都特别积极地读报纸还有别人送来的书。

"她一看到报纸上刊登了新书的信息，就立刻让人帮她买回来。我还记得她读过野村沙知代的书。手头的书很快就超过了规定数量，她又让来见面的人帮她把读过的带走。她特别挑食，说自己讨厌吃肉，只爱吃海鲜。还特别爱吃甜的，尤其爱吃红豆包，经常买明治的 chelsea 糖果。她说喜欢的服装品牌是博柏利，平常总穿一件黑色的博柏利休闲衣和一条奶油色卡其裤。"

谷冈小姐还目睹了同一房间的韩国女性和角田美代子之间产生冲突。

"我进那个房间后的第二天，那个和老妈关系不错的人出去了。房里剩下我、老妈还有那个韩国人。老妈有时候情绪不太稳定，经常半夜把睡在一旁的韩国人叫起来，哭着说自己'好痛苦'。估计那个韩国人觉得她很烦吧。又过了没几天，有一个把自己儿子杀了的女人也进来了，那个韩国人就让她睡在自己和美代子之间。老妈很生气，第二天对她抱怨道：'你这家伙真够坏心眼儿的，你那么做是什么意思？'那个韩国人只是沉默，什么话都没说。当天晚上熄灯后，老妈又从被窝里爬起来，一直死死地瞪着那个韩国人。一直到负责人赶来责骂她才罢休。"

看到美代子愤怒的表情，那位韩国女性感到自身安全遭到威胁了，就找负责人换了房间。美代子撒娇的对象又变成了谷冈小姐。

"老妈比较霸道又任性，但很怕寂寞。她会突然抓住我的手，我一想挣脱，她就拒绝说'别这样呀，你应该紧紧握回来嘛'。从抽烟室回去的时候，我说'老妈你先走吧'，她就小声拒绝说'别赶我走嘛，多让人寂寞呀'。还有件让我硌硬的事，就是老妈背上长了个瘊子，她总让我帮她搔痒。我也不好拒绝，只好隔着衣服挠挠。结果她得寸进尺，说'你就直接上手挠嘛'或者'你帮我把它挤掉算了'。我实在不想下手，就拒绝了。"

一方面，她会毫无防备地向他人撒娇。而另一方面，她也深谙察言观色之道，能预测对方的举动，可见她非同寻常的洞察力。谷冈小姐如此讲述道：

"有一回老妈告诉我'隔壁的女人今天就出牢子了'，结果她还真的走了。我问她为什么会知道啊，她回答'直觉'。但我感觉她应该是通过负责人的一举一动判断出来的。她自己总说：'我这个人啊，直觉很准的。'"

就在谷冈小姐离开的前几天，美代子的拘留生活出现了变化。当时正是 9 月后半月。

"警察会突然提审她，每次时间都特别长。她回来后总是一边思索一边喃喃地说：'奇怪，真奇怪啊。我上套了。'

她也不再读书了，还会突然哭起来，高声怒骂负责的那个刑警和她说话'含含糊糊，故意不说清楚'。后来她逐渐没啥食欲了，我离开那天，她呻吟着把胃里的东西全都吐了出来……"

这一时期，正是角田三枝子将一切真相供述出来之时。家族内部的秘密即将泄露，这对于美代子来说，可谓晴天霹雳般的发展正在水面下悄然推进。而这些变化，美代子应该通过她那超凡的洞察力，从负责此案的刑警的态度和语气上感知到了。

从那天起，谷冈小姐再也没见过美代子。但她们毕竟在一起同住了两个多星期，谈到美代子自杀这件事，她表示"这也符合那个大妈的性格"。

"在我看来，她之所以自杀，与其说是因为事情败露，不如说是因为被自己深信的家人背叛了，这件事对她的打击太大，她才选择了自杀。"

听到谷冈小姐这样讲，我也有同感。

据说曾经发生过这么一件事。2004年那阵子，美代子将一对儿在柏青哥店认识的年轻情侣软禁在了家里，并向那位女性的家人索要赎金。但那位女性姐妹的朋友正好混黑道，美代子反倒被对方威胁了。美代子低声下气地拼命道歉："我实在不知道她竟然是xx大人您这边的朋友，我竟然如此粗鲁地对待她，实在抱歉，请您原谅我。我知道仅凭一句'我不知道'很难得到您的原谅，但请您这一次放我一马吧。"

对强者彻底地示弱，对弱者彻底地强势。这就是美代子的做法。她会不择手段地让自己看上去更加强大。如果需要狐假虎威，她也会毫不犹豫的。

她只对被她的虚张声势震慑到的对象露出獠牙，她的作风就是"不必去战胜对手，而是去找能战胜的对手"。

她的洞察力，就是她在选择对手的过程中逐渐学到的技能。

对于自己能战胜的对象，她会带去绝对的恐惧，会彻底支配这些人，不让对方有任何反击的机会。而要用恐惧去支配弱者，就需要一些牺牲品。为了确认忠诚，她会强迫这些人"杀害家人"。真可以说是"同族相噬"。

然而，最终这一切却反噬了她自己。

犯下的一切罪行曝光后，美代子深信早被自己彻底支配的"家人"，却在警方的追问下轻而易举地供出了一切。说来讽刺，美代子自身也遭遇了"同族相噬"的命运，并最终卑怯地选择了自杀。

我是这么想的。

美代子绝非什么怪物，她是因为软弱才杀害对方。如果不这么做，她会日夜不宁，担心有人暗算自己。

肆意践踏无辜者的人生后，她自行拉上了自己 64 年人生的大幕。

エピローグ

尾　声

尼崎市杭濑地区，某家从中午起就提供酒水的餐饮店。到了黄昏时分，这家店热闹极了。

"啊呀！一光先生！欢迎回来哦。"

独自经营店铺的老板娘开着玩笑，热情地迎接了我。

店里挤满了男女老——但唯独少了"少"的老男女。大家一边喝着啤酒、烧酒、日本酒，一边聊着天。我从开始常来这家店至今也不过9个月左右，但眼前的景象已经令我倍感亲切了。

我啜饮一口老板娘端上来的烧酒兑苏打。

角田美代子、阿正，以及其他一些角田家族的人们，过去都曾游荡在这附近。某家餐饮店的老板还给我展示过角田美代子留给他的名片。

角田 company
负责人 角田美代子

白底黑字，横版印刷的名片正中只写了公司名称、职位以及名字。其他作为办公室所在地的出租公寓地址、用来自住的分售公寓地址和电话号码，都写在角落。

美代子要用这个名片做些什么呢?

这是"正业"? 我脑中瞬间冒出这么一个词,但又立刻摇头否定自己。

虽然不是什么"角田 company",但"角田 family"的话,确实是角田美代子全权负责养活所有人。而跟随她超过 50 年的三枝子,是这个家族的"二掌柜"。

对于独裁、蛮横、根本不把别人的话听进耳朵里的美代子来说,三枝子是唯一能给她意见的人。这也并不意外。毕竟三枝子是说着"我的孩子就是姐姐的孩子",把自己辛苦怀胎 10 月生下的孩子拱手送给美代子的人。两人的关系可以说是深不可测。

在我采访那些认识美代子的人时,好几个接受采访的人都表示:"美代子不是不想生孩子,是体质决定她没法生孩子。"这个说法 Q 也认同。不过,她不能生育的情况究竟是先天的,还是因为在"新地"工作受到了影响? 不得而知。

美代子对孩子总是表现得极为宠爱,极为执着,这是事实。但和自己不亲的孩子就是另一回事了,不论孩子年纪有多小,美代子都会毫不手软地"制裁"。

美代子给瑠衣起的名字是"阿花",花朵的"花"。美代子未登记结婚的丈夫是赖太郎,她亲自给二儿子起的名字是"优太郎"。之后被她过继来的长子改名成了"健太郎"。美代子给自己的家人定义成"太郎和花子的一家"。

可事实上，比起普通家庭，美代子心中描绘的那幅"家庭图景"更像黑帮，人情义气比血缘更重要，组织里的老大就是"家长"，"孩子"必须绝对服从家长，等级极其森严。

为了维持这个自己亲手建立起来的、没有任何血缘关系的角田家族，美代子必须持续压榨外部那些拥有血缘关系的家族。她执拗地逼迫这些家人互相施暴，以此来提醒自己的角田家族成员，血缘是多么脆弱的东西。在攫取金钱的同时，她还得到了能让自己拥有绝对权力、稳坐君主宝座、凝聚力超强的"家人"。

然而，在这个美代子拥有绝对权力、稳坐君主宝座的"家族"之间，逐渐产生了裂隙。

我在前文中提过，家族中唯独三枝子能向美代子提意见。但这个"权利"也是相当有限的。美代子将管钱的权利给了三枝子，可面对日益膨胀的债务，三枝子却只能独自承担，无人可以倾诉。

事实上，三枝子还出于这一原因过度服药，自杀未遂。

导致她自杀的原因之一，正和优太郎拿去自己酒吧使用的那些美代子买给川村博之的高昂餐具有关。这笔费用对于角田家族来说，是相当大的一笔支出负担。美代子对这种事毫不在乎，一看到喜欢的东西立马买下。美代子一向不懂什么是节俭，也没人能管得了她。就这样债务不断增加，又找不到新的借钱对象，左右为难的三枝子实在忍不下去了，想到了自杀。

关于三枝子企图自杀一事，角田瑠衣是在被逮捕后才知道的。这也是她在审讯笔录中第一次批判美代子。瑠衣称美代子为"妈妈"，被捕后依然表达了对美代子的感谢，称美代子非常照顾自己。但同时她也倾吐过和美代子的诀别宣言，表示"妈妈不肯认罪，这让我好难过"，以及"希望妈妈能改过自新，如果她改变不了，那我想离开她自力更生"。

2012年10月上旬，三枝子自供，瑠衣也开始坦白自己至今犯下的罪行。同一时期，美代子得知自己被"家人"背叛，走向崩溃，最终自杀。

全面自供后，三枝子开始抄写经文。瑠衣表示："是三枝子阿姨给了我重拾正直的机会。作为孩子们的母亲，我希望能找回自己不再愧疚的心。"

三枝子将长年深埋内心中的所有秘密倾吐出来后，出现了失忆的状况。瑠衣也时常表现得十分暴躁。她们两人在精神方面都不够稳定。但接下来她们还需接受审判，必须面对无法逃避的现实，接受严苛的考验。

所有这一切，都令我再度感受到了美代子的罪孽之深。

且不说那些被害人，连美代子周围的人也都伤痕累累。美代子是令自己家人痛苦万状的元凶，可她却早早地独自逃离了现实世界。

听闻美代子自杀身亡，三枝子痛哭许久，随后说：

"如果是她自己选择了自杀，那她也太懦弱了。我本来希望她能上法庭好好说说的。"

美代子留下了四五本 A4 大小的日记。她在日记里写了自杀的理由：

"这次全是妈妈做错了，妈妈会负责的。"

她的字都是沿着笔记本的格子写的，非常工整严谨，可到了后半段又逐渐混乱起来。最后那部分只有潦草的大字"我要被警察杀掉了"。再后面的几页则被撕走。

究竟是谁撕走了剩下的几页呢？那几页上又写着什么呢？这些问题，至今成谜。

咔嗒。

空了的酒杯直接和冰块相撞。我又要了一杯烧酒兑苏打。

"对了一光先生，你下次什么时候来尼崎啊？"

老板娘问道。

"嗯……下次再出现美代子这样的大恶人，我会来的。"

"什么嘛，那你岂不是马上又能来了？"

"是啊是啊，马上……欸，那可不行啊。"

一边开着玩笑，我脑中一边冒出了迄今为止听到过很多次的那些话。

"其实，只有角田家族消失了不是吗？除此之外什么都没变啊。他们的同伙还都在，同样的事一定还有很多人在做……"

不单是我在文中反复提及的X，还有很多人是靠榨取低保费和老年人的钱财生活的。这些信息，连我这样一个外地人都已经掌握了，当局是不可能不知道的。可政府却选择放着不管，和这些渣滓如出一辙。

此前那些在杭濑街道上随处可见的媒体，现在（2013年夏天）已经不见了踪影。他们的兴趣早就跑去别的新闻上了。这大概也算一种"如出一辙"吧。

然而，与美代子等人相关的事件搜查还未结束，至今仍在进行中。不单是一些死者被再次列进"被谋杀"的名单中展开调查，对失踪人员的搜查也还在进行中。

皆吉（谷本）初代的妹妹桐山信子，至今下落不明。据初代的丈夫谷本丰先生表示："警方的意思是，她的生存和死亡的概率是一半一半。"

还有我从餐饮店店主那儿问到的安田先生。这位曾经在印刷公司上班的职员受到美代子的威胁，去向不明。我曾经尝试打探他的消息，但一无所获。

为了不让这些人被遗忘，需要有人坚持不懈地去追踪他们的消息。

"一光先生，一定要再来哦。"

两杯烧酒下肚，我在老板娘的告别声中离开。随后，我准备去拜访下一家店。

夜晚的街道漆黑寂静,我迈开了脚步。

文庫版補章
その後の「家族喰い」

文庫版增补
后来的"被寄生的家庭"

2016年初夏，我获得了一份资料。

那是一位 20 岁女性拼死想要留下来的、写满她曾经历的荒唐遭遇的记录。这份资料用绳子扎着，厚度大约有 3 厘米，按大学生笔记的体量来讲，也有六七本笔记的厚度了。那些记录在笔记本和便笺上的内容被复印到了纸上，总结在这份资料中。我的左手端着这份资料，感受着它的厚度与重量，右手一张一张地慢慢翻阅。

资料中有的文字写得很工整，有的却明显十分潦草。我不禁开始想象，她一字一句写下这些时，心里都在想着什么呢？

这份资料是仲岛茉莉子留下的笔记。美代子在 2003 年 2 月，率领一群人入侵了高松市的谷本家，后来虽返回尼崎一段时间，但没过多久再次带着一众人又回来了。直到同年 10 月，他们一众人一直住在谷本家，持续榨取着这家人。这份笔记就记录着当时的一些情况。将它交到我手里的谷本丰先生告诉我：

"这份笔记里写满了茉莉子当时的心情，我因为太痛心，无法读下去。而且，在这之前我没想过把这些内容展示给任何人看。但现在所有被逮捕者的一审判决已下，我希望能把茉莉子的悔恨之情传递出去……"

如我在前文中写到的那样，当时，茉莉子在高松市某家网络公司做设计工作，谷本丰先生经营了一家保险代理店，母亲初代和正在读高二的妹妹瑠衣也都生活得自在美满。

然而，自从美代子出现，谷本家的生活发生了巨变。关于当时的情况，茉莉子是这样写的：

遗书

至今为止，我满脑子都只想着自己，我一直在不择手段地利用身边的人，只为满足自己的欲望和想法。

面对他人时，我会在心里自动地把他们分成比我地位高的人和比我低贱的人。我对那些于我有利的人特别谄媚，拼命地黏着这个人，低三下四。而面对那些比我低贱的人，我会大摇大摆地使唤他们，挖苦他们。

我从没意识到自己做错了，也从没想过应该好好听听别人的想法。

我从未对他人做过些什么，但每当我做了些什么，我就拼命地想要索取回报。我满心觉得"我都做了这么多，凭什么不报答我"。

我对我的家人丰先生和瑠衣的态度都非常恶劣。为了让自己过得更好，我向他们索要金钱，像使唤用人一样使唤他们。我从来没在乎过他们的情绪，永远只在自己有需要的时候才想起他们。

（略）迄今为止，我一直都只爱自己，从没想过别的。我不知道因此伤害了多少人，又给多少人添了麻烦。可是这20年间，我从来没想过这些，如今再做什么也于事无补了。嘴上说再多，也赎不了我的罪。

我想以死谢罪，向我曾经伤害过的所有人道歉。真的很抱歉。还有，谢谢你们。我活着也只能让大家感到厌恶而已。

皆吉茉莉子

我要再次说明一下，此处的"皆吉"是茉莉子母亲的旧姓。美代子一众人在2003年3月，以丰先生和初代的离婚为条件，同意从高松撤离，返回尼崎。此后，茉莉子跟随母亲生活，在写笔记的时候也使用母亲的旧姓。

这封遗书究竟是被美代子强迫写下的，还是茉莉子主动写的，尚不确定。不过可以明显看出，她当时精神上已经遭受了极大的压力。

在继续梳理笔记内容前，我想把美代子一众入侵高松市谷本家的经纬，入侵后发生了什么事，再简单回顾一下。其中部分内容可能和前文的记录有重复，还请读者原谅。

初代出生于尼崎市，她有胜一、敏二两个哥哥，还有桐原信子这么一个妹妹。胜一的再婚对象带过来的孩子就是阿正——李正则。

胜一和美代子的丈夫东即郑赖太郎是发小，很早就认识了美代子，也是这层关系，阿正投靠了美代子。当时，胜一被大额欠款缠身，美代子表示会帮他承担一部分，后来美代子以此为理由，向皆吉家的亲戚们索要金钱。

2003年1月末，初代得知胜一因为借款把老家搞得鸡犬不宁，便赶了回去。皆吉家的所有亲戚都聚在了一起，美代子把他们骂得狗血淋头，称是他们这些亲戚的问题才让胜一债务缠身、让阿正品行不端的。她又进一步要求初代把阿正领回家，教导阿正重新做人。初代虽然坚持拒绝了这种要求，可美代子最终还是逼迫她同意了。然而，这一切只不过是美代子计划好的圈套。

阿正来到谷本家之后，每次都以美代子的电话为信号开始发疯闹事。他会光着膀子露出文身，大声吵嚷着"给我买酒""带我去买春"，旁若无人。没过几天，丈夫丰先生就向美代子哭诉阿正的所作所为，请求她把阿正领回去。

于是，美代子领着皆吉家三代共计5人，入侵了谷本家。

美代子责备皆吉家众人不愿互相扶持，逼迫皆吉家众人商讨胜一和阿正问题的解决方法。她唯独宠爱谷本家的小女儿瑠衣，总把她带在身边。瑠衣当时年仅17岁，她从一个青春期少女的角度看到的一切家庭内的问题，都在美代子的询问下诚实地吐露了出来。美代子也依据瑠衣提供的信息找准责骂谷本家家人的角度，连日强逼皆吉家和谷本家两边的亲戚坐在一起召开家族会议。

在家庭会议上，美代子会限制与会者的饮食、睡眠。关于以上这一系列过程，都在2015年10月神户市地方法院第一次公审时，由被告人瑠衣做出了以下说明：

律　师：围绕李正则（阿正）的话题，后来是如何发展下去的？

瑠　衣：她说母亲性格不好，在高松的生活态度不行，多亏自己才把阿正的性情纠正了过来。

律　师：逼你们正坐的时候，美代子是怎么说的？

瑠　衣：她说："我讲这么严肃的事，你们至少得正坐听吧？"一旦正坐过一次，后面就很难打破这个感觉了。

律　师：饮食的限制呢？

瑠　衣：一开始，到时间了我母亲就会起身去做饭，结果美代子见了大骂："话没说完，谁准你吃饭了？"再也没人敢说要去吃饭了。只能等美代子下令："现在可以吃了。"我们先和她道谢，再去吃饭。后来逐渐习惯由美代子赏赐我们食物吃了。

律　师：限制你们睡眠时间的时候，她是怎么说的？
瑠　衣：我们觉得差不多该睡觉了，就躺了下来，结果她突然破门而入说："谁让你们睡了？""事情聊清楚了吗？"渐渐地大家互相打起小报告，互相监视，看谁最先睡了。

美代子不单用语言苛责，用暴力威胁，还会限制他人的饮食和睡眠，被这种限制搞得意识开始模糊的皆吉家、谷本家众人逐渐惊恐，担心"下一个挨骂的说不定会是我"。美代子通过这种恐惧，构筑起了一种支配关系。

关于她实际做出的暴力行为，在前述公审中瑠衣是这样证实的：

律　师：让家人之间互相施暴时，美代子是怎么说的？
瑠　衣：一般都是她突然暴怒插手，嚷着："你们光在边上听都不生气吗？要是我的话，一拳就打下去了！好好把家人揍一顿，让他后悔，让他求你原谅，这才是成年人的解决方法吧。"她就这样说，煽动暴力逐渐升级。
律　师：你也对家人施过暴吗？
瑠　衣：有过。2月的时候我打了胜一舅舅。5月的时候我打了爸爸，夏天的时候打了妈妈。
律　师：你是怎么打他们的？
瑠　衣：大多是我自己很生气，所以动手了。我会大喊："受够

了！"一巴掌打下去……我对父母下手更重。

瑠衣说着，摆出挥手打人耳光的动作。就这样，美代子会不断地揪出一个目标，找出问题来指责，并且煽动亲戚们去责备她针对的那个人，亲戚间的暴力愈演愈烈。

2003年3月，美代子一众人回到了尼崎，初代等人的母亲皆吉典惨遭虐待身亡。主要虐待皆吉典的是她的儿子胜一（胜一在众人离开高松市前逃跑）、女儿信子，还有胜一的儿子，也就是阿正同母异父的兄弟田中克也（化名）等（所有人犯下的加害致死罪皆因时效问题，以不起诉结案）。

在美代子的指示下，皆吉典的尸体被遗弃在了高松市某个放置农机器械的小屋子里。紧接着克也逃走，从美代子等人的眼前消失了。

到了5月，美代子一众人再度回到高松市谷本家，持续恐吓、威胁谷本丰先生家的亲戚们，抢夺了大量的金钱。

在此期间，以谷本丰先生为主的谷本家亲戚们曾多次向警方求助,相关内容记录于2013年香川县警察局发布的《针对"尼崎市涉及多数被害者的杀人、尸体遗弃事件"相关人员，本县警察局所采取的应对措施得出的调查结果以及此后的处理》报告中。该文件记录了4月26日、4月28日，谷本丰先生的亲戚们向警方报案的细节（部分节选）：

Ａ（丰先生）因为债务问题和亲戚产生纠纷，C（丰先生亲戚）等人被 A 喊去了自己家，被一个叫"东"（美代子）的女人和一个叫"阿正"的男人逼迫着正坐长达 7 个半小时，开会商讨。"东"威胁他们"我要放火烧了你家""看到你们的模样，真忍不住想宰了你们"，他们还曾被"阿正"伸腿踹过肩膀。

关于这次报警，负责接待的警员联系了丰先生并"警告"他，以后如果他的说法被认定成违法案件，那么警方应该会予以处理。然而，美代子也有策略防止警方插手。同报告书中，关于警员也有一处注释"警告"，写了如下内容：

> 4 月 27 日天未亮，A 的两个女儿、A 的妻子来到警察局（文中为实名），就警方的上述回应方式提出抗议。

该文书虽未记录具体的抗议内容，但应该是美代子让茉莉子和瑠衣以及皆吉家的某些亲戚去了警察局，强调他们的纠纷不过是亲戚间的小打小闹。美代子就是这样滥用"警方不介入民事纠纷"的原则，妨碍警方插手。与此同时我们也能看出，美代子在寥寥数月间，将谷本家、皆吉家的所有人都逼得不得不屈服于她的淫威。

在美代子一众人入侵谷本家的半年后，也就是 8 月下旬，丰先生帮助初代和茉莉子逃跑。茉莉子被角田家族发现，带了回去，初代逃亡成功。事实上，自8月中旬起，不只初代一人被迫光着身子惨遭泼水等密集的虐待，丰先生也每天都忍受着反复的虐待。她们的逃亡正是在遭受虐待最猛烈的时间内发生的。

初代成功逃亡后，美代子盛怒之下，命令茉莉子、瑠衣、丰先生的哥哥裕二对丰先生施加更暴力且疯狂的虐待。

很快，9月12日，茉莉子被找上门来讨债的人吓到，向警方报案，丰先生和债权人一同被带去了高松东警察局问话。丰先生在警察局讲清了前因后果，警方也将他全身的伤痕拍照取证，但拒绝保护丰先生。在该警察局一名警员的建议下，丰先生等太阳落山后，从警察局后门逃跑了。关于丰先生当时的受伤情况，前述香川县警察局发布的文书记载道：

裤子的胯下部分有斑点血痕，此外，还可见双耳肿胀、左耳破裂伤、左上臂皮下出血等。

到这一时期，角田家族已经从谷本家及其亲戚手中夺走了约2000万日元。丰先生逃走后，美代子、阿正等人，以及谷本家的茉莉子、瑠衣、裕二，皆吉家的敏二、信子，仍住在高松市的谷本家。

在这段时间里，茉莉子集中留下了很多笔记，从她的文字中看得出她承受了难以想象的压力。

9月21日她写了题为"昨天,东女士对我说了一些话"的日记,记录了美代子的一部分言论。

> 她说我欺负瑠衣。她说我的态度很不可一世。她说我从来没认真地生气,永远只是摆个样子。她说我总是墙头草一样变来变去。她说我总躲在别人看不到的地方使坏。她说我明明脑子笨还假装聪明。她说我从来不肯主动改正。她说我不够认真。她说我蠢。她说我光耍嘴皮子。她说就算今天跟我说了这么多,以为明天我会改,但到了明天我也还是没有任何改变。她说我做什么都坚持不下去。她说我没长劲儿。她说我没出息。她说我冷漠。她说我傻。她说我没有任何优点。她说我只会睡觉。她说:"现在是睡觉的时候吗?"她说:"你那么缺觉吗?"她说我满脑子只有利用别人。她说我厚脸皮。她说这个世界根本没我想的那么单纯。

在同一篇笔记的背面,写着针对美代子上述指责(辱骂),接下来自己具体应该怎么做。在写了一些自己不该给周围人添那么多麻烦的反省文字中,还有一句非常令人吃惊的话:

> 之前就一直在说的卖淫工作,是我主动选择的一条

路。我觉得这是唯一的一条路，其他工作我根本不考虑。既然要走这条路，那我一定要做到最专业。

对这句话的理解，恐怕只能遵循它的字面意思了。写下这句话时，茉莉子可能心意已决。美代子一众人浩浩荡荡入侵这一家后的7个月里，茉莉子的价值观每一天都在遭受否定，她本人也一直遭受虐待。根据我之前的采访可知，美代子判断自己支配下的女性对自己有多忠诚的标准，就是看她们愿不愿意为了自己去卖淫。在受虐的恐惧中，茉莉子揣测着美代子的情绪，最后决定主动站出来去卖淫。这个解释可能比较合理。而仿佛要证实我的这一猜测般，同一张纸上还有一段她写给美代子的话：

> 我给东女士您添了很多麻烦，我背叛过您，您对我这么好，我却没有感谢您。我对您撒谎，我丝毫不值得被信任。所有人都厌恶我。这些都是我一手造成的。您为了让我变得更好，为了让我生活得更好，给了我数不清的机会，数不清的帮助。可是都被我毁掉了，造成了无法挽回的后果。接下来，我想好好工作，我想尽力帮助大家。可是，凭我现在这个样子什么都做不到，请您带我一起走吧（去尼崎），我想把自己的生活全交由您支配。虽然我也知道，仅靠这些是不可能得到您的原

谅的。

或许，茉莉子只是表面上"假装"和美代子一心，实际是想暗中赌上一把活下去的可能性。同年9月21日那天，她在另一张纸上写下了一些言辞悲怆的文字，她的真实想法由此可见一斑。

> 我想追随东女士。目前，皆吉家面临着很严峻的问题，我没办法独自处理。我虽然嘴上说着要工作、要工作，可是迄今为止，我一直都靠依赖别人活着，根本没办法独当一面。虽然这样很自私，但我只能拼命求您了。
>
> 我虽然笨手笨脚，又总是让您失望，但我真的希望能改正自己。我想活下去，一点点成长为一个能帮助到大家的人。
>
> 在我眼里，丰和初代不是我的父母。我也从没想过要依靠他们。他们毫不负责，逃跑了。我根本不在乎他们，我恨他们，盼着他们去死。初代说了，没有丰，我就是下一个冤大头。我被喷枪烧伤，头发都烧焦了，她还说看我这样子她真开心。不单是我，她还妒忌别人。听到这些，我真的好恨她。满脑子只有赖着别人生活的家伙有多肮脏，我现在终于懂了。我不想变成那副样子。
>
> （略）我没有什么长性，只会动嘴皮子，但只要让

我活下去，我什么都愿意做。

角田美代子蹂躏、侵蚀他人的家庭，茉莉子正深陷美代子惨无人道的破坏行为的"台风眼"里。而且，她的这种处境还将持续下去。

※

茉莉子留下的笔记里还有以下内容：

9月28日（星期日）
10：00 打开电视，信子阿姨正坐着，低着头。
12：00 裕二伯父躺着看电视。信子阿姨没变化。裕二伯父很客气，说了声"不好意思"。
13：00 吃午饭，关电视。
14：10 裕二伯父打盹儿。
14：37 信子阿姨去洗脸池边洗内衣。
17：00 信子阿姨不时地叹气。

初代和丰先生逃走后，美代子和角田家族依然霸占在谷本家。茉莉子则一五一十地把裕二和信子的状态记得清清楚楚。信子被强迫一直正坐，裕二却比较放松。从这种表述看

得出,信子应该在接受某种惩罚。还有一天的笔记是这样的:

10月1日(星期三)

13:13 信子阿姨去了厕所,她没有挡着胸口,就那么大大方方地走来走去。

13:30 裕二伯父躺着看电视,信子阿姨侧身坐着,凝视地板。

15:30 信子阿姨坐着的时候,一直用胳膊遮着胸。

16:30 裕二伯父坐起身,一会儿正坐着,一会儿又换成盘腿坐着。大家都不说话。信子阿姨依然用胳膊遮着胸。不时会闭上眼。

18:17 大家都回来了。

读过这些文字后,我推测信子当时至少是裸露上半身的状态。信子曾经逃跑过,所以美代子反复虐待她,让她全裸身子,强迫她在亲戚面前进行一些性行为。美代子就是这样打碎对方的自尊心的。

而且就在这个时期,被美代子逼迫着到处找金融机构以及朋友借钱的丰先生逃走了,债权人开始不断地给谷本家打电话催债,茉莉子把这些内容也一五一十地记录了下来。

比如,10月6日的笔记如下:

* 8点35分 陌生号码

* 9点55分 信用销售公司A（笔记上写了公司和责任人的实名，以下相同）

* 10点40分 信用销售公司C

* 12点05分 陌生号码

* 12点30分 信用销售公司N

* 12点41分 陌生号码

* 19点24分 消费者金融机构T

* 19点49分 陌生号码

美代子还让茉莉子写下了该如何应对催款。

电话催债的应对

* 紧咬我不是丰本人、我和他无关、我不知道这三点。

* 关于钱，回答"我不会付钱""我没钱"。

* 如果是电话催促，那就想办法赶快挂断。一定要确认好对方的名字和所在机构，然后说一声"那我先挂了"，强行挂断电话。

* 记住,无须回答"你见过丰吗"或"xx你认识吗"一类的问题。

在这个时期，美代子一众人基本没什么办法再从谷本家的亲戚那儿弄到钱了。但美代子他们却没有马上返回尼崎，原因和同样住在谷本家地界内另外一栋房子的、丰先生时年 90 岁的父亲武雄（化名）有关。谷本家做了借款担保，所以家宅不可避免地会被拍卖。在此之前，美代子想把碍事的武雄送进敬老院。

这年 3 月，初代和信子的母亲——皆吉典，已经在尼崎市被美代子虐待致死。可武雄为何幸免于难呢？因为当时皆吉家和谷本家的状况并不相同。

皆吉家以初代为首，皆吉典的 4 个子女全部受美代子的控制，而谷本武雄先生的孩子之中，只有丰先生和裕二先生受到控制，他们的哥哥姐姐，以及居住在关东地区的弟弟，都距离美代子很远。他们的姐夫还咨询过律师。所以，美代子虽然觉得武雄很碍眼，但也知道杀害他的风险太大了。

在美代子的授意下，裕二说服了不情愿的武雄，让他搬去了敬老院。这个说服的过程也被茉莉子记录了下来。

武雄：大家都在，我就不担心吃饭的问题。你们什么都不做也没关系的，我自己一个人住也没问题。反正我不去敬老院。死都不去。

裕二：那丰做的事要怎么办啊！

武雄：等丰回来，我跟他一起道歉。我也觉得他做得不对，但谁会恨自己的小孩啊。

裕二：那种家伙，我觉得他死了更好。

武雄：可他是我儿子，我没法恨，我恨不起来啊！我还是很疼他啊。

裕二：你不知道丰是个什么货色吗？

武雄：我替他道歉……可我不恨他。（被裕二殴打。）我谁也不恨。我实在不会恨人。

裕二：敬老院哪儿不好了，为什么不去！

武雄：要是每天早晚看不到你妈妈的牌位，我会很难过的。我得守着牌位。所以我不喜欢敬老院，我不想去。别再逼我了！

裕二：我怎么说你都不听是吧？

武雄：我不管。反正你怎么说都一样，我死都不会去的。除非我死了！

最终，武雄还是被送进了敬老院。美代子一众则于10月6日带着茉莉子、裕二、信子等人返回尼崎。很快，10月中旬，信子突然消失无踪。翌年，也就是2004年1月中旬，裕二被美代子一众虐待致死。

另一边，美代子一众被逮捕后，住在高松市敬老院的武雄和儿子丰先生团聚，2015年7月，武雄于香川县绫川町去世，享年102岁。

※

当初被带回尼崎市的时候，茉莉子她们具体过着什么样的生活，相关信息非常少。从瑠衣在公审中接受被告提问时的回答，能窥见一些片段。

瑠　衣：美代子把我惹人厌、让人恼火的内容灌输给姐姐，姐姐听了就反复放大那些事，对我发了不知多少次火。我和姐姐就这样针锋相对起来了。
律　师：美代子是如何煽动你姐姐的？
瑠　衣：（略）姐姐被带去皆吉家的时候过得非常痛苦，于是美代子就告诉她："（瑠衣）根本就没考虑过你的感受。她在我这边过得别提多开心了。我觉得她这个人真是可怕得很。"还有"皆吉家就数你最肮脏，最容易得意忘形，那就摇着尾巴巴结我们吧""你光想着自己，真是个脏东西"什么的。
律　师：（听到美代子这么说）你姐姐也只是嘴上说说你而已吗？
瑠　衣：我是一边被她说一边挨打。她说教的时候，还会打我巴掌，挥拳或直接扇我的脸和耳朵，一直一直在揍我。

美代子煽动茉莉子和瑠衣之间的对立，切断了两人之间的感情。此外，在其他问题的询问中，瑠衣还提过"和茉莉子一起正坐"的内容,这也证明她们两人其实都遭受了虐待。

茉莉子在 2004 年早些时候就从尼崎的美代子处逃跑了。此处的"早些时候"听上去比较模糊,这是因为在审判中依然无法确定具体的时间。不过,正如本书第十章所述,逃亡中的茉莉子在当年 3 月,在大阪府下辖的京阪电铁沿线某区域认识了齐藤真纪。茉莉子做的是当日结钱的陪酒工作,在这家店工作了 2 年 9 个月后,2006 年 12 月,因为要更新驾照,她去了兵库县明石更新中心参加讲习。结果被角田家族发现并带走,再度堕入受难的地狱之中。

茉莉子被带回来时,尼崎的角田家中还住着桥本次郎,以及他逃亡东京时认识的仲岛康司。

仲岛是在 2006 年 3 月被邀请从东京来到尼崎的。到了 8 月末,他成为角田家族的一员,彻底过上了集体生活。茉莉子回来后没多久,美代子就说:

"阿康,茉莉子,你们在一起吧,如何?"

这是一道命令。她根本不在乎当事人的想法,拒绝她就等于忤逆。一开始仲岛打算拒绝到底,可在美代子的逼迫下,两人还是交往了。到了这个阶段,茉莉子已经彻底丧失了抵抗美代子的力气,对她言听计从。

很快,美代子开始催促仲岛和茉莉子结婚,还指定了结婚日期。两人按她的要求,于 2007 年 2 月 7 日登记结婚。美代子为此非常高兴,还说:"这么一来,阿康也是一家人了。"

在此之前的1月11日，美代子户籍上的孩子——优太郎，就已经和瑠衣登记结婚了。也就是说，美代子通过谷本家的两个女儿，成为仲岛康司户籍上的亲戚。

如此"安稳"的生活也只到4月上旬为止。茉莉子逃亡时的生活状况一点点浮出水面，美代子又开始虐待茉莉子。

起因是茉莉子手机里的信息，还有写在社交网络上的博客（记录）。美代子通过这些得知她在逃亡时做过陪酒女，去过东京迪士尼乐园，甚至还交过男朋友。

美代子认为茉莉子的过往是给撮合她和仲岛康司结婚的自己丢脸，大为光火，开始对茉莉子施暴。在此过程中，仲岛试图维护茉莉子，反而进一步激怒了美代子。她逼迫茉莉子去说辱骂仲岛的话，让她对仲岛施暴。美代子煽动两人对立，让他们彼此猜忌，互相打对方的小报告，说对方的坏话。然后再集中攻击被认为"做错"的一方。

另外，此时角田家族的生活处在比较优渥的状态中，但因为大家住在一起，他们两人很难过上夫妻生活，于是美代子每个月会给他们1万日元，说："你俩是夫妻，去外面开个房过一晚吧。"主动送他们出门，以此维护（管理）他们的夫妻生活。

2007年12月，逃至和歌山县、在某家包吃住的旅馆打工的初代被角田家族发现，带了回去。初代在翌年1月中旬成为美代子的虐待目标，她被迫全裸站在室内，美代子还命令茉莉子殴打初代。3月，阿正猛烈地击打初代的头部，导致其出现急性硬膜下血肿，被送去了医院（2009年6月死亡）。

初代住院，美代子的虐待对象再次变成茉莉子，而且虐待手段再度升级，甚至用到了高压瓦斯罐和工业用的强力洗衣夹，残虐性更高。在茉莉子第二次逃跑后，美代子也使用了这些道具。在2015年9月开庭的被告人问询中，阿正解释了这些道具的使用方法。

检察官：用洗衣夹进行虐待了吗？
阿　正：有。用的是比一般洗衣夹力量更强的东西。是我和仲岛偷来的。夹子夹在茉莉子的脸颊、耳垂、眼皮、嘴唇、上臂等皮肤比较薄的地方，然后再用力拉扯。

2008年6月，美代子把仲岛和茉莉子带去家附近的公园，要他们"好好讨论一下接下来要怎么做，给我个答复"。结果两人瞅准间隙逃跑了。他们风餐露宿，靠徒步和逃票乘坐电车的方式，花了好几天的时间抵达东京，在仲岛朋友夫妻家躲着。后来，他们又在朋友的帮助下，逃去了仲岛的故乡冲绳。

然而，围绕他们的天罗地网也在暗暗收紧。美代子将仲岛住在冲绳的哥哥喊来了尼崎，恐吓他收拾烂摊子，还逼迫他报警提交搜索令。很快，美代子得知这两人跑去了冲绳，于是带领阿正和健太郎一同前往冲绳。这时，仲岛也注意到了美代子的动向，催促茉莉子独自逃跑。可茉莉子却说："没关系的，我和阿康在一起。"听上去似乎已经做好了准备。

2008年7月，两人被再度带回尼崎，直接关进了监禁小屋，遭受前所未有的惨烈虐待。两个月后，仲岛得到美代子的允许，走出了监禁小屋。但茉莉子没有得到允许。她的体重跌至30公斤，极度衰弱，12月，茉莉子如枯叶般殒命。

后来在公审时，作为证人出庭的仲岛如此描述当时的情况：

"我从外面回来，美代子就把（监禁小屋的）录像给我看。茉莉子仰面躺着，已经死了。美代子说：'她已经死了。'我和阿正把她的尸体卷了起来。她瘦得只剩皮包骨了。"

※

"真抱歉，我一直没什么时间。"

身穿衬衫和西装的男性缩着肩膀，低头道歉。

在北陆地区某市的某家酒店大堂与我见面的这位男性，就是阿正同母异父的弟弟，田中克也。

受访时，田中先生的年纪是36岁。2003年3月，他的祖母皆吉典在美代子的命令下受虐身亡，此后，田中克也逃离了这种强迫的集体生活。后来事件曝光，他也在2014年和其他亲戚一起因加害皆吉典致死的罪名送检方处理。但出于时效原因，最后以不起诉结案。克也在逃亡过程中更换了好几处地点，现在在远离家乡的地方生活着。

"您怎么称呼阿正呢？"

我按开录音笔，最先问了这样一个问题。

"我喊他'哥哥'……"

皆吉典的长子，也就是当时在公立小学做校务的皆吉胜一，和阿正的亲生母亲、经营小酒馆的李律子再婚，克也是他们两人的孩子。他和阿正相差6岁，一直到1996年父母离婚，他都和阿正生活在一起。

"中学毕业那年父母离婚了，在那之前，家里随处可见致幻水和毒品注射器一类的东西。"

经常使用这些东西的是阿正。1993年阿正从爱知县的高中毕业，入职了本地的兵库县尼崎市某大型金属公司。1995年，因为父母的借款问题，债权人全跑来他就职的公司要债，阿正被迫离职。后来他就堕落了。我把从知道情况的亲戚那里听到的这些内容告诉了克也，对方点了点头，又补充道：

"他那个人本来也比较任性不服管，但后来（离职后）他的情况就彻底变了。"

从金属公司辞职后，阿正先是在1996年9月偷走了朋友的摩托车，因盗窃嫌疑被捕。后来又在1997年3月因无照驾驶，违反交通法被拘捕。两个月后的5月，他又因触犯毒品取缔法遭逮捕。同年8月获刑1年6个月，缓刑3年执行。可仅仅过了两个月，10月，阿正再次因无照驾驶遭逮捕，而且毒品尿检是阳性，又因触犯毒品取缔法再度遭逮捕。从1997年12月起，他于奈良县的监狱服刑超过两年。

话题回到克也身上。父母离婚后，克也和父亲胜一生活在尼崎市。1999年，克也高中毕业后靠打工生活。不过2000年，克也想读大学，于是努力学习，2001年4月，克也考入了大阪府内某大学的音乐系。

"高中时我在管弦乐队负责管乐，我想好好学习这个乐器，所以去读了大学。在此之前很早的时候，哥哥就不回家了，父母离婚后我也很少见到母亲。"

在克也进入大学的那一年，他的父亲胜一和发小郑赖太郎再会，郑赖太郎将妻子美代子介绍给了胜一。阿正因为前一年的无照驾驶被判3个月的实刑。从9月到12月，他一直在大阪府内的监狱服刑。在此期间，他的女友生下了他们的孩子，他一出狱就和女友结婚了。

2002年伊始，胜一和美代子一众住到了一起。另一边，律子因触犯毒品取缔法被逮捕，入狱服刑。同年6月，继胜一后，阿正也抛妻弃子和美代子一众住到了一起。克也说：

"父亲跑去阿姨（美代子）家住，哥哥也开始频繁出入那边。我想一定是我爸介绍他们俩认识的。"

每次去角田家族居住的地方都有的吃,还有零花钱拿。阿正逐渐不愿工作,每天都在角田家待着。我问克也,在他看来,阿正和角田美代子之间是什么样的关系。

"(阿正)特别依赖她(美代子)的那种感觉吧。他特别希望阿姨能喜欢自己,特别仰慕阿姨。可能是因为除了阿姨,从来没有人好好照顾过他吧……所以,阿姨会用那种'我都是为你好'的感觉对哥哥发火,又会哄他高兴,哥哥很吃这套。就……很像狗狗亲近主人的感觉。"

很快,阿正的妻子无法忍受丈夫一天到晚泡在角田家,带着孩子去了外县,投奔亲戚了。美代子就计划让阿正和妻子离婚,继而将他变成自己的"暴力工具人"。她跑去阿正妻子的老家,直接发起谈判,要求二人离婚。那一时期的阿正是什么样子的,克也也有目睹。

"阿姨说,(哥哥)又混黑道又吸毒,孩子太可怜了。但哥哥当时挥着菜刀,说如果让他离婚,他就去死。"

但阿正最终还是和妻子离了婚,成了美代子的手下。几乎在同一时期,克也从大学退学,被父亲拉去了角田家。

"刚开始他们对我特别客气。虽然我和父亲还有哥哥3个人睡在一起,但阿姨每天都会请我们吃饭。阿姨给我一种跟着她准错不了的感觉。她好像什么都知道,而且很有钱,无所不能。她就是给人这种印象。那个房子里除了我家,还住了将近10个人。"

美代子每天都会为这个集体亲自下厨,大家都称赞她做得"相当美味"。她还会很亲昵地称呼大型暴力团的老大是"阿x",还吹嘘自己多么有钱有势。但那个认识暴力团老大的事情其实是假的,她说的话大多出于虚荣心。克也继续道:

"我听说过好几次,说赖太郎叔叔曾经躺在铺着成捆万元钞票的床上。据说要铺满那个床,得要3亿日元的钞票捆。还听说拉开三枝子阿姨房间的抽屉,里面满满当当的都是钱。"

2002年11月,原本应该在翌年3月从校务一职退休的胜一,在美代子的催促下提前离职,得到了大约1700万日元的离职金。其中大约1100万都交到了美代子的手上。

美代子正在筹备着某个计划。她要利用胜一的债务问题,先表示出自己会代他偿还的意思,再把他的亲戚们全部卷进来要钱。美代子先把胜一老家——皆吉家的亲戚都聚到了一起。最开始的目标是胜一的小妹妹,过继给兵库县神户市桐原家做养女的桐原信子。克也作为当事人之一也在场。

"阿姨(美代子)责备他们,说我父亲'之所以欠了一屁股债,全是你们的错',还说:'凭什么让我这个毫无血缘关系的外人如此费心啊?你们作为他的亲人,怎么就这么无动于衷?'然后又说:'你们自己商量吧。'强迫一家人彻夜商讨。"

商量的结果是由信子凑齐现金400万日元,交给美代子。然后美代子的下一个目标落到了信子的姐姐——初代身上。

关于美代子通过初代入侵谷本家这件事,我们一直以来获得的信息都是美代子逼迫初代,导致她不得已接受阿正登堂入室。但克也的记忆却略有出入。

"阿姨说,哥哥之所以性情大变,都是'因为你们对他太冷漠'。她还挑衅道:'这孩子只有我能管得了,你们都没能力。'初代姑姑有点气不过,就说:'既然如此,那我们可以带回去管教。'"

无论怎样,住进谷本家的阿正每次都以美代子的电话为信号,动不动就发疯。丰先生也无奈表示:"我们家留不下他。"美代子等来这句话,立刻于2003年2月领着皆吉家众人入侵了谷本家。克也也在这群人中。

"说实话,我到了那边也没什么容身之地。阿姨说:'你压根儿不算皆吉家的人。'但她也不允许我在她房间待着。在高松的时候,我负责给阿姨传话,她说了什么,我就转告给皆吉家和谷本家。茉莉子也和我一样是传话的。"

克也独自住在谷本家二楼的一个房间。一楼住着美代子和皆吉家的亲戚们,二楼的其他房间住着谷本一家。但没过多久,谷本家的瑠衣就去一楼睡了。很快,初代和茉莉子也被喊去了一楼。二楼就只剩丰先生了。

在之前的采访中我们了解到:角田家族入侵谷本家后,

不顾冬季严寒，逼迫高龄老人皆吉典在走廊上正坐，还对她施加暴力，限制饮食。关于这些虐待情况，我也询问了克也，他垂着头回答：

"刚到高松的时候，还没有出现暴力情况，这些都是从中后期开始出现的。阿姨说都是祖母惯坏了父亲，祖母要负责。还说祖母总和周围人说闲话，和邻居有肉体关系，骂她都这把年纪了还不知检点。"

我问："是谁施暴呢？"

"所有人，包括我在内，都对她施暴过……"

"美代子是怎么煽动你们去做的？"

"就是会说'还是得自己家人动手让她搞明白状况'，或者'家人不亲手揍她，还有谁能收拾她'一类的……"

"那是谁先动的手呢？"

"……我比较多，然后……哥哥也会……"

他的声音越来越低，最终彻底无声，我们之间被巨大的沉默支配着。

据克也所说，对皆吉典的暴力行为不单有扇巴掌，还有挥拳击打头部。皆吉典的女儿初代和外孙女茉莉子也会加入暴力行为之中。

"如今再回想，您觉得当时出于什么样的心理状态才做了那种事呢？"

"我当然觉得自己当时那样子殴打他人，实在太过分了。

但，怎么说呢……的确也被逼到了绝境吧。她给人一种必须那么做才行，必须那样做才能取悦她，没有第二条路可以走的感觉……"

克也说出这段话的时候，看上去十分软弱。在我看来，他的性格和他当时的暴力举动简直像两个极端。可如此软弱的克也竟然也变成了那副模样，看来美代子的存在的确给人带来极强的心理压力。这压力不单克也感受到了，初代和茉莉子也一样感受到了。

"祖母一直遭受殴打，不断地、反复地遭受暴力。等准备从高松回尼崎的时候，她已经没法靠自己站起来了，我记得当时是我把她抱上车的。到了尼崎，皆吉一家被喊去了阿姨的某个公寓房里，有时候阿姨也会跑去，让我们殴打祖母。还会提醒'别光摆样子''要打就给我认真点'。我一边殴打她，一边也开始想：得揍到她懂事，揍到她反省……"

2003年3月，角田家族准备暂时离开高松市，胜一先生就是趁这个时候逃走的。也正是这段时间，皆吉典在搬回尼崎不久后死亡。当时过着集体生活的有克也和阿正，还有敏二、初代、信子、茉莉子和瑠衣。我问克也：

"皆吉典女士去世的事情，是谁最先发现的？"

"可能是信子姑姑或者初代姑姑吧，她们中的一个人。具体时间我也不清楚。但我记得祖母在去世前就一直打呼噜，状态也变得非常奇怪……而且她在此之前就要去厕所，但想动又动弹不了……我当时抓着她的衣服前襟,摇晃着吼她:'别装了!'过了一阵子,她卧床不起,然后一直打呼噜……"

"得知皆吉典女士去世,您是怎么想的呢?"

"我没有任何感觉……"

克也表情没有任何变化,快速地回道,紧接着他又说:

"当时根本不是'人死了好难过'的情况。在那个房间里,初代姑姑、信子姑姑还有茉莉子都哭了……但难过得哭起来的只有她们3人而已。"

他们立刻将皆吉典的死亡告知了美代子。

"她来房间确认祖母死亡后就开始念叨:'好脏,脏死了。'……尸体会漏出粪便,把地毯都弄脏了。她就一直念叨:'脏死了,快收拾,快收拾。'"

皆吉典的尸体被遗弃在高松市谷本家的农机器械小屋里。这也是美代子下的命令。

"她先是问我们:'要怎么办?'又问:'有人去报警吗?''如果有人愿意把罪扛下来,就去报警吧。'又说:'谁要去报警,那明天早上一整版的报纸就都是你了。谁有这个觉悟,谁就去吧。'没有任何人说话,大家都很沉默。于是阿姨开始发号施令,要把尸体扔到高松的什么地方,我不知道要扔哪儿,也不知道该怎么做,但被点名成要做这些的成员之一。"

美代子选择的抛尸成员有克也、阿正和敏二。他们用地毯卷起皆吉典的尸体，将她抬上厢型车。头两三天，几个人一直在尼崎市转悠，后来将尸体运去了高松市。

"阿姨通过电话指示我哥，我和敏二叔叔负责搬运。一开始我们挖了个两米深的洞，把尸体放进去再盖上土。然后浇上一层水泥，再往水泥上盖一层土。"

丢掉皆吉典尸体后又过了两个月，5月份，克也逃离了和皆吉一家共同生活的兵库县伊丹市文化住宅。

"我趁大家出去工作，骑上自行车，翻过了大阪箕面的山，向京都骑过去。中途我借用路人的手机，给我住在奈良的大学同学打了电话，去找了他。"

克也现在说得比较轻松，但实际上他是3天后才见到朋友的。在此之前，他整整3天粒米未进。

"我之前借了乐器给朋友，我就把他还我的乐器拿去兵库县的乐器店卖掉了，换了15万日元的现金。拿着钱，我想先往北去，于是坐电车去了岐阜的奥飞騨，找了一家包住宿的旅馆打工。我在那儿一待就是6年半。"

自那以后，克也又换过几份工作，然后才在现在的地方稳定下来。

"一开始我觉得他们一定会追过来，所以根本不敢迁户籍。可是过了5年我就想，算了，真要来就来吧，索性迁了户籍。到了2012年,警察打电话到我公司,说阿姨被逮捕，我才总算放下心来。"

话虽如此，美代子的逮捕并不能让克也摆脱过去对他的诅咒。他接下来的这番话让我深切地感受到了这一点。

"往后我也不准备结婚，不准备有子女。我觉得自己的血很肮脏。说到底，我都是杀了人的，不是吗？阿姨也经常这么说，她说我的血很脏。虽然她说过的其他话我没什么认同感，但这句话我是认同的……"

在美代子打造的角田家族中，即便是户籍上的家人，也没有一个人和她有血缘关系。美代子忌讳、厌恶血缘关系，克也却曲解了她话里的意思。这番曲解是多么痛苦，又是多么悲伤啊。

※

角田家族的金库掌管人——后获有期徒刑21年的三枝子，于2012年8月因盗窃皆吉胜一退休金的嫌疑遭逮捕前，她一直负责管理角田家族的财务支出。

如正文第十二章中的记录，角田家族的人面对警察的审讯原本个个讳莫如深，可在被捕两个月后，角田三枝子开始供述事实，警方于尼崎市梶岛的皆吉家地板下发现了3具尸体，这起连续杀人案因此曝光。长年隐藏于黑暗中的"尼崎连续离奇死亡事件"终于出现在光天化日之下。

从公审中我们得知，10月10日，神户市地方法院尼崎分部的那场关于退休金盗窃事件的初次审讯，成了1天后三枝子开始供述的契机。被捕后，三枝子第一次在法庭上见到瑠衣。虽然此前那么多年都努力压抑着情感，但对于三枝子来说，瑠衣就是自己亲生儿子的妻子。司法人员讲述了她当时的心境：

"三枝子在法庭上见到瑠衣一脸憔悴，又看到旁听席上（尚未被逮捕的）优太郎也是一脸憔悴，应该是感觉到了这两个人都过得很艰难吧。三枝子认为自己作为长辈，应该承担起责任来，但在10日当天的审讯中没能说出口。不过到了11日，她听说一起过集体生活的健太郎和仲岛康司等人也被带来审讯。看到这些年轻人都在受苦，她感到痛心，忍不住讲出了真相，一边哭着一边供出了一切。"

我第一次见到三枝子本人是在2015年7月31日，神户市地方法院开庭求刑公判时。她身背3条人命，还包括遗弃尸体、监禁等共计9条罪状，和赖太郎、健太郎3人一起被检方要求判处有期徒刑30年。

三枝子身形消瘦，穿着一套深灰色运动服，白色长直发束在脑后，看上去十分憔悴。她当时62岁，但看上去要比实际年龄苍老许多。

她的身姿仿佛将自己"被迫忍耐的一生"具象化了。除此之外，我也不知道该如何形容她那被美代子侵蚀的一生。

三枝子于 1953 年 4 月出生于尼崎市。父亲是建筑工人，年纪轻轻的就患上了结核病，反复住院出院。因此，父母需要靠打柏青哥来维持家计。由于生活贫困，三枝子三四岁时，他们一家就租住在尼崎市某个大房子二层的一个房间里。那个房子就是美代子的母亲幸子居住的地方。

幸子当时已经和美代子的父亲月冈誉离婚。美代子跟随父亲生活，但她会经常来母亲家玩。三枝子比美代子小 5 岁，很受美代子喜爱。读初中 3 年级的时候，美代子就经常带着她一起玩。三枝子中学时学习成绩很好，她原本想就读县立的重点高中，可家里没钱，只好放弃。她考上了一所县立的普通高中，但没有去念书，而是入职了尼崎市某家大型化学工业制造厂，在庶务科负责打字。

她为什么没有继续念书呢？2014 年 11 月开庭的优太郎公审中，三枝子以证人身份出庭，讲述了当时发生的一些事，包括她和美代子之间的一些关系。

律　师：（美代子）对你来说是个什么样的存在？

三枝子：多少有点可怕，但她愿意陪我一起玩。

律　师：你喜欢她哪一点？

三枝子：我比较软弱，但她特别强大。

律　师：证人在中学时成绩优秀，请问为何没有继续读书？

三枝子：因为家里比较拮据。美代子说就算去读书了，对将来

也没什么帮助,所以我就没接着念下去。

美代子对三枝子一口咬定:"在学校念书对你将来进入社会一点用处都没有。接下来就是看钱的时代了,赶紧攒钱才是正事。"三枝子听从了她的建议。就是这一时期,美代子在尼崎市某旅馆租了间屋子,诱使未成年少女卖淫。在1968年至1971年间,美代子因触犯卖淫防治法,被逮捕了5次。不过,法庭上未有确切证据证明三枝子也参与过美代子的这门"生意"。

在大企业工作的三枝子经常在美代子的邀约下到处游玩,她工作了大约1年就离职了。关于这一点,她在前述公审中也做出了解释:

"美代子邀请我一起去名古屋玩。我本来以为当天就能回,出发了才知道还要在名古屋住一晚。结果搞成无故缺勤,我就直接辞职了。"

没过多久,三枝子和父母要一起搬去大阪府寝屋川市。搬家前她给美代子打了电话,美代子直接帮三枝子在尼崎市租了一间公寓。

1973年4月,美代子和三枝子之间的关系产生了重大变化。当时美代子24岁,三枝子19岁。虽然原因不明,但美代子和三枝子当时住在了埼玉县川口市,因为在某家商店偷吃的被逮捕,尚未成年的三枝子被送进了少管所,成年的美代子被审判后，判处附加缓刑的实刑。

5月，美代子被释放后回到了尼崎的家中，得知三枝子未告知自己就跑回了老家，于是把三枝子和她的父母都喊来了自己家。她情绪激昂，对所有人大发脾气。她母亲想要圆个场，她也完全不搭茬儿。紧接着，美代子要求三枝子和自己同住。关于这一点，三枝子在前述公审中如此回答检察官：

检察官：你们为什么（住在）一起？
三枝子：她把我和我父母都喊来，一直对着我们发火，辱骂我们到深夜。我想，不答应和她同住，这件事就无法收场。
检察官：你本来不愿意和她一起住对吗？
三枝子：是的。我不想。
检察官：但你说不出"想分开住"这句话？
三枝子：说不出。
检察官：为什么？
三枝子：因为美代子会生气。当着我父母的面骂人。一直骂到深更半夜，真的非常痛苦。当时我也没想到会这样一辈子都和她在一起。我想的是只要说了和她住在一起，这件事就能结束，她就不会骂了。

自那以后，三枝子的人生开始被美代子不断侵蚀。和美代子同居的她被迫在尼崎市的一家小酒馆工作，拿到的所有钱全都上交给美代子。此外,三枝子还做证说:"除了工资外,美代子还让我和店里预借了上百万,也全都交给了她。"美代子还逼迫她向客人卖淫,这笔钱也全都被美代子收走了。

此后,三枝子又在美代子的指示下,在神奈川县横滨市的泡泡浴店工作。关于当时的生活,三枝子是这样讲述的:

律　师:你从事肉体工作时是什么心情?

三枝子:我不记得了。只觉得丢人。

律　师:钱呢?

三枝子:开了账户,都打进去了。美代子拿着卡,她会取出来。

律　师:你都打了多少钱?

三枝子:去掉我自己的生活费,是120万到150万日元。

律　师:你一个人生活的心情如何?

三枝子:可以离开美代子,我感觉松了口气。

律　师:这份工作做了多久?

三枝子:差不多1年吧。

后来三枝子患病需要手术治疗,离开了横滨,再度和美代子住在一起。身体恢复后,她开始在南大阪的泡泡浴店和酒店工作。那边的月收入是150万日元,大多被美代子夺走了。美代子用这笔钱和她的丈夫赖太郎生活、游玩,花了个精光。

很快，三枝子开始摸索离开美代子的办法。28岁时，她主动提出和卖淫对象交往，还告诉美代子自己会和这位男友结婚，离开她家。当时美代子欠下了约1000万日元，三枝子表示愿意替美代子偿还这笔欠款。可美代子不允许她离开自己。以下是三枝子在同一公审中的证言：

律　师：你喜欢那个客人吗？
三枝子：不喜欢。
律　师：不喜欢但是要和他结婚，是为了离开（美代子）吗？
三枝子：是的。
律　师：你本来在客人那儿，但被美代子找到了？
三枝子：是的。
律　师：你当时是怎么和美代子说的？
三枝子：我说我会帮她还钱，请她同意我结婚。
律　师：明明欠钱的不是证人（三枝子）？
三枝子：是的。可是美代子大为光火，骂我说："你以为你是靠谁才有工作的？"不肯让我走。

三枝子没能离开美代子，她也想过从和歌山县白浜町的三段壁跳崖自杀，虽然最终并未选择这样的方式自杀，但关于当时的想法，三枝子也在庭上回忆如下：

"欠款越来越多，也见不到父母，没人愿意理我。我想，既然无法离开（美代子），不如死了算了……"

美代子对她的压迫依然在继续。离开美代子的计划失败后不久，1981年8月，尼崎市某家分售公寓里，美代子以赖太郎的名义租了一间屋子，要求三枝子也住过去。在租赁合同上，赖太郎的工作地址填的是美代子异父兄弟（已故）经营的建筑设计事务所。同居人写的是三枝子，她的职业填的是美代子弟弟月冈靖宪经营的补习班的事务员。这些信息都是伪造的。

后来，在三枝子30岁那一年，在美代子的撮合下，她和来家里收钱的银行职员秋田崇（化名）交往并同居。两人相爱，很快三枝子就怀上了秋田的孩子。1986年12月，三枝子在33岁那年生了一个男孩。

三枝子在怀孕时就和美代子商量好，产检时一直使用美代子的名字。出生后的小孩也是以美代子孩子的名义上的户口。在优太郎的公审中，三枝子将前因后果讲清，并吐露了内心的遗憾：

"美代子年轻的时候就说过，想把我（三枝子）的孩子当成自己的小孩。孩子出生的时候我不敢拒绝。一旦拒绝，美代子又会把家人、亲戚全喊来，搞得所有人都生活不下去。如果我拒绝她，生下孩子，那我甚至没法养育孩子。于是我就按（美代子）要求，用她的名字做产检，生了小孩。"

三枝子的丈夫秋田先生也反对把小孩交给美代子，但他们根本无法反抗美代子。关于这件事,三枝子十分悔恨地说:"都是我太软弱了。"

即便如此,自己怀胎10月生下的孩子就这样被夺走,一直强忍的三枝子也不由得对美代子产生了杀意。这一点她在法庭上也提到了。

律　师:昭和六十一年(1986)你想过杀死美代子,是吗?
三枝子:是的。
律　师:你准备趁美代子睡觉时用刀扎死她,还为此反复跑去厨房,是吗?
三枝子:是的。
律　师:为什么最终没有下手?
三枝子:我担心自己会失败,要是能一咬牙杀了她就好了。可是我没有那个勇气,我担心失败了美代子会去找我父亲。但我是一直都想杀了她的。

在优太郎出生后3个月,也就是1987年3月,秋田先生突然逃离了他们同居的地方。三枝子当时极度悲伤,痛哭不已。

25年后的今天,被逮捕的三枝子对搜查相关人员这样讲道:

"我始终听从姐姐(美代子)的意思活着。她要我和哪个男人交往，我就和哪个男人交往，她要我去死，我也会做好去死的决心……"

1998年1月，三枝子在美代子的命令下，被过继为美代子母亲幸子的女儿，成为美代子户籍上的妹妹。美代子坚持着她那一套理论，说："我这么爱我妹妹，可是妹妹和我姓氏不一样，这也太奇怪了。"关于这件事，三枝子在法庭上也讲述过她的心情，她希望"哪怕仅仅是在户籍上，我也希望能维持我本来的样子"。

接下来，在2001年12月，三枝子听从美代子的命令，和角田家族的同居人桥本久芳登记结婚。

三枝子本人供述，为了维持角田家族的生活，她一直卖淫至2003年，也就是50岁前后，收入全部用在角田家族的支出上。最后一次卖淫，是在大阪府大阪市一处被称作"新地"的非公开卖淫区。2003年5月逃离角田家族的田中克也，曾见过当时的三枝子。

"三枝子阿姨每到晚上就会打扮得很漂亮地出门。我一直以为她在经营小酒馆。"

三枝子不再卖淫后，角田家族主要的收入来源就变成了打柏青哥。他们专盯新开业的店，是专业的柏青哥玩家。最多的时候，他们曾经1个月就赚到了150万日元。后来柏青哥店的规范越来越严格，他们的收入也随之减少。而另一边，美代子仍旧不顾收入减少，大手大脚，整个角田家族一年的支出能轻松超过 2000 万日元。

按三枝子的账簿看，到了 2004 年 6 月，角田家族的借款总额是 4951 万日元。每月收入可能还不足 60 万到 70 万日元，但必要支出高达 220 万日元。

于是，美代子在 2004 年为弄到桥本久芳的死亡保险金，逼迫他自杀。桥本久芳原本同意自杀，可真到了要实行的时候他又开始犹豫。最终，在角田家族的追逼下，2005 年 7 月，他从冲绳县的著名景点"万座毛"纵身跃下，最终死亡。约 6000 万日元的死亡保险全部进入三枝子的口袋，一家的债务问题暂时解决了。

但支出大于收入的赤字生活还在继续，角田家族很快又陷入了新的欠款危机。美代子将一切压力都扔到负责管钱的三枝子身上，自己骄奢淫逸的生活状态丝毫不愿改变。在极重的压力下，三枝子于 2009 年 12 月末吞下大量安眠药和精神类药物，企图自杀。这一点，她在 2015 年 5 月开庭的、其本人的审判中说明了原因。

"欠款越来越多，我想，我自杀的话也可以领到死亡保险金，而且和美代子一起生活实在太痛苦了，所以想死。并且美代子平时总说'三枝子死了，我也会死的'，我想就算为了孩子，自我了断后，美代子也一起去死，那说不定还有点希望可言。"

三枝子被紧急送去医院，捡回一条命。但美代子隐瞒了真相。直到角田家族的成员被捕后，大家才逐一得知三枝子当时住院是因为自杀未遂。

2011年11月，美代子被捕。到这一阶段，三枝子名下欠的钱已经高达2000万日元，美代子名下欠了1000万日元。赖太郎、健太郎、瑠衣等人的欠款加起来也有1000万日元。也就是说，角田家族的欠款总额是4000万日元。

2012年8月，继阿正和瑠衣后，三枝子也遭逮捕。自美代子被捕到自己被捕的约9个月的时间，虽然扛有极重的债务，可对于三枝子来说，这段时间反倒是最安宁的一段时光。

和三枝子一样脱离了美代子束缚的优太郎，于2012年3月和朋友在大阪市开了一家酒吧。当时三枝子也去了他的店里。她满面笑容，对着优太郎的朋友和客人说着"拜托大家照顾优太郎了"的模样，只属于一个关爱儿子的母亲。

2015年9月，神户市地方法院判处三枝子有期徒刑21年。她并未上诉，此案定案。如今，她仍在日本中国地区的某个监狱服役。我听说她正在办理手续，争取找回自己和优太郎的亲子关系。

※

亚克力板对面的房门打开，眼前出现的是一位身穿黑色摇粒绒外套、戴着口罩的女性。她点头说了一声"您好",走进房间。首先令我感到惊讶的是她的娇小体形。

她的身高可能只有147厘米左右。长长的黑发束在脑后,眉毛很浓,一双杏眼。这张直视我的面孔,看上去要比实际年龄更年轻。我完全无法想象眼前这位女性就是身背3条人命,犯下遗弃尸体、诈骗、偷窃等总计9项罪状的"凶恶犯人"。

此时是2016年2月23日,地点是神户市拘留所的见面室。我见到的是时年30岁的瑠衣。在此次见面的11天前,瑠衣获实刑23年的判决(求刑30年),目前距离上诉期限只剩下3天了。不过我事先听她父亲丰先生说,无论法院做出什么样的判决,她都不准备上诉了。我也是带着一种时间所剩不多的感觉和她见面的。

自2013年2月起,我和丰先生在这3年间始终保持联系。丰先生在和瑠衣见面时提过我的名字,所以我们虽然是第一次见面,但她的状态看上去似乎并不紧张。

"您和我爸爸是怎么开始见面的呢?"

瑠衣口齿清晰地询问。我告诉她,在整起事件发生后不久,我给丰先生写了信,还附带了刊登自己撰写报道的杂志,于是他便同意接受我的采访了。后来我也一直和他以及其他她认识的人保持着联系。

"听您这样讲,感觉的确很值得信任。"

瑠衣对我报以微笑。

"禁止见面的禁令一解除，记者们接二连三地涌过来。我一直拒绝回应，但这样又会有人擅自乱写……"

2012年8月，瑠衣因盗领舅舅胜一的退休金遭逮捕，并被警方下达了禁止见面的禁令。3年2个月后的2015年10月，该禁令才得以解除。

这一天的见面，我和瑠衣主要做了自我介绍再加些闲聊。神户市拘留所位于神户市靠北边的高地上，房内非常寒冷。中途我就注意到她手上生了冻疮，红肿得厉害。我提到这一点，她露出一个苦笑回答："我其实还戴手套了，但可能是体质原因吧，就是会生冻疮。"

和她见面的前一天，我给她送去了很多一次性暖宝宝。所以我问她："您有用暖宝宝吗？"她笑出声来告诉我："哈哈哈，真的谢谢您送我的暖宝宝。我现在可是在用难以想象的奢侈方式在使用它们呢。"等刑期定下来她就得去监狱服役，不能带暖宝宝了，所以她必须在服刑前把暖宝宝都用掉才行。

不足10分钟的见面时间转瞬即逝，我告诉她明天还会再来。她回答："我知道了，那我等您来。"待我走出见面室时，她对着我低头鞠躬行礼了无数次。

第二天，她还穿着和昨天一样的黑色摇粒绒外套，外面又套了一件黑色羽绒服，表情放松地面对我坐了下来。

简短地寒暄几句后，我开始问起一直比较在意的问题。

2003年10月，桐原信子突然离开了美代子一众，至今去向不明。我想了解当时的情况。

"平成十五年（2003）10月，我们从高松回到尼崎。那个月12日，我们要在大阪给美代子庆生。当时信子还在的。但没过多久，我们发现信子不见了。我还记得当时听美代子说信子跑了，还帮忙一起找过她。"

信子失踪前，和她的哥哥敏二以及2004年被杀害的谷本裕二一起住在美代子的公寓里。瑠衣所知也仅限于此，无法判断寻找信子是不是美代子在故意掩人耳目。

"我至今还觉得信子是真的逃走了。不过自从她失踪，几乎没人再提过她了。我也不知道真实情况究竟如何。"

2003年2月初，美代子一众入侵了高松市谷本家，她将当时读高二的瑠衣和家人分开，用暴力与恐吓控制初代和茉莉子，煽动这家人的对立，以此将瑠衣留在自己的身边。后来，瑠衣于2007年1月和美代子户籍上的二儿子优太郎结婚，真正成为角田家族的一员。如今，她对自己当初加害有血缘关系的家人一事，又是如何想的呢？听到我的这个问题，瑠衣第一次露出了阴沉的表情。

"说实话，至今我也无法好好整理这种心情。直到今天，我一想起家人，脑子就特别混乱。"

瑠衣作为角田家族公审的检方证人，已经出庭做证近20次了。即便出现对自己不利的信息，她也从不迟疑隐瞒，一贯诚实做证，为帮助我们了解事件真相做出了很大的贡献。我提到这一点时，她表示：

"的确，好像只有我什么都说，没有隐瞒。角田家族彻底贯彻秘密主义，也的确有人因为多嘴丧命……所以大家在法庭上也不会多说什么吧。"

从明天起，瑠衣预定了和很多亲朋好友见面，和我的见面就到今天为止，时间非常有限。聊到她给父亲写信一事时，我告诉她，我昨天给丰先生打了电话，提到我见了她的事。丰先生在电话里说："她是个很好的孩子，对吧？"听我说到这儿，瑠衣欠起身子凑近我说：

"我才要说呢，您不觉得我爸爸是个特别好的人吗？他真的，真的特别好……"

很快，见面时间结束了。瑠衣表情乖顺，对我深深地鞠躬道：

"往后，我爸爸也麻烦您多多关照了。"

※

瑠衣于1985年6月出生于高松市，是谷本家的次女。父亲谷本丰经营一家保险代理店，一家人生活得很富足。谷本家住在一片田园地带中的独栋洋楼里，一家四口会一点点巡游四国的八十八大景点。瑠衣读小学三四年级的时候，一家人还常去夏威夷旅行。

瑠衣性格活泼，从小就很爱出去玩。她还学了钢琴、算盘、硬笔书法。初中时还是校篮球队的。全年级共280人，她曾考过第一名，是个相当优秀的孩子。她顺利考进了香川县数一数二的重点高中，还当上了足球队的经纪人。

然而，事情就发生在她读高二的那一年。先是阿正被送进了她家，然后又是美代子领着皆吉家一大群亲戚入侵了谷本家。2015年10月的公审中，瑠衣提供证言，讲述了自己当时的心情。

律　师：第一次见到美代子时，你对她是什么印象？

瑠　衣：最开始的时候就认为她是个纯粹的陌生人，所以我对她也有敌意。但很快我就和她很亲了。

律　师：是发生了什么让你和她走近的呢？

瑠　衣：一些妈妈和姐姐无法认同的地方，美代子会夸我"特别好"，还会认真听我说话。

律　师：具体是什么样的事呢？

瑠　衣：比如她会说，这儿能看到很漂亮的星空，你们住的这个地方真美呀。但我看流星的时候，妈妈只会说："外面太冷了，快进屋吧。"但美代子就会感慨："真的很美。"还有我照顾小狗这件事，美代子会夸我："你好努力地照顾它们呀，你照顾得真好，它们好亲你。"但姐姐觉得我做志愿者照顾小狗的行为很土，妈妈也说我笨手笨脚的。所以美代子夸我真棒的时候，我很高兴。

至今为止，大多数信息都在强调美代子如何入侵谷本家，刻意煽动瑠衣和其母亲、姐姐的关系，但当时还有一个背景，就是处于青春期的瑠衣对家人有着比较复杂的心理状态。关于这一点，瑠衣在法庭上也曾做证。

律　师：（你母亲的）教育方针如何？她在家庭中给你是什么印象？
瑠　衣：简单来说就是放任主义，让我们想做什么就自由去做。在我看来她是一个兴趣爱好很多的人，经常会投入到自己的兴趣爱好中，我有时候会想，她是否关注过我呢？
律　师：你姐姐茉莉子比你大3岁，她初中毕业后去做了什么呢？
瑠　衣：姐姐高中退学后立刻就工作了。然后在公司同事的建议下去英国留学了。
律　师：在美代子出现前，你怎么看你姐姐的？
瑠　衣：我觉得姐姐很会打扮，很精致也很有品位。对待友谊、感情一类的比较冷静，挺酷的。
律　师：你姐姐对你呢？

瑠　衣：我时常感觉她有点看不起我。当然这只是我个人的看法吧。我觉得她比较敷衍我，总的来说，有姐姐在我可能会有点自卑。

美代子一眼看穿了正处于青春期的瑠衣对家人的不满和自卑，于是通过表现出对她的认同，试图拉拢瑠衣。

很快，瑠衣就加入了尼崎市的集体生活，一开始她并不是角田家族的一员。2004年2月，瑠衣因为和优太郎吵架遭受了惩罚，被虐待了近两周。关于这件事，瑠衣如此描述：

"几乎要正坐一整天，连睡觉都要正坐着睡。还记得去厕所的时候，想从马桶上站起身，但根本站不起来。"

在遭受虐待的那段时间，瑠衣曾经想过自杀，试图冲出角田家。结果被美代子抓回来遭受毒打，还被她用胶带缠住全身，无法动弹。瑠衣说了想死，美代子就开始了下一步行动。以下为同一公审中提审被告人时，律师和瑠衣的对话。

瑠　衣：美代子让我光着身子站在角田家族的面前，她对优太郎说："这就是这孩子的本性。你清醒一点！别被这个坏女人骗了！"优太郎沉默着点了点头。当时我觉得角田家已经不会有人能救我了，活着也没什么意义、没什么价值了。我完全不想活了。

律　师：当时你正在月经期，是吗？

瑠　衣：是的。血要流出来了，美代子就骂着："真脏，别把我家也弄脏了。"扔给我一块抹布。

律　师：你没有活下去的动力了，也不想逃跑了，是吗？

瑠　衣：我没想逃跑。在我看来，离开角田家就等于死亡。

　　瑠衣被迫整天正坐的日子还在继续，两周后，美代子突然对她说："如果你已经想明白了，也下定决心了，那我可以再照顾你一次。你就当自己死过一次，现在重新投胎，愿意一辈子跟随我了吧。"说罢她解除了对瑠衣的虐待。

　　自此以后，瑠衣向美代子发誓效忠于她，还尽力帮助美代子找回了逃离集体生活的母亲和姐姐，最后导致二者死亡，累计犯下9起罪行。

　　2011年11月，美代子遭逮捕，2012年3月，优太郎于大阪市开了一家酒吧。这些内容在前文中都有记录。在此期间，瑠衣去了朋友母亲在大阪市经营的一家小酒馆打工。打工结束后她会跑去优太郎经营的店里，帮忙收拾。优太郎骑着摩托，两人一同回到尼崎的角田家公寓。

　　美代子还在的时候，她讨厌角田家族的人外出工作，所以谁都没法去上班。只有三枝子一直从事卖淫工作直到2003年，还有因为保险金被逼自杀的桥本久芳也一直工作到了2005年。桥本久芳是唯一的上班族。除了这类"例外"情况，美代子一向很在乎自己养活一家人的"体面"，基本不允许"自己人"外出工作。

优太郎和瑠衣于2007年有了女儿，2008年有了儿子。晚上夫妻俩出去工作的时候，三枝子负责在家照顾两个小孩。在这段日子里，美代子和阿正因将大江和子虐待致死并抛尸，以杀人、遗弃尸体、监禁嫌疑反复被逮捕，但剩下的家族成员比较乐观，认为波及不到自己。

然而，兵库县警已经掌握到美代子周围出现多名失踪人员的信息，正在摸索进一步深入调查的突破口。就在这时，警方在尼崎市某员工宿舍找到了使用假名逃走的胜一。进一步搜查后发现，瑠衣和三枝子曾擅自从胜一的账户取出他的退休金。

那是2012年8月19日清晨，瑠衣在前一晚参加了大阪市举办的"summer sonic 2012"演唱会，随后和优太郎一同留宿在他的酒吧。此时搜查员突然出现，以盗窃胜一退休金的嫌疑逮捕了她。

※

爸爸：

谢谢您今天来看我。我一回到房间就马上动笔给您写了这封信。

这3年里，我一直都期待着，想赶快见到您。可真的见到了,却没办法把心里话都说出口……但光是能见面,能看到您,我就已经非常高兴了。

2015年10月26日,瑠衣为12年未见的丰先生写下了这封信。篇幅较长,请允许我引用如下(截取部分内容):

我有好多话想和您讲,首先请允许我和您道歉。真的对不起。我辜负了我本该珍惜的东西。我变成了一个加害者,伤害了,甚至害死了父亲珍爱的人。这些年您一定一直都很痛苦吧,一直都在独自忍受难耐的悲伤吧。您一定曾整日祈祷能再见到妈妈和姐姐,结果一切却变成了现在这副模样,是我让您如此痛苦、悲伤和遗憾。真的对不起。

我犯下了无可挽回的错,现在满心都是悔恨。从今往后,我也将片刻不忘后悔与反思地活下去。

禁止见面的禁令解除,我第一个见到的人就是父亲,真的好开心。这封信,也是我写下的第一封信。

有父亲在,感觉我的内心也有了支柱。或许父亲您会觉得是自己没有帮到我们,没有救出我们,会为此责备自己,为此感到痛苦。或许,您的这种情绪很难消解。但在我看来,正是因为父亲在那之后没有被卷进来,我们现在才能再见面的。我为此感到庆幸,我认为您的做法是对的。在那种情况下，您这样做合理也正确。

我还有好多未能整理好的情绪。关于角田家和美代子，我的心情总在摇摆不定。但我对孩子的情感从未变过。我只希望孩子们能走上幸福的、堂堂正正的人生之路。只要这样想，我就能鼓起勇气走下去了。

信的最后是这样写的："很期待能再见到父亲，我真的有好多感谢的话想告诉您。希望您多多保重身体。"这一共7页便笺纸的手写信，丰先生像宝贝一样小心收藏着。

妻子、长女、兄长都被杀害，妻子的妹妹至今下落不明。但丰先生依旧无数次对我说："只要瑠衣还活着，我就还有希望。"

这位父亲曾深信家人们还活着，可他的愿望却被接连打碎。唯一活下来的，是不断击碎父亲愿望的女儿,而她的"以后"，依然还在继续。

※

"刚见面的时候，她一个劲儿地哭，什么都不说。我也一直哭，光是看着她，我就……您也看到她后面马上写给我的那封信了，和信里一样，她一直在对我说'对不起'，而我也只能说出'你还好吧'这几个字，关于整个事件，我俩都只字未提……"

2015年10月26日，丰先生在神户市拘留所的见面室见到了瑠衣。自2003年9月逃走后，他和女儿已经12年未见了。2016年3月，也就是瑠衣刑期确定后不久，他把见面时的情况告诉了我。

"在见面室里，我对她说：'真对不起，我没能帮上你……瑠衣，还有你妈妈，还有茉莉子，我没能救出你们任何人。'我还说：'我一直想着我们一家能团聚，把房子也准备好了……'其实，只有我一个人的话，租个单间就好，但我还是想租有3个房间的那种屋子……"

逃跑后，丰先生一直过着东躲西藏的生活。他一直想方设法获得自己家人的消息。自2004年8月起，他便使用假名在美代子一众居住的兵库县尼崎市生活。一旦被角田家族中的任何人发现，必然会被押回去和他们继续生活在一起，也极有可能继续遭受虐待。但丰先生依然坚定地继续住在尼崎市，为的是能把家人找回来，一家团聚。他一早就租住在一个有3个房间的屋子里了。

2011年11月，得知美代子被捕的丰先生跑到兵库县自报家门，再度申诉自己的被害事实后，警方才告诉他，他的妻子初代在2009年6月已经死亡。2012年10月时警方又告诉他，同市民宅地板下发现的3具尸体中，有两具分别是他的女儿茉莉子和兄长谷本裕二。

"后来才知道，我跑去租那3个房间的屋子当天，就是初代死的那天。在那之前，我一直担心被追踪到，把户籍留在了高松没敢迁。我是为了租那个大房子，才把户籍迁到了尼崎。就是那一天……"

对于深陷绝望中的丰先生来说，瑠衣是他唯一在世的家人。一直到事件曝光，他才知道瑠衣和优太郎结婚后还育有两个孩子。2016年我采访丰先生时，他的外孙女已经9岁，外孙已经8岁了。自瑠衣和优太郎遭逮捕，这两个孩子都在兵库县的收留机构生活。丰先生告诉我：

"优太郎给我写过信，拜托我照顾孩子们，三枝子也写信讲过这个事情。所以我现在正在和机构申请，请他们允许我见见孩子。3年前外孙女读小学的时候，我送了书包给她。外孙读书的时候我也送了书包……当时出于对孩子们心理方面的担忧，没告诉他们是我送的。不过今年瑠衣给他们写了信，提到'你们用的书包是外公给你们买的哦'。"

瑠衣的见面禁令解除后，丰先生工作一得空，每周都会跑去神户市拘留所看瑠衣。

"从见到我之后，她开始有情感表达了，会哭了。瑠衣的律师对我说：'瑠衣自从见到父亲，变了很多。'这3年间，她一直是其他人开庭公审的证人，还要出庭接受对自己的审判。她的情绪一直非常紧绷。那孩子是准备认罪的，从来不说自己想要怎样。她也从不说都是角田（美代子）不好……

她可能一直觉得都是自己不对吧。"

事实上，瑠衣在之前给丰先生写的信里，也提到过对美代子怀有一种什么样的感情。2015年12月9日，她在信中这样写道：

"事到如今，我依然觉得美代子对我很好，对我有恩。所以我也应该回报她，对她好。在这种情况下天人永隔，我心中还有些依恋与遗憾。我非常珍惜角田家的人，把他们当成自己的亲人。可是听了（精神）鉴定专家的说法，我知道她运用了一些特殊的手段和方法，将这种想法植入到我的思想里了。但这些都是我真正感受过的，我觉得它是真实的。我也理解自己不该认同这种想法。如果美代子真心对我好，她不该用这种手段和方法对待我。不过，这种认知也是一点点形成的……"

在写下这封信的两天前，神户市地方法院针对瑠衣进行了第22次公审。在法庭上，负责判定瑠衣心理状态的立正大学教授西田公昭出庭接受了鉴定人的问询。他表示，在美代子看来，瑠衣是"年纪很小，很好控制的对象"。关于美代子对瑠衣的精神控制，他做出了如下证词：

"如果是我在（瑠衣初见美代子）17岁的年纪，在那样的生活环境中，我真的能采取符合常识的行动吗？我认为那是某种特殊状况，类似于战争期间遭受了监禁。"

※

让我们再回到和丰先生的对话。我问他12年未见瑠衣，觉得她是否有什么变化。

"我觉得没有变化。女儿还是老样子。哦，她提到过想把头发剪了，但又说，'不想被人问发生什么了呀，为什么剪头发啊'，所以没剪。现在审判已经结束了，我想她可能剪过头发了吧。"

虽然见过很多次，但丰先生一直没和瑠衣提过那起事件的任何内容。

"一聊这些，免不了责备她对茉莉子和初代做的事，这么一想，瑠衣太可怜了……她最开始就在信里一个劲儿地道歉，我觉得再让她继续道歉实在太残忍。我只会问她：'最近身体如何，状态好吗？'"

实际上，正是因为丰先生充满温情地不断看望，瑠衣那颗和美代子实际同住了8年半以上、早已冰冻的心，才开始缓缓融解。她在2016年2月9日的信中写道：

"我真的很想为父亲还有孩子们做些什么，可我什么都做不到，真的好遗憾。但我也不想就此怠惰，我要负起责任去做自己该做的事。请您等等我，我以后一定会亲自回报父亲、养育孩子的。请您多多保重。啊，到时候也希望您同意我来照顾您。也希望您不要得阿尔茨海默病，女儿希望您到时候还能认出我……"

2016年2月12日，瑠衣被判处有期徒刑23年。直到同月26日上诉期限截止，她都没有提出上诉。刑期确定后，因为其他角田家族的成员都在上诉，瑠衣作为证人，还被关在神户市拘留所，只不过她的身份从被告人变成了服刑人员。丰先生一如既往，时常去看瑠衣。

"上次见她的时候吓了我一跳，她穿上囚服了。囚服是灰色的，看上去像工厂工人穿的那种衣服。和之前不同，现在我都没法送吃的给她了。我好心疼她，她想吃什么都吃不到……"

拘留所和监狱的待遇有天壤之别。在拘留所，随时可以见面，但在监狱，即便是亲人，每个月也仅有两次见面机会。不过，每天做橡胶手套装袋工作的瑠衣，在3月20日写给丰先生的信里表现得十分平静。

> 今天是春分。我在阳光很好的房间里，一边写着信，一边望着窗外美丽的蓝天。我拿到了节日的点心，马上就吃。我想了很多事，如今我的内心非常平静、舒适，也很有精神。眼下冷暖温差较大，希望您身体一切都好。我也会多多注意身体的。谨上

4月19日，瑠衣被移送到中部地区的某处监狱。接下

来的刑期她都将在那儿度过。在5月2日的信中,她谈到了当下的生活和内心的反省。

> 今天和负责刑罚分类的老师聊到了那起事件。一聊到那段生活经历和当时的心境,我就忍不住掉眼泪……现在的日常生活,每天都过得很慌乱,完全没有心情哭。但一想到我和美代子讲出在高松生活的种种,这可能就是一切的开始,我就觉得真的很对不起妈妈,对不起姐姐。而且我当时的那些不满,其实根本不是什么大事……(略)我虽然觉得姐姐很漂亮,也很时髦,擅长电脑和英语,我样样不如她……但等我再长大一些,念了大学,开始工作,我想我应该也能找到属于自己的生活方式,也就不会那么在意姐姐的存在了。我一边心怀悔意,一边讲述着自己至今为止所做了多少残忍的事,说着说着,我的情绪就激动了起来。我真希望一切都没发生过……我总在想,如果一切还能重来,我真希望死去的人能复活啊。虽然我要受很久的刑罚,可我还活着,单凭这一点我就已经非常幸运了。我要在这里尽一切所能,努力改变我能改变的一切。

读着这篇文字,我充分地感受到,瑠衣正在真诚地面对这起和自己有关的案子。同时,她也在信中提到想把17岁时失去的父女关系找回来,想努力放眼未来。

希望父亲能多多保重身体。凡事不要勉强自己去做。万一发生什么,我也没法去看您,所以就算是为了我,也请您一定要健健康康的。不要喝太多酒啊……不过,希望未来我们能一起晚酌一杯。我想我应该是能陪您一起开心喝酒的。哈哈,您还没见过我喝酒对吧?

※

2012年12月12日,美代子于兵库县警本部的拘留设施内"自杀"。此前,她问过拘留管理科负责看守的人:"怎么做才能死啊?"(11月7日)她还对和自己住同一房间的人说:"我想自杀,希望你能帮我。"(11月21日前后)她表现出了自杀的倾向。在她死亡3天前,她对审讯人员说:"我一天里有一半时间都在琢磨要怎样才能死。"(12月9日)此后,兵库县警的内部调查结果显示,美代子表现出过共计22次的自杀倾向,其中一半以上未在警方内部达成信息共享。

自10月26日起,美代子被列为有自杀可能的"需特别注意人员"。但针对她的监视等级却是最低级别的"加强巡逻"。美代子虽然住在正对监视台的三人间里,但监视状态仅仅从每小时4次加强为6次而已,甚至连监视器都没有布置。拘留管理科的巡查长发现情况异常时,足足花了11分钟才将手握牢房钥匙的值班副责任人喊来,打开房门。

听闻美代子自杀一事,优太郎一开始"头脑有些混乱,无法厘清状况"。但马上想到"虽然我不会因此寻短见,但三枝子阿姨可能会追随她而去"。他很担心自己的亲生母亲。

另一边,听说美代子自杀,三枝子一时情绪上难以接受,流下了眼泪。但在此后的公审中,被问到对美代子的死怎么看时,三枝子回答:"她扰乱了无数人的人生,导致那么多人死亡。可她自己却轻轻松松就死掉了,真是懦弱。"

在这场公审中,不单三枝子倾吐了内心的愤怒,在健太郎和赖太郎出庭时,法庭也询问了他们对美代子死亡的看法。健太郎当场回答:"我觉得她很懦弱,如此轻松地逃避了一切。"赖太郎则愤怒地表示:"我非常吃惊。我本来想在法庭上说清自己所做的一切,可一想到只有她自己解脱了,我就觉得很上火,很不甘心。"

美代子的尸体于2012年12月19日火化,骨灰放在了位于神户市郊外墓园附属骨灰堂某角落的"无缘佛安置所"内。她的骨灰是按身份不明的死亡人员处理的。从2013年4月1日起算,她的骨灰会在安置所放5年,此后如果没有人来认领,将会以"无缘佛"的名义被移放到神户市其他墓园。

之前听说赖太郎曾尝试拜托他人帮忙好好埋葬美代子。

但至今没再听到下文。

2016年2月，瑠衣的判刑确定后，角田家族全员的一审公判全部结束。

其中，对一审判决不服并提出上诉的只有赖太郎和阿正两人。同年5月，法院驳回了赖太郎的上诉，按一审判决，判处有期徒刑21年。赖太郎仍旧不服，继续上诉。阿正于2016年11月开始上诉，2017年3月按原判维持无期徒刑，阿正也再次提出上诉。

与此同时，角田家族的其他成员和前文提到的瑠衣一样都选择不再上诉，刑期确定。优太郎和健太郎被押至九州地区的监狱服刑，三枝子和仲岛康司则被中国地区的监狱收押。

1998年，美代子以舅妈葬礼上的漏洞为由，将女方家的亲戚——猪俣家众人软禁起来。其中就包括健太郎（当时的猪俣彻也）。他的父亲猪俣四郎先从集体生活中逃走，后来母亲四子也逃跑了。

随着尼崎连续离奇死亡事件的曝光，四郎和四子的行踪也显露出来。四子在奈良县某家旅馆做服务人员，至今健在。四郎在事件曝光时的身体情况不明，但此后没过多久就罹患癌症，入住兵库县某医院治疗，并被医生宣告所剩时日不多。健太郎的某位男性亲戚表示：

"当时四郎的生命只剩50天左右了，被起诉的彻也（健太郎的旧名）获得特别许可，去见了他父亲。过了没多久，四郎就去世了。"

四子也去拘留所见了健太郎，关于这件事，健太郎在开庭时也讲到过。

健太郎：我和亲生母亲有书信往来。

律　师：再见面时你有什么感受？

健太郎：就只是非常高兴。

律　师：你父亲已经去世了，是吧？

健太郎：如果我母亲能原谅我，我希望（出狱后）能和她一起生活。

健太郎认识一位经营钢铁工厂的长田先生（化名）。此人代替他的父母照顾他。

"长田先生说，以后我出狱了他愿意雇用我。我也很想在他的工厂工作。虽然不清楚之后在监狱会发生什么，但我也想考执照。"

我在前文中也提到，优太郎和三枝子都曾写信给丰先生，请他帮忙照顾孩子们。他们在信中也对没能制止美代子的暴行，导致她杀害了丰先生妻子的行为表示深深的忏悔。健太郎也给丰先生写了信，反省自己无论如何道歉都已无可挽回的罪孽，表示会用此后的一辈子去偿还。

阿正也给丰先生写过信，但丰先生拒绝收信。他表示：

"我收到李（正则）的律师的消息，说他给我写了道歉信，希望由律师转交给我。但我没有接受。他或许也有被美代子利用的一些方面吧，但当时把我们推向美代子的人也是他。他应该像（田中）克也那样逃跑的。"

阿正现在被关押在神户市拘留所内，每天为被害者祈祷抄经。

此外，导致美代子入侵皆吉家和谷本家的始作俑者——胜一，于 2015 年 8 月在尼崎市某医院去世。死亡原因是肺癌脑转移。

令我吃惊的是，操办胜一葬礼的是丰先生。我本以为丰先生对胜一恨之入骨，一生不会原谅他。但丰先生说出一段极其出乎我意料的话。

"是胜一不好，这一点绝对没错，但现在只剩我一个人了，我也没有什么火气好发了。之前在大物给孩子姥姥（皆吉典）供奉骨灰的时候见过胜一。我们没聊太多，他只是一个劲儿地对我道歉。后来他来了我家，给茉莉子还有初代上香。他看上去也很虚弱，靠一点养老金生活，活得很艰难。为了生活，他说想搬到只需要 3 万日元的地方，希望我能做他的担保人，我也答应了。"

后来，胜一查出罹患癌症并住院治疗，也是丰先生在照顾他。

"我还帮他推着轮椅去了我常去的一家居酒屋。后来觉得他时间不多了，我联系了他的儿子克也，他也见到了克也最后一面。我觉得也算很好了。葬礼是在杭濑办的，胜一有个发小在那边开了个殡仪社。我跟他发小说胜一没有钱办葬礼，对方告诉我不用钱了，接走了遗体。胜一生前在朋友推荐下买了医疗保险，能负担他住院的费用。我替他垫付了住院费，等那笔保险金下来后，就让他儿子克也拿去用到丧葬费上了。所以还是给他办了一个低保水平的葬礼，大概花了20万日元吧。克也把他的遗骨放进了他父母的墓地里。我作为他租房的担保人，帮他整理了租的房子。"

听丰先生说这些事，我想起了和瑠衣在拘留所见面时，她说过的那句话：

"您不觉得我爸爸是个特别好的人吗？他真的，真的特别好……"

※

2016年9月，我再度前往尼崎，拜访了丰先生。许久未见，丰先生的脸上挂着笑容。

"其实啊，前一阵子我才第一次见到外孙女和外孙呢。一开始他们俩有点害羞，但还是喊了我'外公'。见面前我听说刚巧是外孙生日，于是给他买了生日蛋糕，还插上生日蜡烛一起庆祝了……"

自从得知自己还有孙辈，和新的"家人"见面就成了丰先生的夙愿。而眼下，这个愿望终于实现了。之前他一直说着"只要瑠衣还活着，我就还有希望"，而这两个孩子，对他来说又是新的馈赠。

"两个宝宝眼睛都圆溜溜的，特别可爱。年纪小点的男孩子呀，很淘气的。年长的姐姐就很稳重。瑠衣也给他们写了信，说下一次也要给外公写信呢……"

丰先生就这样一直讲啊讲啊，久久没有停下——

◎增补版内容来自文春文库版《被寄生的家庭：尼崎连续离奇死亡事件的真相 新版》

年　表

※ 省略敬称　时间截至 2013 年 10 月 1 日

1948 年 10 月　角田（旧姓月冈）美代子出生于尼崎市。

1950 年 1 月　郑赖太郎（通称：东）出生。

1953 年 4 月　角田（旧姓谷轮）三枝子出生于尼崎市。

1953 年 8 月　美代子的弟弟月冈靖宪出生于尼崎市。

1956 年左右　三枝子一家借住在美代子家中。

1960 年至 1970 年　桥本芳子的儿子久芳、次郎等借住在美代子家中。

1968 年前后　美代子要求 16 岁少女卖淫，遭逮捕。

1969 年 11 月　仲岛康司出生于冲绳县。

1970 年前后　安藤三津枝和美代子的异父兄长利一（化名）开始交往。

1972 年 4 月　美代子和中学同学的哥哥登记结婚。

1974 年　美代子和中学同学的哥哥离婚。美代子和郑赖太郎成为夫妻（未登记）。

1974 年 5 月　李正则出生。

1981 年 8 月　美代子入住位于尼崎市的长洲东大街分售公寓 502 号房。

1982 年 5 月　后成为美代子养子（长子）的角田健太郎（当

时名为猪俣彻也）出生。

1982 年 11 月 仲岛（旧姓谷本）茉莉子出生于香川县高松市。

1983 年 12 月 美代子租借了位于尼崎市的长洲东大街分售公寓 202 号房。

1985 年 6 月 角田（旧姓谷本）瑠衣出生于香川县高松市。

1986 年 12 月 美代子的二儿子角田优太郎出生于尼崎市。

1987 年左右 桥本久芳和桥本次郎的母亲芳子失踪。

1995 年 5 月 美代子等人租借了位于尼崎市的长洲东大街分售公寓 501 号房。

1998 年 1 月 三枝子被过继为美代子母亲的养女，成为美代子户籍上的妹妹。

1998 年 3 月 美代子母亲幸子（化名）病死。美代子母亲的嫂子小春（化名）举办葬礼。美代子在葬礼上找碴儿软禁了猪俣家、大岛家（化名）的亲戚。

1999 年 3 月 被美代子软禁于西宫市高层住宅的猪俣光江死亡。

1999 年 6 月 猪俣（旧姓）彻也被过继给美代子，改名角田健太郎。

1999 年 12 月 猪俣康弘于西宫市的高层住宅坠楼身亡。

2000 年 1 月 大岛宏一郎（化名）前往西宫警察局自首，称自己与美代子等人犯下了盗窃事件。

2000 年 2 月 美代子因盗窃嫌疑被捕。

2000 年 9 月 美代子以桥本久芳的名义，购买了位于长洲东大街的集体公寓 801 号房。

2001 年 桥本久芳与角田三枝子登记结婚，改名角田久芳。皆吉胜一（"胜一"为化名）开始出入美代子家。

2002 年 皆吉胜一、敏二（化名）兄弟二人搬入美代子家，开始同住。李正则与美代子相识，开始同住。

2002 年 11 月 胜一在美代子的劝说下，从当时就职的尼崎市某公立小学提前退休。

2003 年 1 月 胜一等人的妹妹谷本初代离开位于高松市的家，来到位于尼崎市梶岛的娘家——皆吉家。

2003 年 2 月 美代子要求谷本家收留李正则，将他带去高松市。谷本家表示无法照顾李并要将他送回。美代子以此为由，带领众人入侵了谷本家。

2003 年 3 月 以谷本丰和初代离婚为条件，美代子等人带着初代、茉莉子、瑠衣 3 人返回尼崎。

2003 年 3 月 初代母亲皆吉典在美代子的分售公寓内遭受暴行，死亡。

2003 年 5 月 谷本丰听从美代子的指示，将初代带回高松市。美代子借此机会，带茉莉子和瑠衣等一群人再度入侵了谷本家。

2003 年 6 月左右 谷本丰哥哥谷本裕二被谷本丰喊来谷本家，遭软禁。

2003年8月 谷本丰假装夫妻争吵，借机帮初代逃跑，同时也帮茉莉子逃跑。然而一群人赶至高松港渡船中心，发现并带回了茉莉子。

2003年9月 因畏惧讨债公司的做法，茉莉子受惊拨打了报警电话，几人被带去警局审讯。谷本丰从警察局后门成功逃走。

2003年10月 美代子等人带着谷本裕二、茉莉子、瑠衣返回尼崎。

2003年10月 皆吉胜一从美代子处逃走。

2004年 谷本裕二遭暴行，死亡。

2004年2月 皆吉典曾居住的位于尼崎市梶岛的家宅，被赠予其次子皆吉敏二。

2004年3月 茉莉子从美代子处逃走，躲藏在大阪府内。

2004年3月 李正则被美代子的舅舅角田寅雄过继为养子，改名角田正则。

2004年8月 谷本丰使用假名，开始了在尼崎市的躲藏生活。

2005年7月 桥本久芳被美代子强迫，从冲绳县恩纳村景区"万座毛"的悬崖跌落身亡。

2005年7月左右 躲藏于东京都丰岛区某公寓内的桥本次郎被美代子发现。美代子向他转达哥哥已死亡的信息，并将他带回了尼崎。

2005年至2006年左右 仲岛康司在桥本次郎的介绍下，认识了美代子并和她同住。

2006年12月 逃跑的茉莉子为更新驾照前往明石更新中心，被美代子发现并带走。

2007年1月 角田优太郎与瑠衣结婚。

2007年1月 优太郎和瑠衣的长女出生。

2007年2月 在美代子的命令下，仲岛康司和茉莉子结婚。

2007年夏季左右 皆吉胜一再度从美代子身边逃走。

2007年10月 桥本次郎和皆吉敏二从美代子身边逃走，逃至东京。

2007年12月 皆吉（谷本）初代使用假名在和歌山县某家宾馆工作。因买车需迁移居住证而暴露，被瑠衣带回。

2008年3月 因头部受重伤，初代被送至位于大阪市的医院。

2008年7月 仲岛康司和茉莉子经由东京逃至冲绳，但被带回。

2008年9月 优太郎和瑠衣的儿子出生。

2008年11月 安藤三津枝因大声叱骂美代子的孙子，被监禁并遭暴力身亡。

2008年12月 茉莉子因受长期监禁、暴行，死亡。

2009年4月 在某大型私人铁道公司工作的川村博之因处理投诉，与美代子相识。

2009年6月 初代转院至尼崎市，于尼崎市某医院死亡。

2009年8月 美代子等人抵达东京都足立区，准备将出逃的桥本次郎和皆吉敏二带回，但最终仅发现桥本次郎，将他带回了尼崎。

2010年2月 皆吉敏二因癌症于东京都足立区某医院病逝。

2010年4月 川村博之从大型铁道公司离职。

2010年11月 川村博之与妻子裕美离婚。

2010年12月 裕美母亲大江和子感受到多人同住的危险，住进位于东京的妹妹家。

2011年4月 大江家众人（裕美姐姐香爱、裕美长女、裕美次女）共同住进川村博之的单间公寓。

2011年6月 大江和子被美代子从位于东京的妹妹家带回，开始遭受虐待。

2011年7月 桥本次郎对同住少女动手动脚，惹怒美代子，遭虐待、监禁，最终死亡。

2011年9月 大江姐妹在美代子的指示下虐待母亲大江和子，最终导致其死亡。大江和子的尸体被放进汽油桶，灌注水泥，丢弃在位于尼崎市的出租仓库中。

2011年10月30日 大江香爱从被监禁的川村博之公寓处逃脱。

2011年11月3日 大江香爱前往大阪市派出所报案。

2011年11月4日 美代子与川村因加害大江香爱的嫌疑遭逮捕。

2011年11月4日至5日 曾暂时移至尼崎市梶岛民宅、放有大江和子遗体的汽油桶，被再度运回尼崎市仓库。

2011 年 11 月 5 日 放有桥本次郎尸体的汽油桶，被丢入冈山县日生渔港。

2011 年 11 月 7 日 搜查员在尼崎市的仓库内发现了灌注水泥的汽油桶。

2011 年 11 月 9 日 在 11 月 7 日发现的汽油桶中，找到了大江和子的尸体。

2011 年 11 月 26 日 角田美代子、李正则、川村博之、大江香爱、大江裕美因对大江和子的尸体遗弃嫌疑被逮捕。

2011 年 11 月 一直使用假名躲藏在尼崎市的谷本丰前往尼崎东警察局自报身份。

2012 年 2 月 8 日 因对大江和子的杀害、监禁嫌疑，角田美代子、川村博之、大江香爱、大江裕美再度被捕。

2012 年 3 月 角田优太郎于大阪市开酒吧。

2012 年 3 月 11 日 因对川村博之的勒索嫌疑，角田美代子和李正则再度被捕。

2012 年 6 月 位于尼崎市长洲东大街的公寓被神户市地方法院尼崎分部收押。

2012 年 8 月 警方于尼崎市某员工宿舍发现了使用假名躲藏的皆吉胜一。

2012 年 8 月 19 日 瑠衣因盗窃皆吉胜一的年金被捕。

2012 年 8 月 22 日 三枝子因盗窃皆吉胜一的年金被捕。

2012年9月3日 李正则因遗弃大江和子尸体一罪，被判处有期徒刑2年6个月。

2012年9月 角田三枝子和瑠衣因盗窃皆吉典的年金再度被捕。

2012年10月13日 警方开始搜索位于尼崎市梶岛的皆吉家住宅。

2012年10月14日至15日 警方在皆吉家地板下发现了3具尸体。

2012年10月18日 确认3具尸体中的一具为谷本裕二。

2012年10月19日 确认3具尸体中的一具为安藤三津枝。

2012年10月22日 确认3具尸体中的一具为仲岛茉莉子。

2012年10月26日 开始搜索和角田美代子有关的，位于长洲东大街的分售公寓。

2012年10月30日 据相关人员的证词，警方从冈山县的日生渔港捞出了灌注水泥的汽油桶。

2012年10月30日 被部分媒体报道成美代子的女性公开表示之前的照片为误报。

2012年11月1日 确认从日生渔港捞出的汽油桶内的尸体为桥本次郎。

2012年11月7日 警方以遗弃桥本次郎尸体的嫌疑，逮捕了角田美代子、李正则、角田三枝子、郑赖太郎、角田健太郎、角田优太郎、角田瑠衣、仲岛康司。

2012 年 11 月 26 日 皆吉（初代）的友人向香川、兵库县警方提交请愿书，要求警方调查其死因。

2012 年 12 月 3 日 根据供词，警方于香川县高松市某小屋内发现皆吉典的尸体。

2012 年 12 月 5 日 警方以杀害、监禁桥本次郎的嫌疑，逮捕了角田美代子、李正则、角田三枝子、郑赖太郎、角田健太郎、角田瑠衣、仲岛康司。

2012 年 12 月 12 日 角田美代子于兵库县警本部的拘留所内自杀。

2013 年 2 月 3 日 警方以杀害、监禁仲岛茉莉子的嫌疑，再度逮捕了李正则、角田三枝子、郑赖太郎、角田健太郎、角田优太郎、角田瑠衣、仲岛康司。

2013 年 3 月 6 日 警方以加害致死、监禁安藤三津枝的嫌疑，再度逮捕了李正则、角田三枝子、郑赖太郎、角田健太郎、角田优太郎、角田瑠衣、仲岛康司。

2013 年 3 月 25 日 角田三枝子、瑠衣因盗窃年金罪，被判处 2 年有期徒刑。

2013 年 3 月 27 日 检方以对安藤三津枝的监禁罪，追加起诉了李正则、角田三枝子、郑赖太郎、角田健太郎、角田优太郎、角田瑠衣、仲岛康司（角田美代子也因相同罪责被递交了起诉材料，但因嫌疑人死亡，以不起诉结案）。

2013 年 4 月 19 日 香川县警方公布了尼崎连续离奇死亡事

件的报警记录和警方处理方式的调查报告。

2013年4月25日 兵库县警方公布了尼崎连续离奇死亡事件的报警记录和警方处理方式的调查报告。

2013年5月21日 警方以杀害角田（桥本）久芳的嫌疑，再度逮捕了李正则、角田三枝子、郑赖太郎、角田健太郎、角田优太郎、角田瑠衣。

2013年6月10日 因对角田（桥本）久芳犯下的杀害嫌疑，警方将角田美代子、皆吉敏二的资料送检（因嫌疑人死亡，以不起诉结案）。

2013年6月26日 警方以诈骗保险金的嫌疑，再度逮捕了李正则、角田三枝子、郑赖太郎、角田健太郎、角田优太郎、角田瑠衣。

2013年7月16日 因犯下诈骗保险金一案，警方将角田美代子、皆吉敏二的资料送检（因嫌疑人死亡，以不起诉结案）。

2013年9月25日 警方以对皆吉初代加害致死、有加害目的的掠取嫌疑为由，再度逮捕了李正则、角田瑠衣、仲岛康司。同样以有加害目的的掠取嫌疑，再度逮捕了角田三枝子、郑赖太郎、角田健太郎、角田优太郎（此后瑠衣仅以有加害目的的掠取嫌疑遭起诉，仲岛两罪合并起诉，三枝子以协助有加害目的的掠取嫌疑遭起诉）。

主要关联者一览

※ 省略敬称 时间截至 2013 年 10 月 1 日

【角田家族】

·角田美代子

1948 年生。尼崎连续离奇死亡事件的主犯。2012 年 12 月自杀，死亡时 64 岁。曾自称"东"，2011 年 11 月，因对大江香爱的加害嫌疑遭逮捕。起诉内容有：对大江和子的加害致死、监禁、尸体遗弃罪（撤销公诉）。对大江香爱的加害、监禁罪（撤销公诉）。对大江裕美的加害罪（撤销公诉）。对川村博之的勒索（同妻子裕美再婚）罪（撤销公诉）。对桥本次郎的尸体遗弃（撤销公诉）和杀人、监禁罪（因嫌疑人死亡，以不起诉结案）。对仲岛茉莉子的杀人、监禁罪（资料送检后以不起诉结案）。对安藤三津枝的加害致死、监禁罪（资料送检后以不起诉结案）。对桥本（角田）久芳的杀人、（死亡保险金）诈骗罪（资料送检后以不起诉结案）。

·角田三枝子

1953年生。1956年起借住在美代子家。1986年,将亲生孩子优太郎送给美代子,优太郎成为美代子户籍上的儿子。1998年,三枝子被过继给美代子的母亲,成为美代子户籍上的妹妹。2001年,同桥本久芳结婚。2012年8月,因盗窃皆吉胜一("胜一"为化名)的年金遭逮捕。起诉内容有:对皆吉胜一的(年金)盗窃罪。对皆吉典的(年金)盗窃罪。对桥本次郎的尸体遗弃、杀人、监禁罪。对仲岛茉莉子的杀人、监禁罪。对安藤三津枝的监禁罪。对桥本(角田)久芳的杀人、(死亡保险金)诈骗罪。2013年9月,又因对皆吉初代的有加害目的的掠取嫌疑再遭逮捕。

·郑赖太郎

1950年生。韩国籍,通称"东"。1974年左右成为美代子未登记结婚的丈夫。2011年11月,因对桥本次郎的尸体遗弃嫌疑遭逮捕。起诉内容有:对桥本次郎的尸体遗弃、杀人、监禁罪。对仲岛茉莉子的杀人、监禁罪。对安藤三津枝的监禁罪。对桥本(角田)久芳的杀人、(死亡保险金)诈骗罪。2013年9月,因对皆吉初代的有加害目的的掠取嫌疑再遭逮捕。

· **李正则**

1974年生。韩国籍，通称"阿正"。母亲律子（化名）和美代子是旧识。2004年被美代子的舅舅角田寅雄（"寅雄"为化名）收养，改名角田正则。2011年11月，因对大江和子的尸体遗弃嫌疑遭逮捕。2012年9月，因上述罪名获刑2年6个月。起诉内容有：对大江和子的尸体遗弃罪。对川村博之的勒索（同妻子裕美再婚）罪。对桥本次郎的尸体遗弃、杀人、监禁罪。对仲岛茉莉子的杀人、监禁罪。对安藤三津枝的监禁罪。对桥本（角田）久芳的杀人、（死亡保险金）诈骗罪。2013年9月，因对皆吉初代的有加害目的的掠取嫌疑再遭逮捕。

· **角田健太郎**

1982年生。原本是美代子远亲——猪俣光江的孙子（光江四儿子的三儿子），于1999年过继到美代子的户籍上，成为美代子的长子。旧名彻也。2012年11月，因对桥本次郎的尸体遗弃嫌疑遭逮捕。起诉内容有：对桥本次郎的尸体遗弃、杀人、监禁罪。对仲岛茉莉子的杀人、监禁罪。对安藤三津枝的监禁罪。对桥本（角田）久芳的杀人、（死亡保险金）诈骗罪。2013年9月，因对皆吉初代的有加害目的的掠取嫌疑再遭逮捕。

·角田优太郎

1986年生。亲生母亲是三枝子，户籍上记录美代子是他的亲生母亲。1999年因健太郎被过继给美代子，优太郎成为次子。2007年，与美代子自2003年左右入侵的谷本家次女瑠衣结婚。两人育有一儿一女。起诉内容有：对桥本次郎的尸体遗弃罪。对仲岛茉莉子的杀人、监禁罪。对安藤三津枝的监禁罪。对桥本（角田）久芳的杀人、（死亡保险金）诈骗罪。2013年9月，因对皆吉初代的有加害目的的掠取嫌疑再遭逮捕。

·角田瑠衣

1985年生。旧姓谷本。2003年左右美代子入侵谷本家，瑠衣是谷本家的次女，茉莉子的妹妹。她很受美代子喜爱，后成为角田家族的一员。2007年同角田优太郎结婚并育有两个孩子。2012年8月，因盗窃皆吉胜一（"胜一"为化名）的年金遭逮捕。起诉内容有：对皆吉胜一的（年金）盗窃罪。对皆吉典的（年金）盗窃罪。对桥本次郎的尸体遗弃、杀人、监禁罪。对仲岛茉莉子的杀人、监禁罪。对安藤三津枝的监禁罪。对桥本（角田）久芳的杀人、（死亡保险金）诈骗罪。2013年9月，又因对其母皆吉初代的加害致死、有加害目的的掠取嫌疑再遭逮捕。

・仲岛康司

1969年生。2002年，在东京与桥本次郎相遇。以此为契机，2006年左右认识美代子并与其共同居住。在美代子的命令下，于2007年同皆吉（谷本）茉莉子结婚。2008年，和茉莉子一同逃到冲绳，但被再次带回。2012年11月，因对桥本次郎的尸体遗弃嫌疑遭逮捕。起诉内容有：对桥本次郎的尸体遗弃、杀人、监禁罪。对仲岛茉莉子的杀人、监禁罪。对安藤三津枝的监禁罪。2013年9月，因对皆吉初代的有加害目的的掠取嫌疑再遭逮捕。

【桥本家】

・桥本芳子

1960年至1970年左右，和其子久芳及次郎等人一同借住在角田家。1987年，有供词做证称其尸体被遗弃于尼崎市某片海中。2006年，宣告失踪。户籍上认定其于1994年66岁时去世。

・桥本久芳

桥本芳子的长子。1960年至1970年左右，和母亲芳子、弟弟次郎等一同借住在角田家。2000年，以桥本久芳的名义贷款，买下位于尼崎市长洲东大街的公寓。2001年，和角田三枝子登记结婚，改名角田久芳。2005年，为还清贷款，得到死亡保险金，他被美代子等人逼迫跳下冲绳悬崖死亡，享年51岁。

· 桥本次郎

桥本芳子的次子。1960年至1970年左右，和母亲芳子、哥哥久芳等一同借住在角田家。2007年，次郎和皆吉敏二（"敏二"为化名）一同从美代子身边逃走，开始在东京生活，2009年，被美代子发现并带回。因对美代子喜爱的同住少女动手动脚，惹怒美代子，遭暴行虐待，于2011年7月死亡。其遗体被装进汽油桶，灌注水泥，遗弃至冈山县日生渔港。2012年10月，被警方打捞。

【猪俣家】

· 猪俣光江

美代子的舅舅角田秀春（"秀春"为化名）的结婚对象、角田小春（"小春"为化名）的妹妹。1998年3月，以亲戚身份参加小春葬礼，被美代子找碴儿，借机入侵家中。据相关人员提供的证词，1999年3月，猪俣光江被美代子软禁于西宫市的高层集合住宅中，最终死亡。死亡时被认定为"病死"。警方于2000年进行调查，但未从死亡诊断书上找到可疑点，此事最终未被列为刑事案件。

·猪俣康弘

猪俣光江孙子（光江长子的大儿子）。1998年，美代子入侵猪俣家后，他曾一度深受美代子喜爱，常和美代子等人一同行动。1999年12月，他从西宫市的高层住宅坠楼而亡。警方于2000年进行调查，但未从死亡诊断书上找到可疑点，此事最终未被列为刑事案件。

【皆吉、谷本家】

·皆吉典

美代子旧识李律子（"律子"为化名，李正则的母亲）的再婚对象是皆吉典的长子胜一（"胜一"为化名）。自2003年起美代子屡屡对其挑刺、找碴儿，并命令李正则及其亲戚对皆吉典施加暴力、虐待，致使其于同年死亡。2012年12月，警方在高松市某小屋内发现其尸体。皆吉典的年金遭三枝子、瑠衣等人盗取。

·皆吉初代

皆吉典的女儿，谷本丰的前妻，茉莉子、瑠衣的母亲。美代子以要求谷本家代为照顾李正则为由，入侵了初代家。

2003年，初代和谷本丰被美代子逼迫离婚。同年，初代从高松市的家里逃走，逃至和歌山县。2007年被发现并被带回。2008年，因李正则、仲岛康司、亲生女儿瑠衣的暴行，初代急性硬膜下出血，被送至医院。2009年转院后病死，死亡时59岁。

·谷本丰（"丰"为化名）

皆吉初代的前夫，谷本裕二的弟弟，茉莉子、瑠衣的父亲。美代子以要求谷本家代为照顾李正则为由，入侵了初代家。2003年，在美代子的逼迫下和妻子初代离婚。曾前往所辖警察局再三控诉此案，警方皆以"不介入民事纠纷"为由拒绝行动。同年，谷本丰从美代子的魔爪下逃离。他长期躲藏在尼崎市，2011年11月，警方发现大江和子的尸体后，谷本丰前往尼崎东警察局自报姓名并做证。

·仲岛茉莉子

1982年生。旧姓谷本（和仲岛结婚时姓皆吉）。为谷本丰、初代的长女，瑠衣的姐姐。2003年美代子入侵谷本家后，茉莉子于2004年逃亡至大阪府内，躲藏至2006年，被美代子等人发现并带回。2007年，在美代子的命令下同仲岛康司结婚。2008年和仲岛一同逃亡至冲绳，但再度被带回。同年12月，因长期遭监禁、暴行，最终死亡。死亡时

26岁。2012年10月，警方于尼崎市梶岛的皆吉家地板下发现其尸体。

·谷本裕二（"裕二"为化名）

1944年生。谷本丰的哥哥，茉莉子、瑠衣的伯父。2003年被谷本丰喊去谷本家，直接被美代子监禁。遭受一系列暴行后，于2004年死亡。死亡时59岁。2012年10月，警方于尼崎市梶岛的皆吉家地板下发现其尸体。

·皆吉胜一（"胜一"为化名）

1943年生。皆吉典的长子，李正则母亲律子（化名）的再婚对象。身负大额债款，于2002年搬入美代子的公寓，开始共同生活。此后曾反复逃亡，但屡屡被找到带回。2007年成功逃跑后再无消息。长年使用假名躲藏于尼崎市某员工宿舍，后于2012年被搜查员发现。三枝子、瑠衣曾擅自盗取其年金。

·皆吉敏二（"敏二"为化名）

皆吉典的二儿子。从2002年前后便和哥哥胜一一同搬入美代子的公寓，开始共同生活。2007年10月和桥本次郎一同逃至东京。后癌症病发，于2010年2月病逝于东京都内某医院。死后以其对死于2005年7月的桥本（角田）久芳的杀害、(死亡保险金)诈骗罪进行资料送检,但因嫌疑人死亡,以不起诉结案。

·桐山信子(化名)

皆吉典的女儿,初代的妹妹。自2003年起下落不明。

·田中克也(化名)

1980年生,胜一和律子的儿子。2002年与父亲胜一起和美代子同住。2003年3月,祖母皆吉典死亡后,田中克也逃离集体生活,此后辗转于北陆地区某县。2014年1月,警方以其对皆吉典的加害致死嫌疑送检,以不起诉结案。

【川村、大江家】

·川村博之

1969年生。2009年就职于某大型私人铁道公司时,因处理投诉与美代子相遇。2010年,从私人铁道公司离职。同其妻子裕美离婚。起诉内容有:对大江香爱的加害、监禁罪。对大江和子的尸体遗弃、加害致死、监禁罪。

·大江裕美

1970年生。川村博之的前妻。在美代子的命令下,于

2010年同丈夫川村博之离婚。起诉内容有：对大江和子的尸体遗弃、加害致死、监禁罪。

·大江和子

大江裕美的母亲。川村和裕美离婚后的2010年年末，曾暂住位于东京的妹妹家，2011年6月被带回尼崎市，被迫和他人共同居住在川村的单间公寓内（美代子的住处就在附近）。在该公寓内，川村及和子女儿裕美、香爱在美代子的指示下对和子施暴。同年9月，和子死亡。死亡时66岁。同年11月，警方于尼崎市一家出租仓库内发现藏有其尸体的汽油桶。

·大江香爱

1968年生。大江裕美的姐姐。大江和子死后，香爱成为美代子的下一个目标。川村博之在美代子的命令下对香爱施暴。2011年10月30日，大江香爱从被监禁的川村博之公寓内逃脱。2011年11月3日，前往大阪市派出所报案。至此，一系列案件终于得见天日。起诉内容为：对大江和子的尸体遗弃、加害致死、监禁罪。

【其他】

·大岛宏一郎（化名）

美代子舅妈角田小春（"小春"为化名）弟弟大岛也一（化名）的儿子。1998年3月，美代子以亲戚身份参加小春的葬礼，故意对猪俣家、大岛家一众亲戚找碴儿挑刺。大岛宏一郎虽住在西宫市，但一段时期内也曾被迫搬入尼崎市的公寓，和众人同住。他曾多次前往兵库县警察局甲子园署报案，但警方皆以"不介入民事纠纷"为由，拒绝采取行动。1999年与家人一同逃亡。2000年，向警方自首与美代子等人一同犯下盗窃罪。被判处3年有期徒刑，缓刑5年执行（美代子刑期相同），至此，美代子对大岛家的入侵行为才告终结。

·安藤三津枝

1941年生。曾和美代子的异父兄长角田利一（"利一"为化名）交往。2008年11月，因大声斥责美代子的孙子，遭监禁及暴行致死。死亡时67岁。2012年10月，警方于尼崎市梶岛的皆吉家地板下发现其尸体。

·月冈靖宪

1953年生。是小美代子5岁的弟弟（月冈为美代子父亲的姓氏）。和角田三枝子、猪俣光江的四儿子——四郎（化名)是中学同学。2007年,因一件恐吓案及一件诈骗案被判处有期徒刑14年,至2013年10月为止仍在服刑中。

图书在版编目（CIP）数据

被寄生的家庭 /（日）小野一光著；董纾含译. — 长沙：湖南文艺出版社，2024.7
ISBN 978-7-5726-1879-6

Ⅰ.①被… Ⅱ.①小… ②董… Ⅲ.①纪实文学-日本-现代 Ⅳ.①I313.55

中国国家版本馆CIP数据核字（2024）第105602号

KAZOKUGUI AMAGASAKI RENZOKUHENSHIJIKEN NO SHINSOU
Copyright © Ikko Ono 2013
All rights reserved.
Originally published in Japan in 2013 by OHTA PUBLISHING CO., Tokyo.
Chinese (in simplified character only) translation rights arranged with OHTA PUBLISHING CO.,Tokyo, Japan.
through CREEK & RIVER Co., Ltd. and CREEK & RIVER SHANGHAI Co., Ltd.

著作权合同登记号：18-2023-008

被寄生的家庭
BEI JISHENG DE JIATING
[日] 小野一光 著　董纾含 译

出 版 人	陈新文
出 品 人	陈　垦
出 品 方	中南出版传媒集团股份有限公司
	上海浦睿文化传播有限公司
	上海市静安区万航渡路888号开开大厦15楼A座（200042）
责任编辑	吕苗莉
装帧设计	祝小慧
责任印制	王　磊
出版发行	湖南文艺出版社
	长沙市雨花区东二环一段508号（410014）
网　　址	www.hnwy.net
经　　销	湖南省新华书店
印　　刷	深圳市福圣印刷有限公司

开本：787 mm×1092 mm　1/32　　印张：12　　字数：223千字
版次：2024年7月第1版　　　　　　印次：2024年7月第1次印刷
书号：ISBN 978-7-5726-1879-6　　　定价：69.00元

版权专有，未经本社许可，不得翻印。
如发现印装质量问题，请联系出版方：021-60455819

浦睿文化
INSIGHT MEDIA

出 品 人：陈　垦
出版统筹：胡　萍
监　　制：余　西
策划编辑：朱琛瑶
装帧设计：祝小慧
营销编辑：哈　哈
　　　　　阿　七

欢迎出版合作，请邮件联系：insight@prshanghai.com
微信公众号：浦睿文化